에세이로 읽는

# 손자병법

Sun-Tzu

**삶**이라는 **전장**을 건너는 **지혜**의 **징검다리**

에세이로 읽는

# 손자병법

손자 지음 | 이규호 해제

The Art of War

문예춘추사

차 례

제1장 시계편 始計篇

## 전쟁은 나라의 지극히 큰일이다



제2장 작전편 作戰篇

## 전쟁의 해로움을 아는 자가 이로움도 안다

제3장
모공편
謨攻篇

## 적을 알고 나를 알면 백 번 싸워도 위태롭지 않다



제4장
군형편
軍形篇

## 이기기 위해 대비하라



제5장
병세편
兵勢篇

## 혼란한 가운데 질서가 있다

## 제6장 허실편 虛實篇

## 적을 드러나게 하고 나는 드러내지 않는다



## 제7장 군쟁편 軍爭篇

## 바람처럼 빠르고 숲처럼 고요하라

제8장

구번편
九變篇

## 이해利害는 반드시 뒤섞여 있다

## 세밀한 관찰은 정확한 판단을 이끌어 낸다

제10장
지형편
地形篇

## 알아야 할 것은 내게도 있지만 적에게도 있다



제11장
구지편
九地篇

## 죽음에 맞서면 죽음보다 더한 용기가 살아난다

제12장
회공편
火攻篇

## 불로 공격하기 위해서는 바람을 타야 한다



제13장
용간편
用間篇

## 훌륭한 장수가 군대를 움직이면 반드시 이긴다

## 편저자의 말

삶이란 얼마나 망망한 것인가? 그 망망함 속에서 사람들은 저마다 들끓으며 뒤섞이고 부대끼며 살아간다. 그 들끓음이 시끄럽고, 그 뒤섞임이 혼란하며, 그 부대낌이 끝없이 피곤하다 해도 삶이 보여주는 한줄기 밝은 빛의 환희에 때로는 춤추고 노래하며 다들 그렇게 살아간다. 그래서 적자생존이라 한다. 적합한 자는 살고 번영하지만 적합하지 않는 자는 죽는다. 생존경쟁에서 살아남는 자만이 적자適者일 수 있다는 말이다.

장자莊子가 조능雕陵의 밤나무 숲 울타리를 따라 거닐다가 새 한 마리가 날아오는 것을 보았다. 그 새의 날개는 일곱 자나 되었고 눈 둘레는 한 치나 되었는데, 장자의 이마를 스치고서 밤나무 숲에 가서 앉았다. 장자는 무의식중에 중얼거렸다.

"저놈은 도대체 어떤 새이기에 저렇게 넓은 날개를 가지고도 높이 날지 못하고, 저렇게 큰 눈을 가지고도 앞을 잘 보지 못하는가?"

장자는 옷깃을 여미고 재빨리 새에게로 다가가 화살을 겨누었다. 그러다가 문득 한쪽을 보니 매미 한 마리가 나뭇가지에 앉아 제 몸을 잊은 채 즐기고 있었다. 그리고 그 옆의 풀숲에는 사마귀 한 마리가 숨어서 매미를 노리고 있었지만, 사마귀 역시 그 일에만 열중하여 자기 자신은 잊고 있었다. 그런데 좀 전의 그 이상한 새 역시 장자의 활이 자신의 몸을 겨누고 있다는 사실은 까마득히 모른 채, 사마귀만 노리고 있는 게 아닌가. 장자는 이 광경을 보고 놀랍고도 두려워 혼자 중얼거렸다고 한다.

"아, 슬픈 일이다. 생물은 원래 서로 해치고, 이해利害는 서로 짝하는구나!"

새와 매미와 사마귀와 장자의 관계는 다름 아닌 우리들의 이야기다. 오늘을 살아가는 모든 인간들의 관계와 조금도 다를 것이 없다. 먹이를 찾고 겨누며, 빼앗기도 하고 빼앗기기도 한다. 한 원圓의 중심에 선 인간은 자기의 운명적 상황에서 결코 벗어날 수 없기 때문이다.

『손자병법孫子兵法』은 지금으로부터 2500여 년 전에 쓰인 책이지만 단순히 병법만을 이야기한 것이 아니다. 인생을 지혜롭게 살아갈 수 있는 방법을 구석구석 찾아내어 밝혀 주는 삶의 지침서나 다름없다.

인간이란 장자가 보았던 그 이상한 새처럼 '넓은 날개를 가지고도 높이 날지 못하고, 큰 눈을 가지고도 앞을 잘 보지 못하는' 존재이다. 그래서 『손자병법』은 '싸워서 이기는 방법'에서부터 '싸우지 않고 이길 수 있는 방법'까지 우리에게 적자생존의 길을 밝혀 보여 주는 것인지도 모른다. 니체는 이렇게 말했다.

"산다는 것은 무엇인가? 산다는 것은, 죽어가는 것 같은 것을 끊임없이 자기로부터 떼어 내는 일이다."

그러기 위해서라도 『손자병법』은 한 번쯤 읽어 둘 필요가 있다. 스스로의 삶에서 '죽어가는 것 같은' 시시한 껍질은 끊임없이, 과감하게 떼어 내는 것이 좋다. 이 한 권의 책이 독자 여러분의 삶에 제 몫으로 자리해 주길 간절히 바랄 뿐이다.

이규호

## 일러두기

1. 『손자병법』은 지금으로부터 2500여 년 전, 당시 뛰어난 병법가로 알려진 손무(孫武)에 의해 쓰여진 것으로 알려져 있다. 그 당시 중국은 크고 작은 나라들이 다투어 일어나서 패권을 겨루는, 그야말로 춘추전국시대 와중이었기 때문에 손자에 대해서도 극히 불확실하게 알려져 있을 뿐이다. 『한서(漢書)』의 '예문지(藝文志)'에는 오손자(吳孫子) 병법이 82편이라고 '병서략(兵書略)' 첫머리에 내걸었으며 주(注)에는 도(圖) 9권이 있었다고 되어 있다. 현행본은 13편이지만 당초의 것이 아니고 삼국시대 위나라의 조조가 82편 중 2권 13편으로 간추린 것으로 알려져 있다.

2. 『손자병법』은 영원불멸의 병법서이자, 세상을 살아가는 데 있어 꼭 필요한 처세서인 것만은 틀림없는 사실이다. 나폴레옹이 이 책을 사랑했고, 독일 황제 빌헬름 2세, 그리고 맥아더 장군 역시 이 책에 크게 의존했던 사실이 잘 증명해 준다. '시계편(始計篇)'에서부터 '용간편(用間篇)'에 이르기까지 총 13편은 각 편마다 독립적인 상황이 전개되고 있으면서도, 전체적으로는 한줄기 크고 긴 장강(長江)처럼 유유한 흐름을 보여주고 있다. 아무쪼록 이 책을 가까이 두어 보다 원활한 인간관계와 보다 풍요로운 삶을 누릴 수 있게 되기를 바라마지 않는다.

## 제1장

# 시계편
始計篇

# 전쟁은 나라의 지극히 큰일이다

시계편은 손자병법 13편에 대한 총론이다. 전쟁에 대응하는 다섯 가지의 기본 요건을 바탕으로 다시 일곱 가지의 비교 기준을 제시한다. 생존 경쟁은 어느 한곳에만 치우쳐 있는 것이 아니다. 그것은 언제나 삶의 한가운데에서 삶과 함께 유동하며 부딪치고 있다. '적합하지 않는자는 죽는다. - 적자適者는 살고 번영한다.' 아, 이런 소리를 하는 자는 누구인가. 다만 살아 남은 자들이다.

# 전쟁은
# 나라의 지극히 큰일이다

---

손자왈 병자 국지대사 사생지지
孫子曰 兵者는 國之大事라 死生之地요

존망지도 불가불찰야
存亡之導니 不可不察也니라.

손자가 말했다. 전쟁은 나라의 지극히 큰일이다. 사람들의 생사가 달려 있고,
나라가 존속하고 망하는 갈림길이 될 것이니 잘 살펴보아야 할 것이다.

---

전쟁은 나라에 지극히 큰일이라고 손자는 병법 첫머리에서부터 큰소리로 강조하고 있다. 아리스토텔레스는 '전쟁의 목적은 평화이며 전쟁은 평화를 위해서 존재하는 것이다'라고 힘주어 말했다. 정말로 모든 전쟁은 평화를 위해서 있어 왔던가? 결코 그렇지만은 않다. 한 개인의 야망에 의한 만인의 전쟁은 수시로 일어나기 마련이었다. 그러면서 모든 죄악, 방화, 약탈, 폭행, 살인 등이 정정당당하게 자행되어 왔다.

헤르만 헤세는 이렇게 말한다.

"인간의 운명이 시작된 이래 전쟁은 언제나 있었다. 전쟁이 이 세상에서 조절된다고 생각하는 것은 평화가 순간적으로 계속되었기 때문에 일어난 착각일 뿐이다. 많은 사람들이 괴테적인 정신에 철저하지 않는 한 전쟁은 영원히 계속될 것이다."

돌이켜 생각해 보면 사람이 살아가는 일 자체가 전쟁인지도 모른다. 적

자생존을 위한 처절한 투쟁, 생존하기 위해서 투쟁하지 않으면 안 되는 것이 인간이기 때문이다. 그리하여 생존이란, 오로지 승리를 유지하는 것을 의미하는 말로 굳어 버릴 수도 있다.

위고가 말했다.

"살고 있는 자란 싸우고 있는 자다. 마음과 운명이 굳은 운명에 차 있는 자이며, 높은 운명의 험한 봉우리를 기어오르는 자다."

# 상황 파악을 확실히 해야 한다

---

경지이오사 교지이칠계 이색기정

經之以五事하고 校之以七計하여 而索其情이니라.

다음 다섯 가지 일로 기준을 삼고 일곱 가지 계책으로 비교하여 그 상황을 파악해야 한다.

---

손자는 전쟁을 하기 전에 전략을 세우는 방법으로 '다섯 가지 일'과 '일곱 가지 계책'을 내세웠다. 다섯 가지 일을 기준으로 적과 아군의 군사력, 나라 형편 등을 비교해 본 다음 어떻게 전쟁을 해야 할 것인가를 결정하라는 것이다. 이는 '적을 알고 나를 알면 백 번 싸워도 위태롭지 않다'는 것을 실증해 보이는 말이다. 그만큼 전쟁에는 상황파악이 중요하다.

카뮈는 전쟁에 임하는 사람들의 심리 변화에 대해 비망록에 이렇게 적었다.

"무엇을 가지고 사람들은 전쟁을 하는가? 모든 사람이 알고 있는 것을 가지고, 전쟁을 원치 않는 사람들의 절망을 가지고, 무엇 하나 강요하는 것이라곤 없어도 고립되지 않으려고 출정하는 사람들의 자기애를 가지고, 직장이 없어서 참전하는 사람들의 굶주림을 가지고, 다음과 같은 많은 고상한 감정들을 가지고. 첫째로 고통 속에서의 연대 의식, 둘째로 표현되고 싶지 않은 모멸감, 마지막으로 증오의 부재, 이 모든 것들이 비열하게 이용되고 이 모든 것이 죽음으로 이끌려 간다."

# 확실한 전략이 승부의 지름길이다

一曰道요 二曰天이요 三曰地요 四曰將이요 五曰法이니라.
(일왈도 이왈천 삼왈지 사왈장 오왈법)

첫째는 도요, 둘째는 하늘이요, 셋째는 땅이요, 넷째는 장수요, 다섯째는 법이다.

"사수射手가 쏜 화살은 사람을 죽일 수도, 죽이지 못할 수도 있다. 그러나 지자知者에 의해 고안된 책략은 태내에 있는 아기까지도 죽일 수 있다."

카우틸랴의 『실리론實利論』에 나온 말이다. 그만큼 전략이 중요하다는 말로, 확실한 전략은 바로 승부의 지름길이 될 수 있다. 사수의 화살은 목표물을 빗나갈 수 있지만 지혜로운 자의 책략은 태胎 안의 생명까지도 죽일 수 있다는 말은 얼마나 진지하며 확신에 찬 표현인가?

손자는 전략을 세우는 기준으로 다음 다섯 가지를 강조한다. 첫째는 도道이다. 이는 대의명분을 말하는 것으로, 대의명분이 없는 전쟁으로는 군사들을 이끌어 나가기 어렵다. 군사들을 통솔하기가 어려워지면 자연히 승리는 장담할 수가 없게 된다. 기업적 측면에서 본다면 상도의商道義가 이에 해당한다. 둘째는 하늘天이다. 자연의 법칙을 말하는 것으로 기상氣象, 즉 대기 속에서 일어나는 날씨의 변동을 어떻게 활용하느냐 하는 문제이다. 셋째는 땅地으로 지리적 조건을 말한다. 지형은 전쟁의 양상을 어렵게도 하고 쉽게도 한다. 지형지물의 이로움은 승패를 좌우할 수 있는 관건이기도 하다. 넷째는 군軍을 지휘할 총지휘자와 또 총지휘자를 보좌할 수 있는 참모를 말한다. 용감한 장수 밑에 용감한 군사가 있다는 말도 있지 않은가. 전쟁을 승리로 이끄는 것은 얼마나 지혜롭게 싸웠는가에 달려 있다. 마지막 다섯째는 법法이다. 규칙, 즉 질서를 가리킨다. 국가에 법과 질서가 있듯이 사회에도, 군에도, 기업에도 각각 나름대로의 법과 질서는 있기 마련이다.

지금까지 열거한 것들이 자기편을 취할 때 반드시 먼저 살펴야 할 다섯 가지 일이다. 도, 하늘, 땅, 장수, 법이야말로 손자병법의 머리말이며 범론汎論이기도 하다.

# 뚜렷한 명분은 모든 고난을 앞지른다

---

道者(도자)는 令民與上同意也(영민여상동의야)라. 故(고)로 可與之死(가여지사)하고
可與之生(가여지생)하며 而不畏危也(이불외위야)니라.

도(道)는 백성으로 하여금 위와 더불어 뜻을 같이하여 그와 함께 죽을 수도 있고,
그와 함께 살 수도 있어 모든 위험을 두려워하지 않는 것이다.

---

"책임, 명예, 조국. 신성한 이 세 단어가 무엇이 되어야 하고, 무엇이 될 수 있고, 무엇이 될 것인가를 결정한다. 그것은 용기가 사그라질 때 용기를 돋우어 주며, 믿음이 무너지려 할 때 다시 믿음을 심어 주고, 희망이 허무하게 느껴질 때 다시 희망을 안겨 주는 우리의 집결지다."

맥아더 장군이 미 육군 사관학교 졸업식장에서 말한 축사의 한 대목이다. 전쟁을 시작하려면 대의명분을 세우는 것이 무엇보다 중요하다. 아무리 강한 군대를 거느리고 있더라도 의로운 명분이 없으면 싸워서 이기기 어렵다. 그래서 손자는 적과 우리를 비교함에 있어 이처럼 도덕적인 문제를 가장 먼저 이야기한다.

이는 기업에서 상도의商道義에 해당하는 것으로, 그것이 공공적인 이익에 도움이 되는 것인지 사회복지적인 차원에서 이로움을 줄 수 있는지 등의 명분을 제기할 수 있을 것이다.

# 기후의 변화를 적극 이용하라

천자 음양 한서 시제야
天者는 陰陽 寒暑 時制也니라.

하늘이란 흐리고 개고 춥고 더운 사시(四時)의 철을 제어하는 것이다.

하늘이란 대기 속에서 일어나는 날씨의 변화를 일컫는다. 날씨야말로 인력으로는 어쩔 수가 없다. 마크 트웨인이 어느 봄날 날씨가 하루에 몇 번이나 변하는가를 헤아려 보니, 무려 136번이나 되었다는 이야기도 변화무쌍한 날씨의 실체를 보여 주는 말이다.

기후변화로 인해 전쟁에서 실패한 실례는 많다. 나폴레옹도 러시아 정벌에서 러시아군에게 패퇴한 것이 아니라, 영하 40도가 넘는 혹한의 추위에 패배한 것이었고, 2차 대전 때의 독일군도 소련에 진격하여 모스크바를 눈앞에 두고서 강추위에 지쳐 패배하고 말았다. 홉스는 이렇게 말한다.

"궂은 날씨의 본성이 한두 번 내리는 비에 있는 것이 아니라 며칠을 잇따라 비가 오려는 경향에 있는 것처럼, 전쟁의 본성도 실제 싸움에 있는 것이 아니라 그 반대 현상에 대한 보증 없는 기간 동안 줄곧 거기에 기울어지는 경향에 있는 것이다. 그 밖의 기간은 모두 평화다."

옛사람들은 하늘이 우주의 모든 것을 지배하는 것으로 알았다. 그래서 하늘에 계절이나 기후의 변화뿐 아니라 높은 의미의 신성까지도 포함시켰는지도 모른다.

# 지형을 다룰 줄 알아야 승리한다

지자 원근 험이 광협 사생야
地者는 遠近險易廣狹死生也라.

땅이란 멀고 가까운 것과, 험하고 평탄한 것과, 넓고 좁은 것과, 물러날 곳이 없는 사지(死地)인가,
아니면 활로가 있는 유리한 곳인가를 말하는 것이다.

땅이란 멀 수도 가까울 수도 있다. 또한 험할 수도 있고 평탄할 수도 있다. 넓을 수도 있고 좁을 수도 있으며, 경우에 따라선 사지死地가 되고, 또 그 반대일 수도 있다. 땅의 생긴 모양과 형편은 그만큼 다양하기 때문에 전쟁에서 지형을 잘 알고 이용하는 것은 가장 기본적인 상식이다.

임진왜란 때 험준하기 짝이 없는 요새인 문경새재를 버리고, 사지나 다름없는 충주의 탄금대彈琴臺로 스스로 물러나 배수진을 쳤던 신립申砬 장군의 패전은 그와 같은 사실을 잘 설명해 준다. 그 반대의 경우도 있다. 한漢나라의 무장 한신韓信이 조趙나라 군사와 싸울 때, 강을 등지고 진을 쳐서 크게 이겼는데, 이 무모한 포진은 나중에까지 사람들의 마음에 의문을 남겼다. 후에 한신은 이렇게 말했다고 한다.

"뒤에 강이 흐르면 살아 나갈 길이 없다. 우리는 죽기를 각오하고 싸웠기 때문에 조나라를 격파할 수 있었다."

방위선이나 공격 방법은 언제나 지형에 의해 결정된다. 그것을 무시한 전략은 있을 수 없다.

# 지휘관의 다섯 가지 기본 요건

장자　지신인용엄야
將者는 智信仁勇嚴也니라.

장수란 지혜, 신의, 어짊, 용기 그리고 위엄이다.

『플루타르코스 영웅전』에 이렇게 적혀 있다.

"병사란 아무리 고역이라도 상관이 같이 겪어 주면 잘 참으며, 명령이나 순종한다는 생각이 전혀 생기지 않는다. 군대에서 가장 아름다운 광경은 장군도 병사들과 같은 거친 식사를 하며, 불편한 잠자리에서 잠을 자며, 참호를 파고, 진지를 구축하며 똑같은 고생을 하는 것이다. 병사들이 존경하는 것은 영광과 전리품을 나누는 장군이 아니라, 고생과 위험을 같이하는 장군이다. 자기들의 해이한 행동을 방임하는 장군이 아니라, 같이 수고하기를 서슴지 않는 장군이다."

지휘관의 덕목이란 어디서나 통한다. 지혜롭지 못한 자가 장수가 될 수는 없다. 장수는 지혜롭고 신의가 있어야 하며, 어질고 용기가 있어야 하며, 아랫사람들이 우러러볼 수 있는 위엄을 갖추어야 한다. 필립 시드니는 이렇게 말했다.

"용장은 뿌리와 같다. 거기서부터 가지가 되어 용감한 군사가 나온다."

# 흔들림 없는 조직을 만들어라

법자 곡제관도 주용야
法者란 曲制官道 主用也니라.

법이란 군대의 편제(編制)와 군의 직제(職制)와 군비 보급이다.

읍참마속泣斬馬謖이라는 말이 있다. 제갈량은 장수 마속馬謖을 무척 아꼈다. 하지만 그가 군령을 어겨 싸움에서 패하자 눈물을 흘리며 참형에 처했다는 고사에서 유래한 말로, 큰 목적을 위해서는 자기가 아끼는 사람도 과감히 버리는 것을 비유할 때 쓰인다.

사회 또는 단체를 구성하는 요소들이 결합하여 유기적인 작용을 하는 통일체가 되는 일, 또는 그 구성 방법을 일컬어 조직이라 한다. 어떤 형태이든 조직은 일사불란에 그 의미가 있다. 그것이 규율이며 질서다. 피터 드러커는『현대의 경영』에서 이렇게 말했다.

"목표가 뚜렷하게 제시됨으로써 경영자는 자신이 무엇을 해야 하는지를 알고, 업무가 적합하게 조직화됨으로써 그 목표를 충분히 달성할 수 있게 된다. 그러나 경영자가 온 정성을 다해 업무를 수행하려고 하는지의 여부는 '조직체의 정신'에 달려 있다. 경영자가 최선을 다해서 업무를 완수할 수 있을 것인가를 판가름하는 것은 그에게 자극을 주고, 그에게 분발심과 노력을 불러일으키는 '조직체의 정신'이다."

조직을 더욱 강화하라. 흔들림 없는 조직만이 살아남는다.

# 피아간彼我間의 비교 분석을 명확히 하라

---

凡此五者(범차오자)는 將幕不聞(장막불문)이라.

知之者(지지자)는 勝(승)하고 不之者(부지자)는 不勝(불승)이니라.

故(고)로 校之以計(교지이계)하야 而索其情(이색기정)이니라.

이 다섯 가지 일을 장수라면 듣지 못한 사람이 없을 것이다.
이것을 잘 아는 자는 이기고, 모르는 자는 이길 수 없다.
그러므로 계책으로써 상대와 나를 비교하여 그 상황을 파악하는 것이다.

---

앞서 말한 지휘자의 다섯 가지 기본 요건인 도道, 천天, 지地, 장將, 법法에 대해서 참으로 깊이 알고 있는지 아니면 대강만 알고 있는지의 차이는 엄청나다. 헤르만 헤세의 『싯다르타』에 이런 말이 있다.

"지식은 다른 사람에게 전할 수 있지만 지혜는 전할 수 없다. 사람은 지혜를 발견할 수는 있다. 지혜에 몸을 의탁할 수도 있고, 그것에 의하여 기적을 행할 수도 있다. 그러나 지혜를 말해 주거나 가르쳐 줄 수는 없다."

알면서도 제대로 운용하지 못한다면 그것은 참으로 아는 것이 못 된다. 특히 전쟁은 더 그렇다. 지식과 행동을 합칠 수 있는 지혜가 필요하다. 이미 알고 있는 것들을 기준으로 적과 아군의 상황을 비교 분석하여 전략을 세울 줄 아는 것이 지혜이다. 이길 만한 승산이 서지 않는다면 전쟁을 피할 줄 아는 것이 진정한 용기이며 지혜인 것이다.

# 자신의 기준점을 세워라

曰 主孰有道하고, 將孰有能하고 天地孰得하고 法令孰行하고

兵衆孰强하고 士卒孰練하고 賞罰孰明이니라.

吾以此로 知勝負矣니라.

군주는 어느 쪽이 올바른 도를 지니고 있는가? 장수는 어느 쪽이 더 유능한가? 하늘과 땅은 어느 쪽에 유리한가?
법령은 어느 쪽이 잘 운용하고 있는가? 군사들은 어느 쪽이 강한가?
병사는 어느 쪽이 잘 훈련되어 있는가? 상과 벌은 어느 쪽이 분명한가? 나는 이것으로써 승부를 안다.

일곱 가지 계책, 즉 칠계七計는 앞에서 말한 '다섯 가지 일五事'을 기준으로 하기에 근본적으로 같은 것이라고 할 수 있다. 이 일곱 가지 항목으로 경쟁자와 자신을 비교할 수도 있다.

도의적인 군주는 떳떳할 수밖에 없다. 당당하기 때문이다. 그는 유능한 장수를 거느리고 있을 것이며, 아울러 천시天時도 자신에게 유리하게 기울어져 있을 것이다. 그렇기 때문에 그들은 법령을 가장 모범적으로 운용할 수 있으며, 아울러 강한 군대와 잘 훈련된 병사들을 보유할 수 있을 것이다. 왜냐하면 무엇보다도 신상필벌信賞必罰에 분명할 것이기 때문이다.

어떤 경우에도 억측해서는 안 된다. 추측과 예측에 길들여지기 시작하면 오사칠계五事七計는 쓸모가 없어진다. 그런 경우가 패퇴의 시작이다. 오사칠계를 일상화하라. 그대는 보다 확실해진 자신 앞에서 세상을 내다볼 수 있을 것이다.

# 자기 자신을 믿어야 승리한다

---

將(장)이 聽吾計(청오계)하고 用之(용지)면 必勝(필승)이니 留之(유지)라.

將(장)이 不聽吾計(불청오계)하고 用之(용지)면 必敗(필패)니 去之(거지)니라.

장수가 나의 계책을 듣고 따르면 반드시 승리하여 나는 머무를 것이고,
장수가 나의 계책을 듣고도 따르지 않으면 반드시 패할 것이니 나는 떠날 수밖에 없다.

---

손자병법은 손무가 춘추전국시대 때 오吳나라 왕 합려闔閭에게 올린 것으로, 그는 아주 당당하게 '나의 계책을 듣고 따르면 반드시 승리하여 나는 머무를 것이고, 그렇지 않으면 떠날 것이다'라고 장담한다. 합려는 이를 받아들였고, 손무는 오나라에 머물면서 크게 공을 세운다.

나폴레옹은 이렇게 말했다.

"전쟁이든 연애든 결말을 내리기 위해서는 세심하게 자기 자신을 살펴볼 필요가 있다."

자기 자신을 믿지 못하는 자는 아무것도 이룰 수 없다. 자기 자신을 신뢰하지 못하는 사람은 인간으로서 존재하는 것이 아니라, 다만 머무르고 있을 뿐이다.

# 형세는 유리하게 만들어야 한다

계리이청 내위지세 이좌기외
計利以聽이면 乃爲之勢하여 以佐其外하고
세자 인리이제권야
勢者는 因利而制權也니라.

세운 계책이 유리하고 장수가 이를 잘 따르면, 곧 형세를 유리하게 만들어 이로써 그 밖의 것을 도울 것이다.
형세란 유리한 것을 근거로 하여 권변(權變)을 제어하는 것이다.

'자신 있는 행동은 일종의 자력磁力과 같다'라고 에머슨이 말했다. 어떤 일이 이로울 것이라는 막연한 기대가 아니라, 이 일이야말로 틀림없이 이익이 될 수 있다는 확신을 가지면 그렇게 될 수 있을 뿐만 아니라, 그렇게 할 수 있는 임기응변까지 발휘할 수 있게 된다. 그것이야말로 자력 이상의 힘이 된다. 임기응변이란 그때그때 일의 기틀에 따라 알맞게 처리하는 것을 뜻한다. 그것은 일을 하는 데 필요한 전략이나 용병술에도 깊이 통용될 수 있다.

어느 날 순우곤淳于髡이 맹자孟子에게 물었다.

"남녀 간에는 손과 손으로 물건을 주고받지 않는 것이 예의입니까?"

"그렇습니다."

맹자가 대답했다.

"그럼 형수가 물에 빠졌을 때, 형수를 끌어내기 위해 손을 쓰는 것은 됩니까, 안 됩니까?"

"물에 빠진 자를 건지지 않는 자는 짐승이나 다를 바 없습니다. 남녀 간에 물건을 손으로 주고받지 않는 것은 예의이지만, 물에 빠진 형수를 손으로 건지는 것은 권도權道입니다."

권權이란 저울의 추를 말한다. 권변權變은 임기응변, 다시 말해 융통성이란 뜻이다. 저울의 눈금은 결코 금과 납을 차별하지 않는다.

# 전쟁이란 속임수이다

병자　궤도야
兵者는 詭道也니라.

고　능이시지불능　용이시지불용
故로 能而示之不能하고 用而示之不用하며

근이시지원　원이시지근
近而示之遠하고 遠而示之近이니라.

전쟁이란 속임수이다. 능하면서도 능하지 못한 것으로 보이며,
사용할 것이면서도 사용치 않을 것처럼 보이게 한다.
가까운 것인데도 먼 것처럼 보이고, 먼 것인데도 가까운 것처럼 보인다.

전쟁이란 확실히 공개적이지만 본질적으로 전쟁만큼 은밀한 행동으로 이루어지는 것도 없다. 전략을 세우는 일에서부터 공격과 후퇴로 이어지는 일체 행위가 그렇다. 그래서 전쟁이란 속임수라는 말을 자주 한다. 노자는 '정도正道로 나라를 다스리고 기계奇計로 전쟁을 운용한다'라고 했고, 순자도 '전쟁에 있어 가장 중요한 것은 세勢와 이利이며, 써야 할 책략은 임기응변과 속임수'라고 했다.

송양지인宋襄之人이란 말이 있다. 송宋나라 양공襄公은 대장군 자어子魚의 만류를 뿌리치고 초楚나라와 전쟁을 일으켰다. 홍泓이란 강가에서 두 나라 군사가 맞붙게 되었는데, 송나라 군사들이 전열을 가다듬고 보니 초나라 군사들은 아직도 강을 다 건너지 못한 상태였다. 자어는 이때다 싶어 초나라 군사들을 공격하려 했지만, 양공이 정정당당하지 못하다고 출전하려는 그를 만류했다. 초나라 군사들이 강을 건너와 미처 전열을 가다

듬지 못하고 있을 때, 자어가 다시 공격을 주청했지만 양공은 또다시 공격하기를 만류했다. 초나라 군사들이 전열을 다 가다듬고 나서야 송나라 군사들은 공격을 감행했으나 결국 패배하고 말았다. 양공은 넓적다리를 다쳤으며 많은 군사들이 전사했다. 양공이 말했다.

"군자는 다친 사람을 거듭 다치게 하지 않으며 머리 희끗희끗한 사람을 사로잡지 않는다. 옛날 싸움에선 불리한 입장에 있는 적을 공격하지 않았다. 나는 비록 망한 은殷나라 후손이지만 전열을 가다듬지 않은 적을 공격하지는 않는다."

그러자 자어가 반박했다.

"주군은 전쟁을 모르십니다. 군대는 유리한 기회를 이용해야 하며, 북과 징은 사기를 북돋우기 위해서 치는 것입니다. 불리한 입장에 있는 적을 공격하는 것은 유리한 기회를 이용하는 것이고, 전열이 가듬어지지 않은 적을 공격하는 것은 사기를 왕성히 하여 뜻을 이루려 하는 것입니다."

# 피하는 것도 승리의 수단이 될 수 있다

이이유지　　난이취지　　실이비지　　강이피지
利而誘之하고 亂而取之하며 實而備之하고 强而避之니라.

적을 이롭게 하여 유인하고 어지럽게 하여 공격한다. 적이 내실(內實)하면 대비를 잘하고 강하면 피한다.

방휼지세蚌鷸之勢라는 말이 있다. 도요새가 조개를 먹기 위해 부리를 조개 속에 넣었다가 방합이 물고 놓지 않는 사이에, 둘 다 어부에게 잡히고 말았다는 고사에서 나온 말이다.

이익이 있는 곳에 유혹이 있고 함정이 있다. 잠자는 토기를 잡아먹으려던 사자가 때마침 지나가는 사슴을 보았다. 사자는 사슴을 쫓기 위해 토끼 곁을 떠났고, 사자와 사슴의 발자국 소리에 잠이 깬 토끼는 걸음아 나 살려라 도망을 쳤다. 한참을 쫓아가던 사자는 마침내 사슴을 잡을 수 없다는 것을 깨닫고 다시 토끼를 잡기 위해 되돌아갔으나 토끼는 이미 도망친 후였다. 허탈해진 사자는 혼잣말로 중얼거렸다.

"더 좋은 것을 챙기겠다고 손안에 든 것마저 버렸으니 이야말로 자업자득이구나."

사람들은 때로 이솝우화 속 사자와 같다. 잡을 수 있는 이익에 만족하기보다 더 마음이 끌리는 상황에 혹하기 마련이다. 그러고는 손에 넣을 수 있었던 것까지 놓친 후에야 뒤늦게 후회하곤 한다.

# 자신을 낮추어 적을 교만하게 하라

怒而撓之(노이요지)하고 卑而驕之(비이교지)하며 佚而勞之(일이로지)하고 親而離之(친이리지)니라.

성나게 하여 적을 그르치게 하고 자신을 낮추어 적을 교만하게 만든다.
적이 편안하면 수고롭게 하고 친하면 이간시킨다.

셰익스피어가 말했다.

"희로애락의 격렬함은 그 감정과 함께 실행력까지도 멸망시킨다. 기쁨에 빠지는 자는 슬픔에 빠지는 것도 버릇이니 까딱하면 슬픔이 기뻐하고 기쁨이 슬퍼한다."

기쁨과 노여움, 슬픔과 즐거움 같은 감정은 그 격렬함으로 인해 더욱 두드러진다. 그런 감정의 정점에서는 어떤 완전한 질서도 무너지기 마련이다. 그것이 인간의 감정이다.

어느 날 한가하게 풀을 뜯고 있던 나귀는 이리가 자기에게 달려오는 것을 보았다. 나귀는 다리를 절룩거리기 시작했다. 이리가 왜 그러냐고 묻자, 나귀는 가시를 밟았다고 대답하며 자신을 잡아먹으면 가시가 목에 걸릴 것이라고 염려하는 척했다. 이리는 나귀의 발굽을 살폈고 순간 나귀는 이리를 걷어차 이빨을 부러뜨렸다.

자신을 낮추어 적으로 하여금 교만하게 하라. 그것이 승리의 지름길이다.

# 전혀 뜻하지 않았던 곳을 공격하라

攻其無備(공기무비)하고 出其不意(출기불의)하니라.

무방비한 것을 공격하고, 뜻하지 않았던 곳을 공격한다.

'최초의 일격으로 전투의 절반이 끝난다'는 말이 있다. 그것은 무방비한 것을 공격하고, 뜻하지 않았던 곳을 공격했기 때문이다. 무방비 상태인 적을 공격하는 것은 승리의 비결 중 하나가 될 수 있다. 2차 대전 초기에 일본이 태평양전쟁에서 기선을 제압할 수 있었던 것도 미국이 거의 무방비 상태나 마찬가지였기 때문이다.

요새 때문에 공격당한다는 말이 있다. 요새를 쌓지 않고 버려두면 적이 그곳을 전략상의 요충지로 여길 만한 근거가 없다. 즉 요새를 쌓아 올리는 것은 적의 공격을 유인하기 위한 수단이 되기도, 공격할 목표에 혼란을 주기 위한 방편이 되기도 한다. 상대방이 방심하고 있거나 전투 준비를 소홀히 하고 있을 때를 포착하고, 전혀 예상치 못했던 때와 장소를 공격의 핵으로 삼아야 한다. 상대방의 허를 찌르는 것이야말로 최초의 일격으로 절반의 전투를 끝내는 지름길이 될 수 있다. 그런 의미에서라도 유태인의 다음 속담은 곱씹어 볼 가치가 있다.

"상대방을 물어뜯을 수 없다면 이빨을 드러내 보여서는 안 된다."

# 비밀이야말로 병법의 핵심이다

此는 兵家之勝이니 不可先傳也니라.

이 모든 것들이 싸움에서 이길 수 있는 비결이지만 먼저 이것들이 적에게 누설되어서는 안 된다.

앞에서 열거한 모든 것들은 궤도詭道, 즉 속임수의 전법으로 적을 제어할 수 있는 방법이다. 그러나 전략으로 사용될 경우에는 비밀에 부쳐야 한다. 만약 어느 한 부분이라도 적에게 누설된다면, 그것은 이미 궤도 작전에서 벗어난 셈이다. 비밀이야말로 병법의 핵심이기 때문이다.

어떤 사람이 현자賢者에게 물었다.

"당신은 어떤 방법으로 비밀을 지키고 있습니까?"

"나의 마음을, 내가 들은 비밀의 무덤으로 삼고 있소."

아무리 현자일지라도 비밀을 지키기란 쉽지 않다. 출구입이出口入耳라는 말이 있다. 말하는 자의 입에서 나와 듣는 자의 귀로 들어간다는 뜻으로, 당사자 이외에는 아는 사람이 없으므로 비밀이 될 수 있음을 이르는 말이다. 비밀은 간직하기 어렵기에 사방을 내다볼 수 있는 들판일지라도 흙이 조금이라도 쌓인 곳이 있으면 비밀을 말하지 말라고 한다. 『위료자尉繚子』에는 이렇게 적혀 있다.

"군사를 다스리는 사람은 땅 속에 비장秘藏된 것과 같고 하늘 위 구름 속에 감싸인 것 같다가도 아무것도 없는 데서 생겨나도록 해야 한다."

# 싸우기 전에 승리하라

부미전이묘산승자 득산다야 미전이묘산불승자 득산소야
夫未戰而廟算勝者는 得算多也요 未戰而廟算不勝者는 得算少也라.

다산승 소산불승 이황어무산호
多算勝하고 少算不勝하나니 而況於無算乎아.

오이차관지 승부견의
吾以此觀之하면 勝負見矣니라.

싸우기도 전에 묘산(廟算)하여 승리를 거두는 것은 전략이 훌륭한 덕분이다.
아직 싸우기도 전에 묘산하여 승리하지 못하는 것은 그 전략이 치졸했던 탓이다. 전략이 훌륭하면 승리하고
치졸하면 승리하지 못하는데 하물며 전략을 세우지도 못한 경우이랴. 나는 이것으로 보아 승부를 예견한다.

옛날 왕들은 자신의 독단적인 판단으로 전쟁을 시작하지는 않았다. 반드시 종묘에 제사를 지내며 조상들에게 전쟁에 관하여 고하고, 조상의 영전에서 큰 거북 껍질을 불로 지져 점을 쳤다. 점괘가 좋게 나오면 날씨와 계절을 참작하여 군사를 일으켰다. 이에 앞서 왕은 반드시 대신 또는 장수들을 종묘에 모아 놓고 작전 계획을 수립했다. 이것이 묘산廟算이다. 이 묘산 의식은 왕이 백성들의 생명과 재산을 가볍게 여기지 않고 전쟁을 함부로 일으키지 않는다는 것을 보여주는 것이기도 했다.

손자는 싸우기도 전에 묘산하여 승리를 거둘 수 있는 훌륭한 전략을 요구한다. 즉 승산이 있는 전쟁을 계획하라는 것이다. 처칠은 이렇게 말했다.

"우리가 싸워 이길 수 있는 승리의 첫째 조건은 전투를 피하는 것이다. 둘째는 전투를 피할 수 없는 경우엔 승리를 얻는 것이다."

# 제2장

## 작전편
## 作戰篇

# 전쟁의 해로움을 아는 자가 이로움도 안다

저 야영의 거친 에너지, 그 깊이 맺힌 비개인적 증오, 그 공명정대한 살인의 냉혈, 적을 섬멸하려 하는 저 공동의 조직적 격정, 대손해, 자기의 목숨과 전우의 목숨에 대한 그 자랑스러운 무관심, 무거운 지진에라도 비길 만한 영혼의 진동, 이와 같은 것은 타락해 가는 민족에게 커다란 전쟁보다도 더한 것을 줄 수 있는 수단임을 우리들은 지금 전혀 모르고 있다.

# 전쟁은 소비의 연속이다

손 자 왈 범 용 병 지 법 치 거 천 사 혁 거 천 승 대 갑 십 만
孫子曰 凡用兵之法은 馳車千駟와 革車千乘과 帶甲十萬으로

천 리 궤 량 즉 내 외 지 비 빈 객 지 용 교 칠 지 재
千里饋糧이면 則內外之費와 賓客之用과 膠漆之材와

거 갑 지 봉 일 비 천 금
車甲之奉이 日費千金하리니

연 후 십 만 지 사 거 의
然後에라야 十萬之師를 擧矣니라.

손자가 말했다. 대체로 군사를 쓰는 법은 치거(馳車) 천 대, 혁거(革車) 천 대, 갑옷 입은 군사 십만에다 천 리에 식량을 수송할 수 있어야 한다. 그리고 나라 안팎에 쓰이는 비용과 사절단에게 쓰이는 돈, 활과 화살, 갑옷, 투구를 만드는 데 쓰이는 아교와 옻칠의 재료비, 수레와 갑옷 등에 드는 비용 등 하루 천금의 비용을 써야 한다. 그런 뒤에야 십만의 군사들을 일으킬 수 있는 것이다.

전쟁터는 각종 소모품의 전시장이다. 인간의 생명을 비롯하여 전쟁에 수반되는 모든 무기와 장비, 보급품이 그에 해당한다. 그래서 볼테르는 '전쟁은 모든 것을 훔치는 것을 목적으로 한다'고 말했고, 프랑수아 비용은 '전쟁의 활력은 오직 돈뿐이다'라고 말했다. 애버트는 '전쟁은 파괴의 과학'이라고 주장했다.

묵자墨子가 말했다.

"가령 한 번의 전쟁에서 승리를 거두었다고 하자. 결과로 얼마의 이익을 얻었는가 묻고 싶다. 통계를 내면 손실이 더 많을 것이다. 수만의 인명을 소모하고 얻은 것이란 겨우 폐허가 된 성터뿐이니 이 얼마나 고통스러운 일인가?"

그것이 전쟁이다. 무엇 하나도 소모품 아닌 것이 없다. 인간의 슬픔과 기쁨도, 눈물과 피와 육체의 모든 것까지도 그저 소모품에 불과한 것이다. 선뜻 웃을 수는 없지만 실소할 만한 이야기가 하나 있다. 아프리카로 선교하러 간 슈바이처가 어느 날 유럽에서 일어나는 전쟁 이야기를 토인들에게 들려주었다. 식인종 중 한 노인이 진지하게 그의 이야기를 듣다 말고 물었다.

"한 열 명 정도 죽이는 겁니까?"

슈바이처가 대답했다.

"아니오. 헤아릴 수 없을 정도로 많이 죽이지요."

그 노인은 안타까운 표정을 지으며 말했다.

"백인들은 죽은 사람은 먹지도 않는다면서 왜 그토록 아까운 짓을 한답니까?"

누가 문명인이고 누가 야만인인지 구별되지 않는다. 장 콕토는 이렇게 말했다.

"전쟁은 개가 벼룩을 털듯이 지구가 인간을 털어 내는 자연적인 현상이다."

# 전쟁은 속전즉결이 원칙이다

기 용 전 야 귀 승 구 즉 둔 병 좌 예
其用戰也는 貴勝이니 久則鈍兵挫銳한다.

공 성 즉 력 굴 구 폭 사 즉 국 용 부 족
攻城이면 則力屈하고 久暴師면 則國用不足이니라.

전쟁을 하는 데는 무엇보다도 승리가 귀중하다.
싸움이 오래 계속되면 군사들이 둔해지고 기세가 꺾인다. 성을 공격한다 하더라도
힘이 모자라고, 오랫동안 군대를 전쟁터에 놓아두게 되면 나라의 재정이 어렵게 된다.

속전즉결速戰卽決이란 장기전을 피하고 승리를 좌우하는 싸움으로 빨리 판국을 결정짓는 것을 의미한다. 전쟁은 그것이 어떠한 명분을 가졌다 하더라도 빨리 끝낼수록 좋다. 그 목적이 제아무리 의로운 것일지라도 전쟁에는 엄청난 인명의 손실과 극심한 재산상의 피해가 뒤따르기 때문이다.

네루는『독립의 정신』에서 이렇게 말했다.

"승리는 목적이 아니고 목적에 달하는 하나의 단계이며 방해물을 제거하는 데 지나지 않는다. 목표를 잃으면 승리도 공허하다."

어떠한 경우에도 승리는 목적이 아니고 목적에 다다르는 하나의 단계여야 한다. 그러기 위해서는 보다 더한 속전즉결이 필요하다. 전쟁을 오래 끌게 되면, 결정적인 패배를 당하지 않더라도 나라를 망치는 원인이 되는 것은 너무나도 당연하다.

수차례 고구려를 정벌하려다 실패했던 수隋나라 양제煬帝의 경우가 좋

은 본보기이다. 수나라가 고구려를 침공한 첫 해 2월에 군사를 일으켰으나 7월에 을지문덕 장군과의 살수대첩에서 대패하여 돌아갔다. 이어서 두 해 동안 연달아 대군을 이끌고 고구려를 침략했지만 역시 실패하고 돌아갔다. 그로 인해 수나라의 재정이 바닥나고 민심이 어지러워져 몇 년 뒤 당唐나라에 의해 멸망하고 말았던 것이다.

인생을 살아가는 것도 마찬가지여서 길고 긴 송사訟事에 말려들면 아무리 부유한 가정이나 회사도 재정이 바닥나고 만다. 재정의 빈곤만을 가져오는 것이 아니라 그 송사에 관련된 사람까지 기진맥진하게 된다.

마르키우스가 볼스키아군이 물러가는 것을 보고도 계속해서 추격전을 감행하자, 보다 못한 집정관이 그를 소리쳤다.

"싸움에 지쳐 쓰러진 후에야 승리를 거둘 셈인가?"

# 제3의 세력은 곳곳에 잠복해 있다

부 둔 병 좌 예　　굴 력 탄 화　　즉 제 후 승 기 폐 이 기
夫鈍兵挫銳하고 屈力彈貨하면 則諸侯乘其弊而起니

수 유 지 자　　불 능 선 기 후 의
雖有智者라도 不能善其後矣니라.

군사들이 둔해지고 기세가 꺾여 힘이 모자라고, 재정이 바닥나게 되면 곧 제후들이 그 피폐한 틈을 이용해 일어날 것이다. 비록 지혜로운 사람이 있다 하더라도 그 뒤처리를 잘할 수 없을 것이다.

오자吳子가 말했다.

"다섯 번 싸워서 이기는 나라는 재난을 당할 것이고, 네 번 싸워서 이기는 나라는 피폐할 것이며, 세 번 싸워 이기는 나라는 패자覇者가 될 것이고, 두 번 싸워서 이기는 나라는 왕자王者가 될 것이며, 한 번 싸워서 이기는 자는 제왕帝王이 될 것이다. 수차례 싸워 이김으로써 천하를 얻은 자는 드물지만, 그로 인해 망한 자는 많다."

마틴 루터는 '전쟁은 인류를 괴롭히는 최대의 질병'이라고 했다. 전쟁이야말로 인류에게 무익할 뿐만 아니라 유해한 것이기 때문이다. 그럼에도 전쟁은 인류와 늘 함께 있어 왔고 인류와 함께 이어져 오고 있다.

전쟁을 자주 일으키거나 오래 끌면 군사들은 당연히 지치게 되고 나라의 재정도 곤란한 처지에 놓이게 된다. 그렇게 되면 군사들은 자연히 둔해질 수밖에 없고 예기銳氣가 꺾여 힘은 소진되고 아울러 재정도 고갈된

다. 그럴 때가 가장 위험한 시기이다. 제3의 세력은 곳곳에 잠복해 있다. 제2의 적, 제3의 적이 나타날 뿐만 아니라 대내적으로도 반란이 일어날 수 있다. 존 러스킨은 이렇게 말했다.

"올바른 전쟁은 그것을 지지하는 데 많은 액수의 돈을 필요로 하지 않는다. 올바른 전쟁을 행하는 사람들은 대개 무보수로 임하기 때문이다. 그러나 올바르지 못한 전쟁을 위해서는 사람들의 육체와 영혼이 좋게 받아들여지고, 그들을 위해서 가장 좋은 무기가 주어지지 않으면 안 된다."

이는 이를테면 명분에 관한 문제다. 명분 하나만으로도 제3의 세력은 얼마든지 만들어지며 실행에 옮겨질 수 있다. 핀다로스의 말처럼 전쟁을 재미있어 하는 것은 무경험자뿐이다. 누구도 오랜 전쟁을 재미있어 하지 않는다. 그것은 어느 가정이나 기업도 마찬가지다. 하다못해 사랑 싸움도 장기전으로 돌입하면 서로를 지치게 한다. 그대가 그대 자신과의 오랜 싸움에서 지치게 되는 것도 마찬가지다.

# 단기전은 가장 교묘한 전술이다

병문졸속 미도교지구야
兵聞拙速하고 未睹巧之久也니라.

싸우는 방법이 치졸하더라도 속히 끝내는 것이 좋다는 말은 들었어도,
싸움을 교묘히 하면서 오래 끄는 것이 유리한 경우는 본 일이 없다.

나폴레옹 휘하의 프랑스군은 파리 근방의 전투에서 거듭 패배했고, 퇴각하는 군대마다 불리한 소식을 전해 왔다. 나폴레옹은 최후의 일격으로 연합군을 격파하겠다며 파리 탈환 작전에 열중했지만 장군들은 아무도 나폴레옹과 함께하려 들지 않았다. 나폴레옹이 소리쳤다.

"군軍은 짐에게 복종하리라!"

그러자 장군들이 되받았다.

"아닙니다. 군대는 저희들에게 복종할 것입니다."

이 무렵 밤낮없이 달려와 나폴레옹을 만난 맥도널드 장군이 군대의 실정을 솔직하게 털어놓으며 다음과 같이 말했다.

"이 상태에서 계속 싸운다면 패배를 면할 길이 없습니다. 우리에게 패배란 곧 파멸입니다. 우리는 너무나 많이 싸웠습니다."

더 이상 나폴레옹도 어쩔 수 없었다. 싸움은 물줄기와 같다. 한 번 자그마한 물줄기가 생기면 큰 물줄기가 되어 작은 줄기로 되돌아갈 수 없다.

# 전쟁의 해로움을 아는 자가 이로움도 안다

부 병 구 이 국 리 자 미 지 유 야 고 부 진 지 용 병 지 해 자
夫兵久而國利者 未之有也라. 故로 不盡知用兵之害者는

즉 불 능 진 지 용 병 지 리 야
則不能盡知用兵之利也니라.

전쟁을 오랫동안 하는 데도 나라에 이로웠던 예는 있은 적이 없다.
그러므로 전쟁의 해로움을 다 알지 못하는 자는 곧 전쟁의 이점도 다 알 수 없는 자이다.

니체는 다음과 같이 말했다.

"인간이 전쟁을 잊어버렸을 경우, 그래도 인간에게 많은 것을 기대한다는 것은 공연한 몽상이며 축복할 만한 일이다. 저 야영野營의 거친 에너지, 그 깊이 맺힌 비개인적 증오, 그 공명정대한 살인의 냉혈, 적을 섬멸하려 하는 저 공동의 조직적 격정, 대손해, 자기의 목숨과 전우의 목숨에 대한 그 자랑스러운 무관심, 무거운 지진에라도 비길 만한 영혼의 진동, 이와 같은 것은 타락해 가는 민족에게 커다란 전쟁보다도 더한 것을 줄 수 있는 수단임을 우리들은 지금 전혀 모르고 있다."

이는 어느 시대에서도 마찬가지다. 전쟁의 해로움은 언제나 전쟁의 이로움이라는 명분 위에 업혀 있었고, 전쟁의 이로움 역시 전쟁의 해로움이라는 원론原論 위에 업혀 있었다. 전쟁이란 싸워서 얻게 되는 이익만큼이나 손실 또한 크다. 제아무리 훌륭한 지휘관이라도 승리를 위해서는 많은

병사의 희생을 바탕으로 해야 한다. 전쟁에 들어가는 비용 또한 엄청나다. 하지만 더욱 심각한 것은 전쟁의 승패와 직결된 나라의 흔들림이다. 그것을 사람들은 전화戰禍라고 표현한다.

토머스 모어가 말했다.

"많은 싸움이 지나고 이윽고 평화가 왔다. 국민이 얻은 것은 무엇인가? 세금, 과부, 의족 그리고 빚뿐이다."

# 자급자족할 수 있어야 한다

선용병자 역부재적 양불삼재
善用兵者는 役不再籍하고 糧不三載라.

취용어국 인량어적 고 군식 가족야
取用於國하고 因糧於敵이니 故로 軍食은 可足也니라.

군사를 잘 부리는 지도자는 백성들을 두 번 이상 병역에 동원하지 않으며, 식량도 세 번씩 수송하지 않는다. 전쟁 물자는 나라의 것을 쓰고 양식은 적의 것에 의지한다. 그러므로 군량미는 넉넉할 수 있다.

무후武候가 물었다.

"군대는 무엇으로 승리를 거두는가?"

그러자 오기吳起가 대답했다.

"군대의 조직력입니다."

무후가 되물었다.

"그렇다면 병사의 수효가 많아야 하지 않겠는가?"

오기가 다시 대답했다.

"조직 없는 다수는 무력할 뿐입니다. 만약 법령이 철저하지 않고 상벌이 공정하지 못해 그 결과로 종을 쳐도 멈추지 않고 북을 쳐도 진격치 않는다면, 백만 대군이라도 무슨 소용이 있겠습니까? 잘 조직된 군대는 평시에는 예법에 의해 통제되고 전시에는 스스로 위력을 발휘합니다. 정예군이 나아가면 막을 자가 없고 물러나면 따라오지 못합니다. 전진과 후퇴에는 절도가 있으며, 지휘에 따라 좌우로 이동합니다. 부대와 부대가 떨어져 있어도 하나의 집단을 이루고, 흩어져도 행군의 서열이 어지럽지 않으며, 전원이 안위를 함께합니다. 여러 사람의 힘이 하나로 합하여 떨어지는 일이 없고, 막강한 전력이 되어 웬만해서는 소모되지 않습니다. 어디에라도 이런 군대를 투입하면 천하에 적수가 없습니다. 한집안 같은 단결력을 지니고 있기에 부자父子의 군대라고 부를 만합니다."

# 나라가 강대할지라도 전쟁을 즐기면 반드시 망한다

국지빈어사자 원수야 원수 즉백성 빈
國之貧於師者는 遠輸也라 遠輸면 則百姓이 貧이니라.

전쟁 때문에 나라가 가난하게 되는 것은 먼 곳까지 물자를 수송하기 때문이다.
먼 곳까지 물자를 보내게 되면 백성들도 가난해진다.

전쟁은 끝없는 낭비와 소모가 줄을 잇고, 약탈과 포학暴虐이 질서정연하게 진행된다. 그래서 샘슨은 '전쟁이란 국가에서 국가로의 재산 이동이다'라고 말했다. 국수대호전필망國雖大好戰必亡이란 말이 있다. 나라가 비록 강대할지라도 전쟁을 즐기면 반드시 망한다는 뜻이다.

프러시아의 프리드리히 대왕이 바로 그런 경우다. 그는 7년 동안 스스로 양성한 강군을 이끌고 오스트리아를 비롯하여 프랑스, 러시아 등 유럽의 여러 나라를 상대해 백전백승을 거두기도 했다. 그러나 그 승리의 대가는 참으로 엄청났다. 무리한 원정으로 인한 막대한 군사 유지비는 말할 것도 없고, 안으로는 국민의 피폐와 경제 파탄을 불러왔다.

오스카 와일드는 그의 『옥중기』에서 이런 말을 했다.

"위대한 인물이나 평범한 인물이나 파멸로 이끄는 것은 바로 자기 자신의 손에 의해서이다."

# 민심을 다스리지 못하면 평화를 잃는다

---

근 어 사 자　귀 매　귀 매　즉 백 성 재 갈
近於師者는 貴賣니 貴賣면 則百姓財竭하고

재 갈　즉 급 어 구 역
財竭이면 則急於丘役이니라.

주둔지에 가까운 곳은 물가가 비싸진다. 물가가 오르면 곧 백성들의 재물이 고갈되고, 재물이 고갈되면 백성들은 부역(賦役)의 부담에 다급해진다.

---

맹자가 산동성山東省에 있었던 소국 등滕나라의 문공文公에게 정치의 병법을 질문받았을 때 유명한 정전설井田說을 말한 적이 있다. 그때 맹자가 대답한 말 중에 무항산자무항심無恒産者無恒心이란 말이 있는데, 항산恒産이란 일정한 생업을, 항심恒心이란 변하지 않는 지조를 뜻하는 것으로 '생활의 안정을 얻지 못하면 마음의 평화조차 잃어버리게 된다'는 뜻이다. 나라가 전쟁에 휩쓸리고 그로 인하여 물가가 턱없이 치솟게 되면 사람들은 생활의 안정을 잃고 마음의 평화를 누릴 수 없게 되는 것은 당연한 일이다.

홍수와도 같은 분노의 흐름은 피할 길이 없다. 그것은 무리지어 밀려들기 때문이다. 높은 물가, 바닥난 생필품, 그리고 무거운 세금과 노역 이 모든 것들이 거대한 흐름으로 치닫기 시작하면 누구도 멈추게 할 수 없다.

# 오랜 전쟁은
# 나라를 황폐하게 한다

역굴재탄중원 내허어가 백성지비 십거기칠
力屈財殫中原이면 內虛於家하여 百姓之費는 十去其七하고

공가지비 파거파마 갑주시궁 극순모로
公家之費는 破車罷馬하고 甲冑矢弓과 戟楯矛櫓와

구우대거 십거기륙
丘牛大車는 十去其六이니라.

중원 땅에 힘이 모자라고 재물이 다하면 나라 안도 텅 비고, 백성들은 10에 7을 빼앗기게 된다. 수레는 파괴되고 말은 지치며 갑옷, 투구, 활과 화살, 갈라진 창과 방패, 세모창과 큰 방패, 구우대거는 10에 6이 소모된다.

---

중원中原은 황하 유역에 있는 제齊, 노魯, 진晉, 송宋 등 옛날 중국 문화의 중심지이다. 그래서 중원을 생필품이 풍부한 곳 또는 그런 나라라고 일컫기도 한다. 전쟁이 오랫동안 계속되면 백성들의 생활도 곤궁해질 수밖에 없다. 실례로 2차 대전 당시 영국은 상속세와 전시세戰時稅라는 명목으로 국민 소득의 5분의 3을 징수한 적이 있다. 경제적인 지원 없이 군대는 유지될 수 없다. 따라서 지속적인 전쟁은 곧바로 국민으로부터 거둬들이는 혈세로 이루어질 수밖에 없다.

카뮈는 '절망이란, 싸워야 할 이유를 모르면서 싸워야만 하는 것'이라고 말했다. 모든 국민에게 전쟁이란 참으로 싸워야 할 이유를 모르면서 싸우지 않으면 안 되는 것인지도 모른다.

# 적진에 나의 것이 있다

智將(지장)은 務食於敵(무식어적)이니 食敵一鍾(식적일종)은 當吾二十鍾(당오이십종)이요

其秆一石(기간일석)은 當吾二十石(당오이십석)이니라.

지혜로운 장수는 적의 식량을 찾아 먹는다. 적의 식량 일 종을 먹는 것은 우리 식량 이십 종에 해당한다.
적의 콩깍지와 짚 한 섬을 말에게 먹이는 것은 우리 것 이십 섬에 해당한다.

원정군에게 가장 중요한 것은 원활한 군수품의 보급이다. 지혜로운 장수는 적진에 있는 식량을 그들의 것으로 하기 위해 최선을 다한다. 한 가마의 곡식을 후방으로부터 전쟁터까지 수송해 오는 데는 몇 배의 비용과 노력이 필요하기 때문이다. 보리소는 이렇게 말했다.

"인생에서 가장 중요한 일은 이익을 자본화하지 않는 것이다. 그런 것은 바보라도 할 수 있다. 진실로 중요한 일은 손실에서 이익을 올리는 것이다. 그러자면 지혜를 필요로 하는데, 이 점이 바로 분별 있는 사람과 바보의 차이를 만드는 것이다."

적진 속에 내가 필요로 하는 모든 것이 있다. 그것을 어떻게 나의 것으로 만드느냐가 문제이다. 전쟁은 모든 것을 정당화시킨다. 현재 진행 중인 전쟁의 명분 앞에서는 달리 어쩔 도리가 없기 때문이다. 몽테뉴의 말처럼 모든 메달에는 뒷면이 있다. 뒷면의 역할을 충분히 할 수 없다면 앞면에 적힌 메달의 영광도 차지할 수 없다.

# 아군의 적개심을 고취시켜라

殺敵者怒也요 取敵之利者貨也라.

적군을 죽이려면 분노를 불러일으켜야 하고, 적의 이익을 탈취하려면 상을 주어야 한다.

인간의 감정 중 분노만큼 격한 것은 없다. 그것은 자기 자신을 실종케 할 뿐만 아니라, 자신에 대한 파괴 행위도 서슴지 않는다. 그래서 타고르는 '분노에 자신을 맡기는 것은 일종의 방종'이라고 경고했다. 도스토옙스키도 『백치百痴』에서 이렇게 말했다.

"격분도 어느 극까지 도달하면, 인간은 될 대로 되라는 자포자기식으로 점점 더해 가는 쾌감을 즐기며 스스로를 분노에 내맡기고 만다."

적개심에는 언제나 분노의 감정이 들끓는다. 마치 휴화산처럼 겉으로 드러나지는 않더라도 언제나 안으로는 들끓고 있다. 그래서 누군가가 적개심에 불을 지르기만 하면 기다렸다는 듯 무서운 활화산으로 변하고 만다. 불을 지를 수 있는 것, 그것이 바로 충동이다. 적개심을 고취시키는 모든 행위들이 그에 속한다. '적의 이익을 탈취하려면 상을 주라'는 손자의 논리도 바로 그에 바탕을 두고 있다.

# 적을 내 편으로 만들어라

---

차전 득차십승이상 상기선득자 이경기정기
車戰에 得車十乘以上이면 賞其先得者하고 而更其旌旗하고

차잡이승지 졸선이양지 시위승적이익강
車雜而乘之하며 卒善而養之니 是謂勝敵而益强이니라.

전차(戰車)전에서 수레 열 대 이상을 노획한다면 먼저 그것을 획득한 사람에게 상을 준다.
그리고 적의 수레의 깃발을 내리고 우리 것으로 바꾸어 달아 그 수레는 우리 수레의 대열에 편입시키고
포로가 된 적군은 잘 대우하여 아군으로 양성한다. 이렇게 하는 것이 적에게 이김으로써 더욱 강해지는 것이다.

---

남들이 미처 행동으로 옮기기 전에 과감히 앞장설 수 있는 것은 큰 용기를 필요로 한다. 정도전은 『삼봉집三峰集』에 이렇게 적고 있다.

"대개 전쟁이란 위험한 일이다. 전진하면 죽을 염려가 있고 후퇴하면 생존하는 이치가 있다. 인정이란 누구나 죽음을 두려워하고 삶을 좋아하는 것이다. 그러므로 오직 상을 중하게 해야만 목숨을 잊을 수 있고, 오직 벌을 중하게 해야만 죽는 데에도 나갈 수 있다."

벤저민 프랭클린은 이렇게 말했다.

"친구에게 좋게 대하라. 그를 잃지 않기 위해서이다. 적에게 잘하라. 그를 얻기 위해서이다."

영원한 적이란 없다. 적이 불행할 때 이미 그는 나에게 적이 아니다. '적을 격파하는 최선의 수단은 적을 자기 편으로 만드는 일'이라고 앙리 4세는 말했다. 그것이 승리의 가장 빠른 지름길이다.

# 전쟁은 속도전이다

兵貴勝(병귀승)이고 不貴久(불귀구)이여 故(고)로 知兵之將(지병지장)은 民之司命(민지사명)이요
國家安危之主也(국가안위지주야)니라.

전쟁은 속히 이기는 것만이 중요할 뿐, 오래 버티는 것을 중하게 여기지 않는다.
전쟁을 아는 장수는 백성의 생명을 맡을 사람이요, 국가의 안위를 주관할 사람이다.

오자吳子는 장수로서 조심해야 될 점으로 다음 다섯 가지를 들었다.

첫째, 많은 사람을 적은 사람 다스리듯 할 것.

둘째, 문 앞에 적이 있는 것처럼 대비할 것.

셋째, 적을 대할 때는 살겠다는 생각을 버리고 용감할 것.

넷째, 비록 승리했다 하더라도 싸우기 시작할 때처럼 경계할 것.

다섯째, 군법은 간단하고 번거롭지 않게 할 것.

전쟁은 한 나라의 국운이 달려 있는 중대한 일이다. 국민의 생명은 물론, 나라의 운명까지도 전쟁에 임하는 장수에게 달려 있기 때문이다. 다행히 훌륭한 장수라면 국민들의 희생을 최소한으로 하여 전쟁을 승리로 이끌겠지만, 그렇지 못할 경우 엄청난 희생을 치르고도 패전의 쓰라림을 껴안을 수밖에 없다. 그래서 손자는 어떠한 전쟁이든 전쟁에 임해서는 아무리 졸속拙速의 방법이라 하더라도 하루빨리 승리로 전쟁을 끝낼 것을 종용하는 것이다.

오기吳起는 불과 오만의 군사로 진秦나라의 오십만 대군을 격파했다. 그는 진군하기 전, 무후武侯에게 다음과 같은 말로 승리를 장담했다.

"사람에게는 반드시 장점과 단점이 있고, 기운에는 반드시 왕성한 때와 쇠약한 때가 있다고 합니다. 잘 싸우는 장수란 남의 장점을 쓰고, 왕성한 기운을 부리는 자입니다. 대왕께서 지금까지 공로가 없었던 군인 오만을 내놓으신다면, 저는 이들을 이끌고 나가 진의 군대를 맞이해 싸우겠습니다. 만일 싸움에 실패한다면 이웃 나라의 제후들로부터 비웃음을 당하고 우리나라의 위신을 잃는 결과가 됩니다. 전쟁이란 이렇게 중대한 일이기에 저에게는 필승의 전망이 있어서 여쭙는 것입니다. 가령 여기에 죽음조차 사양치 않는 한 명의 도둑이 넓은 벌판에 숨어 있고, 천 명이나 되는 사람들이 이를 추격한다 할 때 천 명 중에서 공포심을 느끼지 않는 자는 없을 것입니다. 죽음조차 두려워하지 않는 그 도둑이 갑자기 뛰어나와 자기를 해치지 않을까 생각하기 때문입니다. 한 사람이 목숨을 내던지고 덤빌 때는 천 명도 두려워하게 만들 수 있습니다. 제가 장병 오만 명을 모아 필사의 각오를 지닌 한 명의 도둑처럼 만들어 이들을 이끌고 진의 군대를 친다면 그들도 당해내지 못할 것입니다."

## 제3장

### 모공편
### 謨攻篇

# 적을 알고 나를 알면 백 번 싸워도 위태롭지 않다

적이 밀려오는 모습을 보건대, 경솔하여 깊은 생각이 없고 군기는 지저분하고 어지러우며, 인마人馬는 자주 전후좌우를 돌아보는 모습이 두드러지면, 그 10분의 1의 병력으로도 격파할 수 있다. 전군이 불안에 사로잡혀 나가려 하나 나가지 못하고 물러가려 해도 물러가지 못하는 상태라면, 그 반의 병력으로 배가 되는 적을 쳐서 백 번 싸워도 한 번의 위태로운 일이 없을 것이다.

# 나라를 온전히 하는 것이 상책이다

孫子曰 凡用兵之法은 全國爲上하고 破國次之하며
全軍爲上하고 破軍次之하며 全旅爲上하고 破旅次之하며
全卒爲上하고 破卒次之하며 全伍爲上하고 破伍次之니라.

손자가 말했다. 모든 전쟁을 하는 방법은
나라를 온전히 하는 것이 상책이고, 나라를 깨뜨리는 것은 그다음이다.
군(軍)을 온전히 하는 것이 으뜸이고, 군을 깨뜨리는 것은 그다음이다.
여(旅)를 온전히 하는 것이 으뜸이고, 여를 깨뜨리는 것은 그다음이다.
졸(卒)을 온전히 하는 것이 그 으뜸이고, 졸을 깨뜨리는 것은 그다음이다.
오(伍)를 온전히 하는 것이 으뜸이고, 오를 깨뜨리는 것은 그다음이다.

고려 성종 13년, 글안契丹의 대군이 청천강 부근까지 쳐들어오자, 이에 당황한 고려 조정은 글안의 요구를 들어주고 강화할 뜻을 비쳤지만, 오직 서희徐熙 장군만은 결연한 의지로 맞섰다.

"우리의 국호는 고려다. 고려가 옛 고려(고구려)의 강토를 계승함은 지극히 당연한 것이다. 옛 고려의 강토는 요동반도에까지 이르렀다. 귀국은 요동 이동의 땅을 우리에게 반환할 의향이 있는가? 또 국교 문제는 여진족이 가로놓여 있어 그들의 방해 때문에 뜻대로 되지 않고 있다. 만약 국교를 원한다면 귀국이야말로 여진족 문제를 먼저 해결해야 되지 않겠는가?"

서희 장군의 당당한 논리에 글안은 결국 압록강 이동의 땅은 고려에게 돌려주되 여진족 문제는 고려가 해결하라는 타협안을 내놓았다. 고려야말로 한 뼘의 땅을 내주기는커녕 전쟁도 하지 않고 압록강 이동의 지역을 되찾은 것이다. 이야말로 나라를 온전히 하고 군을 온전히 한 상책의 승리이다.

# 승리만이 최선은 아니다

백전백승　비선지선자야　부전이굴인지병　선지선자야

百戰百勝은 非善之善者也요 不戰而屈人之兵이 善之善者也니라.

백 번 싸워서 백 번 이기는 것은 선(善) 가운데 가장 으뜸가는 선이 아니다.
싸우지 않고도 적을 굴복시킬 수 있는 것이 선 가운데 가장 으뜸가는 선이다.

---

맹자가 말했다.

"덕德으로써 부덕不德과 싸우고 지혜로써 지혜 없는 자와 싸운다면 냇물을 이루도록 피를 흘리는 백병전白兵戰을 벌일 것도 없이 손쉽게 정복의 공功을 올릴 수 있을 것이다."

백 번 싸워서 백 번 이기는 것은 선善 가운데 가장 으뜸가는 선이 아니다. 싸우지 않고서도 적을 굴복시킬 수 있는 것이 선 가운데 가장 으뜸가는 선이라고 할 수 있다. 한 번을 싸우든 두 번을 싸우든, 싸움은 그만큼 많은 인명과 재산을 희생물로 삼는다. 그뿐이 아니다. 싸움에 이기면 이길수록 패배한 쪽에서는 보복의 칼을 갈기 마련이다. 그것까지도 경계해야 한다.

지혜로운 통치자는 여간해선 치열한 전쟁에 말려들지 않는다. 그에게는 싸우지 않고서도 적을 굴복시킬 수 있는 지혜가 함께하기 때문이다.

주베르가 말했다.

"전쟁에 의해서 가져온 것은 전쟁에 의해서 빼앗기게 될 것이다."

# 적의 계략을 부숴라

上兵은 伐謀요 其次는 伐交요 其次는 伐兵이요 其下는 攻城이니라.

최상의 병법은 적의 계략을 치는 것이고, 그다음은 외교로 적을 치는 것이며,
그다음은 적의 군사를 치는 것이고, 마지막 방법이 성을 공격하는 것이다.

노자는『도덕경』에서 이렇게 말한다.

"평안한 상태는 지탱하기 쉽고, 조짐이 드러나지 않은 일은 꾀하기 쉽고, 기미가 드러나기 시작한 일은 분산시키기 쉽다. 일은 아직 조짐도 드러나지 않았을 때 처리하며, 정치는 어지러워지지 않았을 때 잘 다스려야 한다."

삼국시대 때 오장원五丈原에서 제갈량과 대진했던 사마의司馬懿의 전법이 이에 속한다. 사마의는 제갈량의 군대를 철수토록 하는 것이 목적이었다. 애써 전쟁을 치러 이길 필요까지는 없었던 것이다. 그래서 사마의는 성을 지키면서 적군의 철수만을 기다렸다. 그러나 제갈량의 입장은 달랐다. 멀리서 원정군을 이끌고 왔기 때문에 속전즉결만이 그가 바라던 상황이었다. 그는 온갖 방법을 동원해서 사마의를 동요시키려 했으나 허사였다. 사마의는 성 안에 틀어박힌 채 꼼짝도 하지 않았다. 기다리다 지친 제갈량은 과로로 쓰러졌고 사마의는 단 한 명의 희생도 없이 승리할 수 있었다.

# 공성은 차선책이다

---

공 성 지 법 위 부 득 이 야 수 로 분 온
攻城之法은 爲不得已也라. 修櫓轒轀하고

구 기 계 삼 월 이 후 성 거 인 우 삼 월 이 후 이
具器械에 三月而後에 成이라. 距闉又三月而後已니라.

성을 공격하는 것은 부득이할 때만 한다. 큰 방패와 공성용(攻城用) 전차를 수리하고 갖가지 기구를 마련하는 데는 삼 개월 이상이 걸려야 하고 거인(距堙)은 또 삼 개월이 걸린 뒤에야 이루어진다.

---

거인距堙이란 흙을 높이 쌓아서 성벽에 쉽게 오를 수 있도록 하는 시설의 일종으로, 성 둘레의 해자를 메우고 흙을 높이 쌓아 성을 공격하기 위한 도구이다. 이 공사는 바로 적군 앞에서 진행하는 공사이고, 이것을 완성하는 데만도 무려 삼 개월의 시일이 소요된다. 성을 공격하기 위해서는 이런 부대시설이 필요하다. 그뿐이 아니다. 성으로부터 날아오는 돌이나 화살을 막으려면 커다란 방패가 있어야 한다. 성벽을 부수는 기구며 성벽을 오를 수 있는 사닥다리, 그리고 성을 공격하는 데 쓰이는 특수한 전차까지 모두 구비되어 있어야 한다.

묵자墨子는 성을 공격하는 방법으로 다음 열두 가지를 꼽는다.

1. 흙을 성 높이만큼 쌓아 올려 같은 높이에서 공격한다.

2. 갈고리를 성벽에 걸치고 기어올라 공격한다.

3. 충거衝車라는 큰 쇳덩이를 단 수레로 성벽을 쳐서 부순다.

4. 운제雲梯라는 사닥다리가 달린 수레를 이용하여 성을 공격한다.

5. 성의 사방에 있는 해자를 메우고 흙을 쌓아 올라가 공격한다.

6. 물길을 막아 성으로 유도하여 물로써 공격한다.

7. 굴을 파고 성 안으로 들어가 공격한다.

8. 성벽에 구멍을 뚫고 공격한다.

9. 성 아래에 큰 구덩이를 파서 성벽을 무너뜨리고 공격한다.

10. 개미 떼처럼 군사들을 돌격시켜 성벽을 기어오르며 공격한다.

11. 분온轒轀이란 여러 가지 기구를 갖춘 장갑차로 공격한다.

12. 헌거軒車라는 높은 망루가 있는 수레를 이용하여 공격한다.

이것은 모두가 아군의 희생을 전제로 하지 않으면 일으킬 수 없는 전쟁이다. 엄청난 희생이 따르는 전쟁은 이미 패한 전쟁이나 다름없다. 그래서 손자는 졸속拙速을 강변하는 것이다.

# 분노는 무모한 결과를 부른다

장 불 승 기 분 이 의 부 지 살 사 졸 삼 분 지 일
將不勝其忿하여 而蟻附之하면 殺士卒三分之一이나

이 성 불 발 자 차 공 지 재 야
而城不拔者하니 此는 功之災也니라.

장수가 분노를 참지 못하고 개미 떼처럼 성벽에 달라붙어 공격케 하면 3분의 1의 군사들을 희생시키고도 성을 탈취하지 못하는 경우가 있는데, 이것이야말로 공격의 재앙이다.

세네카가 말했다.

"노하는 것은 굴러떨어지는 물건과 같아서 떨어져 부딪친 물건 위에서 깨어진다."

대부분의 노기怒氣란 일시적 광기에 지나지 않는다. 분노한 감정이 서서히 사그라들면 그 광기는 자연히 자취를 감춘다. 그렇기 때문에 어떤 경우라도 노한 상태에서 무엇을 결정하거나 집행하는 것은 위험한 일이 아닐 수 없다. 장수가 분노를 참지 못하고 병사들로 하여금 개미 떼처럼 성벽을 기어오르게 한다면 그것이야말로 굴러떨어지는 물건과 조금도 다를 것이 없다.

목마른 비둘기가 그림 속에 있는 주전자를 보았다. 비둘기는 그 그림을 진짜로 알고 날개를 크게 퍼덕이며 주전자를 향해 날아갔다. 그러나 비둘기는 물을 마시기는커녕 주전자 위에 앉을 수도 없었다. 비둘기는 다시

한 번 시도했지만 역시 마찬가지였다. 화가 난 비둘기는 온몸의 힘을 모아 세차게 주전자를 향해 돌진했다. 결국 비둘기는 그림에 세게 부딪쳐 날개에 상처를 입고 땅바닥에 떨어져 나뒹굴었다. 그때 마침 지나가던 행인이 냉큼 비둘기를 잡아채어 어디론가 들고 갔다.

분노한 행위는 무모한 결과를 불러들인다. 개미 떼처럼 성벽을 기어오르는 병사들은 화가 난 비둘기와 다를 것이 없다. 당唐나라의 태종太宗이 고구려를 정벌하려 했을 때, 안시성安市城에서 치른 희생이 바로 그 대표적인 실례가 될 수 있다. 태종은 안시성을 공격하느라 엄청난 병력을 희생했을 뿐만 아니라, 그로 인하여 고구려 정벌은 결국 실패로 돌아갔다. 세네카는 이렇게 말했다.

"분노는 전쟁의 아들이다."

# 용병에 능한 사람은 손실이 없다

---

선용병자 굴인지병 이비전야
善用兵者는 屈人之兵하되 而非戰也하며

발인지성 이비공야 훼인지국 이비구야
拔人之城하되 而非攻也하며 毁人之國하되 而非久也니라.

필이전쟁어천하 고 병부돈
必以全爭於天下하니 故로 兵不頓하고

이리가전 차 모공지법야
而利可全이나 此는 謀攻之法也니라.

용병에 능한 사람은 적을 굴복시키더라도 맞붙어 싸우지 않는다.
적의 성을 점령하더라도 공격하지는 않는다. 적의 나라를 훼손시키더라도 오래 끌지 않는다.
반드시 온전한 것으로 천하를 다툰다. 그럼으로써 군대에 손실이 없으면서 이익은 완전하게 얻을 수 있다.
이것이 계략으로 공격을 꾀하는 방법이다.

---

한나라의 고조는 초한전楚漢戰에서 항우를 물리치고 나서 다음과 같이 말했다.

"나는 천 리 밖의 장막 속에 있으면서 꾀로써 승리를 이끌어내는 데는 장량張良을 따르지 못하고, 후방에 남아 치안을 다스리고 전방의 군사들에게 원활한 보급을 하는 일에는 도저히 소하蕭何를 능가할 수 없다. 또 전쟁에서 반드시 이기고 성을 탈취하는 전술에서는 감히 한신韓信을 당할 수가 없다. 나는 이 세 재목을 적재적소에 썼기 때문에 승리할 수 있었다."

지혜로운 자는 전쟁도 지혜롭게 치른다. 적의 군사를 굴복시키더라도 맞붙어 싸우지 않고 지능으로 싸운다. 온전하게 공격하고 온전하게 탈취

한다.

맹자가 말했다.

"성인聖人이 지나가는 곳에는 백성이 그 덕에 화하고, 성인이 있는 곳에는 그 덕화德化가 신묘하여 헤아릴 수 없다."

# 적을 피할 줄 아는 것도 뛰어난 전략이다

用兵之法은 十則圍之요 五則攻之며 倍則分之요
敵則能戰之며 少則能逃之요 不若則能避之니
故로 少敵之堅이면 大敵之擒也니라.

전쟁하는 방법은 열 배의 병력이면 적을 포위하고,
다섯 배의 병력이면 적을 공격하고, 두 배의 병력이면 적을 분열시킨다.
맞먹는 병력이면 잘 대적해야 하며, 병력이 적으면 방어를 잘해야 하며, 병력이 부족하면 적을 피해야 한다.
그러므로 적은 병력으로 굳건히 버티면 강한 적의 포로가 된다.

손자는 공격의 기본 원칙을 이야기하고 있다. 그러나 그렇지 않는 경우도 있는데, 그때는 당연히 장수의 임기응변에 따라 공격의 양상이 달라져야 할 것이다.

적에 비해 열 배의 병력이면 포위하는 것만으로도 충분히 승리할 수 있다. 다섯 배의 병력이면 공격하여 승리할 수 있고, 두 배의 병력이면 협공으로 분열시킨다. 또한 맞먹는 병력이라 하더라도 잘 훈련된 군사라면 충분히 이길 수 있다. 그러나 적군에 비해 병력이 열세라면 당연히 전쟁을 피해야 한다. 패배할 줄 알면서 싸울 필요는 없기 때문이다.

오자吳子는 적과의 싸움을 피해야 할 여섯 가지 경우를 다음과 같이 열거하고 있다.

첫째, 적의 국토가 광대하고 백성들이 많고 부유할 경우.

둘째, 적의 군주가 그의 백성들을 깊이 사랑하여 은혜가 골고루 퍼져 있는 경우.

셋째, 상벌賞罰은 잘 살펴 시행하고 명령은 알맞게 내리는 나라인 경우.

넷째, 유공有功한 자를 발탁하여 지위를 주고 현명한 자와 유능한 자를 등용하는 나라일 경우.

다섯째, 병력이 넉넉하고 무기가 정예精銳한 나라인 경우.

여섯째, 사방의 이웃 나라들이 돕거나 큰 나라가 돕고 있는 경우.

약소한 병력으로는 아무리 버틴다 해도 강한 나라의 포로가 될 수밖에 없다. 설사 유리한 지형이나 시설을 이용하여 수비를 한다 하더라도 그것은 한계가 있다.

헤밍웨이는 이렇게 말했다.

"전쟁은 이겨야 한다. 왜냐하면 패배는 전쟁에서 일어날 수 있는 어떤 사태보다도 더 비참한 사태를 초래하기 때문이다."

# 무릇 장수는 나라의 보輔이다

부장자 국지보야 보주즉국필강 보극즉국필약

**夫將者는 國之輔也니 輔周則國必强하고 輔隙則國必弱이니라.**

무릇 장수는 나라의 보(輔)이다. 보에 빈틈이 없으면 나라는 반드시 강해질 것이며 보에 빈틈이 있으면 나라는 반드시 약해질 것이다.

수레의 양쪽 바퀴가 빠지지 않도록 버티게 하는 덧방나무를 보輔라고 한다. 손자는 여기서 나라를 수레의 몸체로 보고, 군주를 수레의 축으로, 장수를 수레의 덧방나무로 비유하고 있다. 수레의 덧방나무가 탄탄하다면 그 수레는 아무리 먼 거리를 치달려도 별 무리가 없을 것이다. 그래서 손자는 '시계편始計篇'에서 장수란 지혜, 신의, 어짐, 용기 그리고 위엄이 있어야 한다고 강조하는 것이다.

어느 날 무후武侯가 물었다.

"나는 적의 외면에 나타난 것을 관찰하여 그것으로 내부의 실정을 알고, 또 전진하는 형세를 관찰하여 그것으로 멈추었을 때의 형태를 알아, 이것에 의지해서 승패를 미리 판결하고 싶소. 그런데 그 방법을 모르니 어떡해야 하는지 듣고자 하오."

오기吳起가 대답했다.

"적이 밀려오는 모습을 보건대, 경솔하여 깊은 생각이 없고 군기軍旗는 지저분하고 어지러우며, 인마人馬는 자주 전후좌우를 돌아보는 모습이 두드러지면, 그 10분의 1의 병력으로도 격파할 수 있습니다. 그리하여 적을 꼼짝 못하게 할 수 있습니다. 또 연합할 예정인 제후의 군이 아직 도착하지 않아 고립 상태에 있고, 군신 간에 화합하지 않으며, 진지는 완성되지 않고, 군령軍令도 하달되지 않아 군기軍紀가 해이하며, 전군이 불안에 사로잡혀 나가려 하나 나가지 못하고 물러가려 해도 물러가지 못하는 상태라면, 그 반의 병력으로 배가 되는 적을 쳐서 백 번 싸워도 한 번의 위태로운 일이 없을 것입니다."

그것이 장수의 지혜이며 용기이다. 전쟁에 임하는 장수의 위치는 그래서 귀중하다. 장수 한 명의 지혜와 능력은 한 나라의 운명과 함께하기 때문이다. 완전한 승리는 언제나 지혜와 함께한다. 한 대의 수레가 견고하게 굴러가기 위해서는 그 수레의 몸체와 그 수레의 축과 덧방이 삼위일체를 이루어야 한다. 어느 한 자리라도 빈틈이 생기면 그 수레는 덜컹거리기 마련이다. 용기가 승자를 만들고 조화가 무패자無敗者를 만든다.

# 군을 속박해서는 안 된다

군지소이환어군자삼 부지군지불가이진
君之所以患於君者三이니 不知軍之不可以進하고

이위지진 부지군지불가이퇴
而謂之進하고 不知軍之不可以退하여

이위지퇴 시위미군
而謂之退하나니 是謂縻軍이니라.

군대가 군주 때문에 어려움을 당하는 경우가 세 가지 있다.
진격해서는 안 되는 것을 모르고 진격하라고 하는 것,
후퇴해서는 안 되는 것을 알지 못하고 후퇴하라고 하는 것이 그러한데, 이는 군대를 속박하는 것이다.

프리드리히 대왕은 명장으로 손꼽히지만 무리한 작전 탓으로 일생일대의 패배를 남긴 기록이 있다. 휘하 장군의 과실에 격분해서 적보다 훨씬 역세인 것을 알면서도 그 부대를 무리한 공격에 투입했던 것이다. 대왕의 적인 오스트리아에는 당시 용감하기로 이름난 라우든 장군이 있었다. 그는 사만 명의 대군을 이끌고 침입하여 대왕의 군대와 하인리히 친왕親王이 이끄는 군대를 격퇴시키는 데 성공했다. 이때 프리드리히 대왕 휘하의 장군인 후크는 적과 대치하던 중, 지금까지 고수하던 진지에 계속 머무는 것은 자멸의 길임을 깨닫고 진지에서 조금 후퇴한 장소에 머물렀다. 그러자 일단 점거한 진지는 최후까지 사수하는 것을 신조로 생각하던 프리드리히 대왕은 후크 장군의 후퇴에 노발대발하면서 진지를 다시 점령하라고 명령했다. 대왕의 명령에 후크 장군은 마침내 자포자기 상태가 되어 적군의 삼분의 일도 채 안 되는 병력으로 정면공격을 시도했다.

결과는 불을 보듯 뻔한 것이었다. 최후의 순간까지 군사들은 용전분투했지만 결국 엄청난 패배로 끝났고, 중상을 입은 후크 장군은 포로가 되는 비참한 최후를 맞이했다. 무리한 명령이 빚은 냉엄한 현실이었다.

『위료자尉繚子』에 이런 말이 있다.

"장수란 위로는 하늘에도 제약당하지 않고 아래로는 땅에도 제약당하지 않으며 가운데로는 사람에게도 제약당하지 않는다."

전시戰時에 부여된 장수의 권한은 책임과 의무를 수반한 것이긴 하지만 그 권한이야말로 참으로 막강한 것이다. 절대 그것을 속박해서는 안 된다. 불필요한 간섭은 곧 혼란을 초래할 뿐이다.

모든 사람들은 그들의 일상에서 흔히 이런 경우를 발견하게 된다. 부여된 권리는 맡겨진 의무만큼이나 존중되어야 한다. 그래서 셰익스피어는 이런 말을 남겼다.

"한 치의 벌레에게도 오 푼의 혼魂은 있다."

# 군을 어지럽혀서는 안 된다

부지삼군지사 이동삼군지정자 즉군사혹의
不知三軍之事하고 而同三軍之政者면 則軍士惑矣하고
부지삼군지권 이동삼군지임 즉군사의의
不知三軍之權하고 而同三軍之任이면 則軍士疑矣니라.

삼군의 일을 알지도 못하면서 삼군을 다스리는 일에 간여하면 군사들은 갈팡질팡하게 된다.
삼군의 권변(權變)을 모르면서 삼군의 임무를 간여하면 군사들은 의혹을 품게 된다.
이것은 군대를 어지럽히는 것이다.

제齊나라 경공景公 때의 일이다. 진晉나라가 강성해지면서 제나라의 변방을 자주 쳐들어오는가 하면 연燕나라마저 연대해서 하상河上을 침략해 왔다. 그때마다 제나라는 패배의 수모를 그대로 당하고 있었다. 임금인 경공이 그로 하여 애를 태우고 있을 때 재상인 안영晏嬰이 새로운 장수감으로 전양저田穰苴를 추천했다.

"양저는 전씨田氏의 서자 계통이지만 그 사람됨이 문文으로 봐서는 능히 많은 사람을 심복시킬 수 있고, 무武로 봐서는 적을 위압할 만합니다. 부디 한번 불러 보십시오."

그리하여 경공은 양저를 불러 군사 문제에 대해 여러 말을 나눈 끝에 그를 장군으로 임명하고 진나라와 연나라의 침략군을 물리칠 것을 명령했다. 그러자 양저가 말했다.

"상감께서 이토록 미천한 사람을 발탁하시어 관리의 윗자리에 앉히셨기 때문에 아직 군사들이 저에게 심복하지 않고 백관도 신뢰를 주지 않습니다. 하오니 상감께서 총애하시는 신하 중에서 온 국민이 존경할 수 있는 인물 한 사람을 감군監軍으로 붙여 주십시오."

감군이란 이를테면 감독관과 같은 것이다. 경공은 그 말을 받아들여 장가莊賈를 감군에 임명했다. 양저는 임금 앞을 물러 나오면서 다음날 정오에 군문軍門에서 만나기로 장가와 약속했다. 이튿날 진영에 먼저 도착한 양저는 해시계와 물시계를 준비해 놓고 장가를 기다렸지만 그는 시간이 지나도 좀체 나타나질 않았다. 성격이 오만한 장가는 자기는 군감이므로 그다지 서두를 필요가 없다고 생각했던 것이다. 양저는 장가를 기다리다 말고 해시계와 물시계를 치우고 각 부대를 순시하며 병사를 점검한 다음, 군령을 정해 하달했다. 장가는 군령이 발효되고서도 한참이 지난 후 저녁 때가 거의 다 되어서야 모습을 드러냈다. 양저가 물었다.

"왜 약속 시간을 어겼는가?"

장가가 대답했다.

"늦어서 미안하오. 사실은 대부大夫들과 친척이 전송차 찾아와서 늦어지게 되었소."

양저가 언성을 높여 말했다.

"장수가 된 자는 출진의 명령을 받은 날에는 그 집을 잊고, 군에 임하여 군령을 정하고 나면 그 가족을 잊고, 공격의 북소리가 나면 그 몸을 잊어야 한다. 지금 적군이 우리 땅 깊숙이 침입하여 전국이 소요하며 병사들은 국경 지대에서 야영으로 고초를 겪고, 군주께서는 근심으로 잠도 편히 못 주무시고 음식 맛도 잊으셨다. 우리 백관과 백성의 목숨이 오로지 그대에게 걸려 있는 터에 전송을 받느라고 늦다니 말이 되는가?"

양저는 다시 군정軍正을 불러 물었다.

"군법에서는 약속한 시간에 늦은 자를 어떻게 벌하도록 되어 있는가?"

"참형에 해당합니다."

그러자 당황한 장가는 급히 임금에게 사람을 보내어 구원을 청했다. 그러나 사자가 돌아오기도 전에 양저는 장가를 참형에 처하고 삼군三軍에 이 사실을 알렸다. 삼군의 장졸들은 모두가 벌벌 떨었다. 잠시 후 임금이 보낸 사자가 도착해 마차를 달려 군영 안으로 들어와 장가를 특사하라는 임금의 뜻을 전했다.

"장수가 군중軍中에 있을 때는 임금의 명령도 따르지 못하는 경우가 있다."

양저는 이렇게 말하고 군정에게 물었다.

"군영 안에서는 말을 달리지 못하도록 되어 있다. 그런데도 저 사자는 말을 달려 왔다. 이것은 무슨 죄에 해당되는가?"

"참형입니다."

사자의 낯빛이 새파랗게 질렸다.

"그러나 임금의 사자는 죽일 수 없다."

양저는 그렇게 말하면서, 마부를 죽여 삼군三軍에 포고했다. 그리고 사자에게 임금께 돌아가 보고하도록 이른 다음 출진했다. 양저는 병졸의 숙소나 음식의 알선, 그리고 병을 보살펴 약을 먹이는 일까지도 스스로 했다. 사흘이 지난 뒤 군사를 점검해 본 결과, 병에 걸린 병졸까지도 모두 출전하기를 희망했다. 이 소문을 듣고 진나라군은 스스로 진지를 철거하고 돌아갔으며 연나라군도 황하를 건너 본국으로 돌아가 버렸다. 양저는 이들을 추격하여 빼앗긴 영토를 모두 회복할 수 있었다.

『삼략三略』에는 이렇게 적혀 있다.

"장수의 위엄은 호령號令에 달려 있고 전쟁에서 완전히 승리를 거두는 것은 군정軍政에 달려 있다."

군의 명령 계통은 일사불란해야 한다. 해당 지휘관의 명령권은 그 누구도 간섭할 수 없다. 사회의 모든 조직체도 마찬가지다. 각자가 맡은 영역이 있다. 맡은 바 일에 최선을 다하면 되는 것이다. 공자孔子가 말했다.

"그 직위에 있지 아니하거든 그 정사政事에 간섭하지 마라."

# 내분은 적을 이롭게 한다

---

삼군 기혹차의 즉제후지난지의 시위난군인승

三軍이 旣惑且疑면 則諸侯之難至矣니 是謂亂軍引勝이니라.

삼군이 이미 당황하고 의심을 품고 있다면 곧 제후에게 환난이 닥치게 된다.
이것은 적을 이끌어 주어 승리케 하는 것이다.

---

혼란과 의심은 아주 작은 것에서 비롯되지만 시간이 흐를수록 눈덩이처럼 커진다. 그런 일들이 군영軍營 내에서 발생했다고 생각해 보라. 그것은 엄청난 사태를 유발하여 마침내는 적의 눈에 내분內紛으로 비쳐지게 된다. 숙명적으로 적대 관계에 있던 로마와 카르타고의 경우를 보자. 전쟁 초기, 카르타고는 거국일치하여 국난을 타개하려 애쓰고 있었고, 로마는 집권층의 정쟁政爭으로 국민의 지지를 얻지 못하고 있었다. 이때 카르타고의 한니발 장군은 알프스의 준령을 넘어 로마 제국을 침입해 순식간에 전국을 유린했다. 그제서야 로마는 정쟁을 멈추고 온 국민이 단결하여 국난 타개를 위해 궐기하기에 이르렀다. 이와는 반대로 카르타고 내에서는 먼 이역에서 싸우는 한니발의 승전을 당연한 것으로 봤을 뿐만 아니라 오히려 그의 승승장구하는 전공을 시샘하여 모함하는 자들이 생겨났다. 결국 한니발의 원정군은 고국으로부터의 보급마저 끊어진 채 완전히 고립되고 말았다. 그토록 위대한 명장 한니발도 마침내 그 기세가 꺾일 수밖에 없었던 것이다.

# 승리를 알 수 있는 다섯 가지

지승유오 지가이여전 불가이여전자 승
知勝有五하니 知可以與戰하고 不可以與戰者는 勝이요,

식중과지용자 승 상하동욕자 승
識衆寡之用者는 勝이요, 上下同欲者는 勝이요,

이우대불우자 승 장능이군불어자 승
以虞待不虞者는 勝이요, 將能而君不御者는 勝이니라.

차오자 지승지도야
此五者는 知勝之道也니라.

승리를 알 수 있는 다섯 가지가 있다.
싸울 만한 상대인지 그렇지 않은 상대인지 알아차리는 사람은 승리한다.
많은 병력과 적은 병력의 사용 방법을 아는 사람은 승리한다.
윗사람과 아랫사람이 같은 마음을 가진 나라는 승리한다.
곤경에 대비함을 곤경에 있지 않을 때부터 준비하는 나라는 승리한다.
장수는 능력이 있고 군주가 견제하지 않는 나라는 승리한다. 이 다섯 가지가 승리를 알 수 있는 길이다.

알렉산더 대왕은 폴리페르콘이 밤의 어둠을 틈타 다리우스 왕을 처치하자는 제안에 이렇게 대답했다.

"안 된다. 승리의 도둑질은 내가 할 일이 아니다."

전쟁에 있어서 최선의 목표는 승리에 있으므로 승리를 위해서는 수단과 방법을 가릴 필요가 없다. 전쟁을 빨리 끝맺기 위해서는 졸속拙速이라도 그 길을 택하라고 손자도 권유하고 있지 않는가. 손자는 미리 승리를 알 수 있는 방법으로 다음 다섯 가지를 제시하고 있다.

첫째, 적과 아군의 정세를 파악하고 비교 분석하여 싸워서 이길 수 있는 적인가 아닌가를 판단한다.

둘째, 병력이 많고 적음에 따라 적절한 전략을 세울 줄 알아야 한다.

셋째, 윗사람과 아랫사람의 의견이 통일되고 일치단결할 수 있어야 한다.

넷째, 만반의 준비를 갖춘 후에 승리를 확신하며 공격해야 한다.

다섯째, 지휘권이 확실히 보장된 유능한 장수가 있어야 한다.

이것들이야말로 승리를 점칠 수 있는 가장 기본적인 조건들이다. 이것을 기업에 적용시켜도 마찬가지다. 또한 일상생활에서 사람들이 겪어야 할 생활 철학이 될 수도 있다. 몽테뉴가 말했다.

"승리가 전쟁을 끝내지 못한다면 그것은 승리가 아니다."

# 적을 알고 나를 알면 백 번 싸워도 위태롭지 않다

지피지기 백전불태 부지피이지기 일승일부
知彼知己면 百戰不殆요, 不知彼而知己면 一勝一負요,

부지피부지기 매전필태
不知彼不知己면 每戰必殆니라.

적을 알고 나를 알면 백 번 싸워도 위태롭지 않으며, 적을 알지 못하고 나를 알면 한 번은 질 것이며,
적을 알지 못하고 나도 알지 못한다면 싸울 때마다 반드시 패배할 것이다.

도스토옙스키의 『악령』을 읽다 보면 다음과 같은 대목을 만날 수 있다.

"인간이란 속물은 언제나 남에게서 속임을 당하는 것보다 자신이 스스로에게 거짓말을 하려 한다. 남의 거짓말보다 오히려 자신이 하는 거짓말을 더 믿는다."

'적을 알고 나를 알면 백 번 싸워도 위태롭지 않다'는 말은 그래서 더욱 의미심장하다. 대부분의 사람들은 상대방의 조건이나 상황은 세밀하게 분석하면서도 정작 자기 자신에 대해서는 과신하고 너그럽다. 스스로를 정확히 판단하기 위해서 보다 더 냉철해야 함에도 불구하고 대부분의 사람들이 그러지 못한다. 경계해야 할 함정은 바로 그곳에 있다.

오자吳子는 일반적으로 적의 형세를 헤아림에 있어서, 길흉을 점쳐 볼 것도 없이 싸워도 좋은 것으로 다음 여덟 가지 경우를 들고 있다.

첫째, 바람이 세차고 추운 날에 일찍 일어나 잠이 깨자마자 이동을 시

작하여 얼음을 깨고 물을 건너면서도 병사의 고생을 돌보지 않는 경우.

둘째, 한여름 무더위에 쉴 틈도 없이 굶주림과 목마름을 겪으면서 강행군을 하여 먼 곳에 가려고 애쓰는 경우.

셋째, 군사들이 오랫동안 주둔하여 양식은 떨어지고 백성들의 원망이 크고 유언비어가 난무하는데도 지휘관이 그것을 막지 못하는 경우.

넷째, 군수품이 바닥나고 연료며 마초馬草까지 떨어진 데다가 비가 많이 와서 약탈할 곳도 없을 경우.

다섯째, 병력이 적고 물이나 지형이 불리하며, 사람과 말이 병들었는데도 이웃 나라들이 도와주지 않을 경우.

여섯째, 목적지는 먼데 해는 지고, 군사들은 지치고 불안에 떨며 권태 속에서 식사도 하지 않고 무장을 풀고 휴식하고 있을 경우.

일곱째, 장수의 권위가 없고 장교들은 멸시당하며 병사들은 단결이 되지 않고 전군에 비상이 걸려도 부대가 서로 돕지 않을 경우.

여덟째, 진영이 안정되지 못하고 숙소가 다 마련되지 않았을 때, 험준한 곳을 행군하여 반은 안 보이고 반은 노출되었을 경우.

적을 알고 나를 알면 백 번을 싸워도 위태롭지 않다. 적을 파악하려 애쓰는 만큼 나를 파악하는 일에 더욱 철저하라. 푸블릴리우스 시루스는 이렇게 말했다.

"인간은 언제나 자기 자신에 대해서 생각하는 것과 남에 대해서 생각하는 것이 다르다. 인간은 남을 판단하는 것과는 다르게 자기 자신을 판단한다."

**제4장**

## 군형편

軍形篇

# 이기기 위해 대비하라

겉으로는 혼란한 척하고 안으로는 정돈하며, 굶주리는 것처럼 보이면서 사실은 넉넉히 먹으며, 안으로는 정예부대를 갖추어 있으면서도 겉으로는 둔하게 보인다. 합치기도 하고 혹은 서로 떨어지며, 모이기도 하고 흩어지며 적이 서쪽을 공격하려 할 때 그 동쪽을 습격한다.

# 이기기 위해 대비하라

孫子曰 昔之善戰者는 先爲不可勝하고 以待敵之可勝이니
不可勝在己하고 可勝在敵이니라.

손자가 말했다. 옛날 전쟁을 잘하는 사람은 먼저 적이 자기를 이길 수 없도록 만들어 놓고서 적을 이길 수 있게 되기를 기다렸다. 적이 이길 수 없는 진용을 갖추어 놓고 적을 이길 수 있도록 만드는 것이다.

『육도六韜』에서 태공太公은 병력이나 군비가 서로 팽팽히 맞서 있는 상태에서 싸우는 방법을 이렇게 말했다.

"겉으로는 혼란한 척하고 안으로는 정돈하며, 굶주리는 것처럼 보이면서 사실은 넉넉히 먹으며, 안으로는 정예부대를 갖추어 있으면서도 겉으로는 둔하게 보인다. 합치기도 하고 혹은 서로 떨어지며, 모이기도 하고 흩어지며, 아군의 계책을 숨겨 두고 아군의 기밀을 철저히 지키며, 보루를 높이 쌓고 정예군을 숨겨 놓고 쥐 죽은 듯 가만히 있어 적으로 하여금 아군이 대비하고 있음을 눈치채지 못하게 한다. 적이 서쪽을 공격하려 할 때 그 동쪽을 습격한다."

이것은 겉으로 드러난 모습과 안을 다르게 하여 만반의 준비를 갖추자는 것이다. 마치 한 마리의 거미가 먹이를 얻기 위해 견고하게 거미줄을 치고 기다리듯, 진지를 구축해 놓고 적군의 허점을 기다리는 것이다.

# 승리를 알 수는 있어도 승리하도록 할 수는 없다

선 전 자　능 위 불 가 승　불 능 사 적 지 필 가 승
善戰者는 能爲不可勝이나 不能使敵之必可勝이니라.

고　왈 승 가 지　이 불 가 위
故로 曰 勝可知나 而不可爲니라.

전쟁을 잘하는 사람일지라도 적이 이길 수 없도록 만들 수는 있지만, 반드시 아군이 이길 수 있게 할 수는 없다. 그러므로 '승리를 알 수는 있어도 그렇게 만들 수는 없다'고 말하는 것이다.

어떤 전쟁이든 상대가 있다. 적군 역시 그들 나름대로 만반의 준비를 동원할 것이다. 아군이 기만책을 사용하면 적군 역시 그것을 사용할 수 있다. 그러므로 승리를 알 수는 있어도 승리하도록 할 수는 없다는 것이다.

양으로 위장을 하여 양을 잡아먹으려는 이리가 있었다. 그래서 어느 날 목동을 속이기 위해 양가죽을 뒤집어쓰고 양 떼 속으로 숨어들었다. 밤이 되자 목동은 다른 양들과 함께 양가죽을 뒤집어쓴 이리도 우리 속에 가두고 출입구를 단단히 막아 문단속을 했다. 잠시 후 시장기가 돈 목동은 저녁으로 먹기 위해 한 마리의 양을 잡았다. 목동이 죽인 양은 바로 양가죽을 뒤집어쓴 이리였다. 이리는 양으로 위장해서 양 떼 속으로 숨는 데까지는 성공했지만, 한 마리의 양도 손에 넣지 못한 채 죽고 말았다. 목동은 일찌감치 눈치채고 있었지만 속는 척했을 뿐이었다.

# 병력이 부족할 때 방어하고, 넉넉할 때 공격하라

---

불가승자 수야 가승자 공야 수즉부족 공즉유여

不可勝者는 守也요 可勝者는 功也라. 守則不足이요 功則有餘니라.

이길 수 없다는 것은 나를 잘 지키기 때문이고, 이길 수 있다는 것은 적의 허점을 치기 때문이다.
지키는 것은 곧 병력이 부족할 때이고, 공격하는 것은 곧 병력이 넉넉할 때이다.

---

적과 아군 누구라도 마찬가지다. 자신에게 유리한 조건들을 확고부동하게 지키고 있으면 누구도 이겨낼 수 없다. 그러기 위해서는 잘 갖추어진 군비와 기밀 유지가 첫째 조건일 것이다. 반대로 적의 허점을 공격한다면 그 싸움은 쉽게 이길 수 있으며, 그러려면 적의 실정을 확실하게 파악하여 그에 맞는 계략을 사용해야 할 것이다. 태공太公이 말했다.

"전쟁에 이기는 방법은 적군의 기밀을 빈틈없이 살펴 이로운 기회를 재빨리 포착하고 적의 허를 신속하게 치는 데 있다."

전쟁에 이기려면 아군과 적군의 전력을 비교 검토해 보고 수비냐 공격이냐를 결정해야 한다. 수비하는 병력은 적을 수도 있지만 공격하는 병력은 확실히 우세해야 하기 때문이다. 미국의 남북전쟁 당시, 남군의 리 장군이 이끄는 육만의 군대가 북군의 미드 장군이 이끄는 구만의 군대와 대치하고 있었다. 일반적인 통념으로 볼 때 수비 병력 두 명은 공격의 세 명에 맞먹는다 하여 북군의 미드 장군은 리 장군의 군대를 공격할 수 없다고 주장했다. 승리할 확률이 더 높지 않으면 싸울 수 없다는 것이었다. 보고를 들은 링컨은 한참 생각을 정리한 후에 다음과 같이 말했다.

"공격할 수 없다는 말은 이해할 수 있다. 그렇다면 리 장군과 입장을 바꾸어 아군이 수비를 한다면 어떨까? 공격군의 삼분의 이의 병력이면 충분하니 적군 육만이라면 사만의 병력으로도 충분하지 않겠는가? 그리고 나머지 오만의 병력으로는 다른 방향에서 적군에게 공격을 가할 수 있지 않겠는가?"

때로는 패배보다 더 나쁜 승리도 있다. 적과 아군을 통틀어 많은 사상자를 내는 것은 물론 정복한 나라의 안팎을 만신창이로 만들었다면 그것은 패배보다 나쁜 승리다. 적과 아군 모두를 온전히 했을 때, 그것만이 진정한 승리이다.

# 나를 보전하는 것이 완전한 승리다

선수자 장어구지지하 선공자 동어구천지상
善守者는 藏於九地之下하고 善攻者는 動於九天之上이니

고 능자보이전승야
故로 能自保而全勝也니라.

수비를 잘하는 사람은 깊은 땅 속에 잠긴 듯하고, 공격을 잘하는 사람은 높은 하늘 위에서 움직이는 것 같다. 그러므로 스스로를 보전하면서 완전한 승리를 거둘 수 있다.

태공太公이 말했다.

"옛날에 아무리 전쟁을 잘하는 사람이라도 하늘 위에서 싸울 수 있었던 것은 아니요, 땅 속에서 싸울 수 있었던 것도 아니다. 전쟁의 성공과 실패는 모두 신묘神妙한 형세에 말미암은 것이다."

이것은 모두 변화무쌍한 공격과 비밀한 수비 태세를 칭찬하여 한 말일 것이다. 완전한 승리는 완전한 공격과 완전한 수비에서만 얻어낼 수 있다.

춘추전국시대 말기, 중국의 북쪽에는 흉노족이 그 세력을 키워 조趙나라의 북방을 자주 침략했다. 이에 조나라는 명장 이목李牧을 장수로 임명하여 흉노족을 토벌케 했다. 전지에 도착한 이목은 일사불란하게 수비에만 정신을 쏟을 뿐 흉노족을 토벌할 준비를 하지 않았다. 군사 훈련에만 몰두하고 첩자를 이용해 적의 동태를 살피는 것이 고작이었고, 군사들에게는 흉노족이 공격해 오더라도 대응하지 말고 곧장 성 안으로 도망치라고만 했다. 그러는 사이 간헐적으로 흉노의 공격이 있었지만 철통같은 수비로 이목의 군대는 별다른 손해를 보지 않았다. 이러한 대치 상태로 몇 해가 흘렀다. 그러자 흉노족 군대는 조나라 군대를 우습게 여기고 십만의 대군을 이끌고 쳐들어왔다. 그러나 이미 그들의 동태를 손바닥 읽듯이 들여다보고 있던 이목은 곧장 기묘한 진을 구축하여 흉노족을 완전히 격파시켰다. 그 후 이목이 생존해 있는 동안 흉노족은 감히 조나라의 변방을 얼씬거리지도 않았다.

다시 태공이 말했다.

"장수가 말에도 나타나지 않는 기미로써 지키는 것은 신묘한 것이며, 보이지도 않는 허점을 알아 치는 것은 신명한 것이다. 그러므로 신묘하고 신명한 도道를 아는 사람에게는 들판에 가로놓인 적이 있을 수 없고, 대립하여 맞서는 나라가 있을 수 없다."

# 무형의 승리가 용병의 극치이다

견승 불과중인지소지 비선지선자야
見勝에 不過衆人之所知는 非善之善者也요,

전승 이천하왈선 비선지선자야
戰勝에 而天下曰善은 非善之善者也니라.

승리할 방법을 발견한 것이 여러 사람들이 알고 있는 방법이라면 잘한 것 중의 잘한 것은 아니다.
전쟁에 이겨 온 천하의 사람들이 잘했다고 말하는 것도 잘한 것 중의 잘한 싸움은 아니다.

『손자병법』의 특징 중 하나는 무형無形한 것에 용병用兵의 극치를 두는 데에 있다. 누구나 한눈으로 알아차릴 수 있는 방법의 승리나, 많은 사람들이 칭찬해 마지않는 승리는 모두가 유형有形이다. 그래서 여러 사람들이 승리할 방법을 아는 것은 잘한 것 중의 잘한 것이 아니며 또한 온 천하의 사람들이 잘했다고 말하는 것도 잘한 것 중의 잘한 싸움은 아니라는 것이다. 웬만해서는 승리의 까닭을 알아차릴 수 없고 많은 사람들의 입에 올라 칭찬할 근거를 찾을 수 없는 승리가 무형의 승리이다. 『묵자墨子』의 '공수편公輸篇'에 다음과 같은 이야기가 있다.

춘추전국시대 때 공수반公輸盤이라는 사람이 초楚나라를 위하여 운제雲梯라는 무기를 만들었다. 그것은 일종의 구름사다리로 성을 공격하는 데 사용하는 도구였다. 이 소식을 들은 묵자가 초나라까지 찾아가 공수반을 만나 따졌다.

"당신이 운제라는 새로운 무기를 만들어 송宋나라를 치겠다고 했다는데 송나라에 무슨 원한이라도 있소? 초나라는 넓은 국토에 비해 인구도 그리 많지 않은데 송나라를 쳐서 영토를 빼앗겠다는 것은 인仁이라고 할 수 없소이다."

그러자 공수반이 대답했다.

"그것은 사실이오. 하지만 이 일은 이미 초나라 주군의 허락을 받은 것이오. 지금 와서 중단할 수 있는 일이 아니오."

묵자는 다시 초나라의 임금을 찾아가 따졌다.

"훌륭한 수레를 가지고 있으면서도 이웃집 수레를 빼앗으려는 사람이 있습니다. 이 사람을 어떻게 생각하시는지요?"

"도둑질하는 고약한 버릇입니다."

다시 묵자가 말했다.

"초나라는 사방 오천 리나 되는 영토를 가지고 있습니다. 그러나 송나라의 영토는 기껏해야 사방 오백 리밖에 되지 않습니다. 또 초나라는 물자도 풍부합니다. 그런데도 송나라를 치시겠다는 것은 사리에 닿지 않습니다."

그러나 초나라 왕은 그의 말을 한마디로 잘랐다. 운제를 만든 공수반의 체면도 있고 하여 어쩔 수가 없다는 것이었다. 어쩔 수 없다는 듯 탁상 위에 있는 공수반의 작전을 바라보던 묵자는 혁대를 끌러 성벽에 걸친 다음 공수반에게 자신을 공격해 보라고 말했다. 공수반은 쉴 새 없이 공격을 가했지만 묵자는 쉽게 그를 물리쳤다. 공수반이 공격을 멈추면서 말했다.

"내가 졌소이다. 하지만 내게는 아직도 당신을 없앨 한 가지 비결이 남아 있소."

묵자가 재빨리 그 말에 대꾸했다.

"나는 진작부터 그것을 눈치채고 있었소."

그러자 초왕이 가운데로 나서며 그게 무슨 뜻이냐고 묻자, 묵자가 대답했다.

"공수반은 오로지 저를 죽일 생각만 하고 있습니다. 저만 죽으면 송나라에는 수비할 사람이 없다는 데 생각이 미친 것이지요. 하지만 그렇게는 안 됩니다. 삼백 명이나 되는 저의 제자들이 제가 고안한 방어용 무기를 가지고 초나라의 군사를 기다리고 있기 때문입니다. 저를 죽일 수 있을지는 몰라도 송나라는 결코 망할 수 없습니다."

이리하여 초나라 왕은 송나라에 대한 공격을 포기하게 되었다. 돌아오는 길에 송나라에 들른 묵자는 마침 큰 비가 내리자 마을 어귀의 추녀 밑에서 하룻밤을 지새려 했다. 그러나 아무것도 모르는 문지기가 그를 쫓아내 버렸다. 송나라 사람들은 그가 송나라를 위기에서 구출한 사람인 것을 까마득히 몰랐던 것이다.

이것이야말로 승리의 까닭을 알아차릴 수가 없고 또한 많은 사람들의 입에 올라 칭찬할 근거를 찾을 수 없는 무형無形의 승리이다.

# 군형이 없는 속에서도 이기며 적과 싸우지 않고 이긴다

거 추 호 불 위 다 력 견 일 월 불 위 명 목
擧秋毫가 不爲多力하고, 見日月이 不爲明目하고,

문 뢰 정 불 위 총 이
聞雷霆이 不爲聰耳이니라.

미세한 털을 드는 것과 같아 힘이 많다고 여겨지지 않고, 해와 달을 보는 것과 같아 눈이 밝다고 보지 않으며, 우렛소리를 듣는 것과 같아 귀가 밝다고 여겨지지 않는다.

태공太公이 말했다.

"전쟁을 잘하는 사람은 군대를 벌여 놓을 것도 없이 이기며, 환난이 생기기도 전에 이미 다스린다. 승리를 거두는 사람은 군형軍形이 없는 속에서도 이기며, 전쟁을 가장 잘하는 사람은 적과 싸우지 않고 이긴다. 흰 칼날 앞에서 다투어 이기는 사람은 훌륭한 장수가 못 되며 이미 실패한 뒤에 대비를 갖추는 사람은 훌륭한 성인이 못 된다."

전쟁에 이긴다는 것은 미세한 털을 드는 것과 같이 쉽고, 해와 달을 보는 것과 같이 확실하며, 우렛소리를 듣는 것과 같이 분명한 것이다. 어떤 경우에도 실패가 없는 완전한 전략을 통하였기 때문이다. 완전한 승리는 우연이나 요행수로 이루어지지 않는다. 세상을 사는 이치도 마찬가지다. 모든 일에서 승리할 수 있는 것은 분명한 계책이 밑바탕이 되어 있기 때문이다.

# 이기기 쉬운 상대를 포착하라

고지소위선전자 승어이승자야
古之所謂善戰者는 勝於易勝者也라.

고 선전자지승야 무지명 무용공
故로 善戰者之勝也는 無智名이요 無勇功이니라.

예로부터 전쟁을 잘하는 사람은 이기기 쉬운 상태에서 승리를 거둔다.
그러므로 전쟁을 잘하는 사람의 승리는 지혜롭다는 명성도 없고 용감하다는 공로도 없다.

---

알렉산더 포프는 『인간론』에 이렇게 썼다.

"명성이란 무엇인가? 세상의 좋지 않은 입에 오르내리는 허위의 생명, 세상에 있을 때에도 우리들 마음대로 되지 않는 것이 그것이다."

전쟁을 잘하는 사람의 승리에는 지혜롭다는 명성도 없고 용감하다는 공로도 없다. 전쟁을 잘하는 사람은 정면으로 맞부딪쳐 아군에게 많은 희생을 내면서 이기는 전쟁은 하지 않는다. 그런 희생을 내지 않도록 적절한 시기에 전쟁을 예방한다. 다시 말하면 눈에 보이지 않고 귀에 들리지 않는 무형의 전쟁으로 승리를 거둔다. 완전한 승리인 셈이다.

세상을 살아가는 일에서도 시끄러운 사람과 시끄럽지 않은 사람이 있다. 얕은 여울물일수록 흐르는 소리는 시끄럽다. 모든 일에서 맡은 바 일을 묵묵히 수행하는 사람이야말로 어떠한 명성이나 공로도 바라지 않는다. 묵묵히 자기가 해야 할 일을 가장 완전하게 수행할 뿐이다.

# 순리를 좇으면서 순조롭게 뜻을 이룬다

其戰勝不忒(기전승불특)하니 不忒者(불특자)는 其所措必勝(기소조필승)이니 勝已敗者也(승이패자야)니라.

그 싸움은 이기는 것에 어긋남이 없다. 어긋나지 않는 것은 그가 승리하도록 조치하는 방법이, 이미 패하고 있는 자를 쳐서 이기는 것이기 때문이다.

존 밀턴은 '힘으로 이기는 것은 승리의 절반에 지나지 않는다'고 했다. 그것은 노자老子의 '억지로 일하는 사람은 실패하고 억지로 움켜잡으려는 사람은 놓친다'는 생각과도 일맥상통한다. 정면으로 맞붙어 억지로 승리를 이끌어내려 하지 않고 승리할 수 있도록 여건을 만들어 놓은 뒤에 공격하면 어떠한 적이라도 자연스럽게 굴복시킬 수 있다는 말이다.

전쟁을 잘하는 사람이 목표로 하는 것은 완전한 승리다. 완전한 승리에는 희생이란 있을 수 없으며, 계획 또한 한 치의 차질도 있을 수 없다. 전쟁뿐만이 아니다. 어떤 경우에 있어서도 일을 잘하는 사람은 억지를 부리지 않는다. 순리를 좇으면서도 순조롭게 뜻을 이룬다.

엘리엇은 이렇게 말했다.

"어떤 겁쟁이라도 승리를 확신할 때에는 싸울 수 있다. 그러나 질 것을 알면서도 용감하게 싸우는 사람은 보기 어렵다."

# 이기도록 해 놓고 싸우라

---

善戰者는 立於不敗之地하여 而不失敵之敗也니라.

是故로 勝兵은 先勝而後求戰이요

敗兵은 先戰而後에 求勝이니라.

전쟁에 능한 사람은 패하지 않을 위치에 서 있으면서 적의 패배는 놓치지 않는다.

그러므로 승리하는 군대는 먼저 이기도록 해 놓고 뒤에 싸우려 든다.

패배하는 군대는 먼저 싸움을 걸어 놓고 뒤에 승리하려 든다.

---

자로子路가 공자에게 물었다.

"선생님께서 만약 군을 지휘하게 되신다면 어떤 사람을 부관으로 쓰시겠습니까?"

공자가 대답했다.

"맨주먹으로 호랑이와 싸우고 맨발로 황하를 건너겠다고 덤비며 죽음도 마다하지 않는 사람이 아니라, 일을 앞두고 신중하게 몸을 삼가며 계책을 잘 세워 성공시킬 수 있는 사람을 쓰겠다."

전쟁에서 패배하지 않기 위해서는 만반의 준비를 갖추어야 한다. 어떤 경우에라도 이길 수 있는 확고한 준비만 되어 있다면 어떤 적이라도 당해낼 수 있다. 적이 패배할 수 있는 유일한 기회를 놓쳐서는 안 된다. 그것이 바로 허점이다.

# 도와 법으로 승리를 거둔다

선용병자 수도이보법 고 능위승패지정
善用兵者는 修道而保法이라. 故로 能爲勝敗之政이라.

용병을 잘하는 사람은 승리의 도를 닦고 승리의 법을 지닌다. 그리하여 승리와 패배를 마음대로 할 수 있다.

여기에서 도道는 '시계편始計篇'에 나온 '오사五事' 중에서 첫째로 꼽는 도를 말하며 법法은 '오사' 중 마지막의 법을 말한다. 도는 단결하여 승리할 수 있는 것으로, 법은 빈틈없는 편제로 전쟁에 승리하는 것으로 이해하면 될 것이다. 전쟁을 잘하는 임금은 도의적인 정치에서 어긋남이 없기 때문에 백성들이 스스로 충성스러워지고, 군대의 편성과 지휘 계통의 질서를 잘 지켜 전쟁을 승리로 이끌 수 있다.

경제景帝 6년, 흉노군이 상군上郡에 쳐들어왔다. 임금은 만약을 대비하기 위해 이광李廣 장군에게 총애하는 환관을 보호하게 했다. 백 기 정도의 군대로 환관을 지키고 있던 어느 날 수천 기의 흉노군이 시야에 들어왔다. 그들은 이광의 군사를 바라보며 산 위로 올라가 진을 쳤다. 그 광경을 보고 놀란 이광의 군사들이 황급히 도망치려 하자 이광이 군사들을 만류하며 말했다.

"우리는 본대에서 멀리 떨어져 있다. 이런 상황에서 우리가 도망친다면 곧 전멸하고 말 것이다. 그러나 가만히 있으면 그들은 우리를 본대의 미끼로 생각하고 공격하지 않을 것이다."

이광은 군사들을 약간 전진시켜 적당한 장소를 골라 안장을 풀게 한 후 진을 치도록 했다. 그래도 병사들이 겁을 버리지 못하자 이광이 다시 말했다.

"저놈들은 우리가 도망가기를 기다리고 있다. 그러니 말의 안장을 풀고 도망가지 않는다는 것을 보여줘야 한다. 그래야만 우리를 본대의 미끼라고 생각할 것이다."

잠시 후 과연 흉노군은 소리 없이 진지를 떠났다. 이광의 병법이 그대로 먹혀든 셈이었다. 이광은 청렴하기로도 소문이 나 있었다. 은상이 하사되면 모두 병사들에게 나누어 주는가 하면 식사도 꼭 병사들과 함께했다. 이광의 동료 장군인 정부식程不識은 이렇게 말했다.

"이광은 군사들에게 격식을 차리지 않는다. 모든 병사들을 즐겁게 하여 다들 이광을 위해 기쁘게 목숨을 내걸고 있다."

무제武帝 4년, 이광은 대장군 위청衛青을 따라 흉노를 공격하다 길을 잃어 대장군보다 늦게 전장에 도착했다. 대장군이 문책하자 이광은 거리낌 없이 말했다.

"내 부하들에게는 아무런 죄가 없다. 내가 길을 잃은 것이다. 성인이 된 후 흉노와 크고 작은 싸움으로 칠십 회나 싸웠다. 이번에 다행히 대장군을 따라 출정하여 선우의 군사와 대치하게 되었으나 돌아오는 길을 잃어버렸다. 천명으로 생각할 수밖에 없다."

이광은 말을 마치자마자 스스로 목을 벴다. 길을 잃어버린 책임을 지고 법의 규칙을 스스로 엄하게 한 것이다. 그것이 승리의 법인 것이다.

# 세심하고 빈틈없는 판단력으로 전략을 세워라

병법　일왈도　이왈량
兵法에 一曰度요, 二曰量이요,

삼왈수　사왈칭　오왈승
三曰數요, 四曰稱이요, 五曰勝이라.

지생도　도생량　양생수　수생칭　칭생승
地生度요, 度生量이요, 量生數요, 數生稱이요, 稱生勝이니라.

병법에서 첫째가 도(度)고 둘째가 양(量)이며
셋째가 수(數)고 넷째가 균형[稱]이며 다섯째가 승리이다.
도는 땅에서 만들어지고 도에서 양이 만들어진다.
양에서 수가 만들어지고 수에서 균형이 만들어지며 균형에서 승리가 만들어진다.

병법에서는 전쟁의 승패를 다음 다섯 가지 요소가 결정한다고 했다.

첫째, 도度는 땅에서 만들어진다. 즉 척도尺度를 뜻하는 말이다. 전지戰地의 멀고 가까움, 험난함 등 지형과 지리 등을 연구한다.

둘째, 도度에서 양量이 만들어진다. 즉 용량容量을 뜻하는 말이다. 전지의 측정이 끝나야 그 전지에 투입될 수 있는 병력의 많고 적음을 헤아릴 수 있기 때문이다.

셋째, 양量에서 수數가 만들어진다. 용량이 분명해야 적의 병력과 비교해서 배치해야 할 아군의 병력수를 파악할 수 있다.

넷째, 수數에서 균형이 만들어진다. 즉 도度와 양量과 수數에 의하여 적과 아군의 실세를 파악했으므로 이번에는 그 전력을 파악한다.

다섯째, 균형에서 승리가 만들어진다. 이상에서 적과 아군을 비교하고, 승패의 요인들을 비교 분석한 결과에서 승리를 얻어낸다는 것이다. 즉 아군의 병력 파악에 따라 전력의 강함과 약함이 결정되고, 전력의 강약에 따라 전쟁의 승패가 결정된다.

# 이로운 때를 발견하면 놓치지 마라

승병　약이일칭수　패병　약이수칭일
勝兵은 若以鎰稱銖하고 敗兵은 若以銖稱鎰이니

승자지전　약결적수어천인지계자형야
勝者之戰은 若決積水於千仞之谿者形也니라.

승리하는 군대는 일(鎰)의 무게로써 수(銖)의 무게와 균형을 겨루는 것과 같고,
패배하는 군대는 수의 무게로써 일의 무게와 균형을 겨루는 것과 같다.
승리하는 사람의 전쟁은 마치 천 길이나 되는 계곡에 가두어 두었던 물을 터뜨리는 형상이 된다.

태공太公이 말했다.

"전쟁에 능한 사람은 이로운 때를 발견하면 놓치지 않고 좋은 때를 만나면 지체하지 않는다. 귀를 가릴 틈도 없이 벼락치는 소리와 같고, 눈 감을 사이도 없는 번갯불 같으며, 진격하는 것은 놀란 사람 같고, 싸우는 것은 미친 사람 같아서, 그에게 맞서는 자들은 깨지고, 그에게 가까이 있는 자들은 멸망하니 누가 그들을 막을 수 있겠는가?"

승리하는 사람의 전쟁은 마치 천 길이나 되는 계곡에 가두어 두었던 물을 터뜨리는 형상이 된다. 그것은 싸우기 전에 이미 이길 수 있는 요건들을 만들어 놓았기 때문이며, 이길 수 있는 기회를 포착하여 공격하기 때문이다. 그것을 무게로 표시했을 때, 스무 냥의 일鎰과, 한 냥의 지극히 가벼운 수銖가 맞서는 셈이다. 그것은 엄청난 힘의 불균형이다. 그래서 전쟁에 능한 사람은 싸우기도 전에 승리를 거두어 어떠한 희생도 없게 한다.

제5장

# 병세편
## 兵勢篇

# 혼란한 가운데 질서가 있다

모든 전쟁은 정병으로 마주치고 기병으로 이기는 것이다. 그러므로 기병을 잘 쓰는 군대는 하늘과 땅의 조화처럼 무궁무진하고 강이나 바다처럼 마르지 않는다. 끝났다가 다시 시작되는 것이 해와 달이 뜨고 지는 것과 같고, 죽었다가 다시 살아나는 것은 사계절이 도는 것과 같다.

# 뛰어난 통솔력이 승리를 보장한다

손 자 왈 범 치 중 여 치 과 분 수 시 야
孫子曰 凡治衆如治寡는 分數가 是也요

투 중 여 투 과 형 명 시 야
鬪衆如鬪寡는 形名이 是也니라.

손자가 말했다. 많은 병력을 다스리기를 적은 병력을 다스리듯이 하는 것은 지혜이고, 많은 병력의 싸움을 적은 병력의 싸움처럼 하게 하는 것은 형명이다.

아무리 병력이 많은 부대라도 아주 작은 병력의 분대分隊를 지휘하듯 통솔할 수 있는 것은 그 부대의 지휘 계통이 잘 서 있기 때문이다. 여기서 손자가 말한 분수分數란 바로 그러한 편제를 일컫는 것이다. 그래서 '아랫사람 부리기를 내 손발 놀리듯 한다'는 말로 통솔력이 우수한 사람을 지칭해 말하기도 했다. 통솔력이 뛰어난 사람일수록 대병력을 마치 소수의 병력 다루듯이 한다. 『위료자』에는 이렇게 적혀 있다.

"모든 군제軍制는 반드시 먼저 정해져 있어야 한다. 군제가 먼저 정해져 있으면 군사들이 혼란을 일으키지 않는다. 군사들이 혼란을 일으키지 않으면 법도가 분명해진다. 전진과 후퇴에 있어 북과 징소리로 지시만 내리면 곧 백 명의 모든 군사들이 나아가 싸우게 된다. 적의 대형을 함몰케 하고 적진을 혼란케 하려면 곧 천 명이 모두 싸우게 된다. 적진을 뒤엎고 적장을 죽이려 들면 만 명이라도 모두가 일제히 무기를 들고 나선다. 천하에 그들과의 싸움을 당해낼 수 있는 자가 없다."

형명形名이란, 옛날 전쟁에서는 참으로 중요한 역할로, 깃발이나 징과 북 같은 것으로 부대를 지휘하는 것을 의미한다. 형形은 형체로써 표시하는 것으로 깃발에 의한 지휘를 말하고, 명名은 소리로 표시하는 것, 즉 북과 징, 나팔 같은 악기에 의한 지휘를 말하는 것이다. 『오자吳子』에서도 다음과 같이 적혀 있다.

"작은북, 큰북과 징과 방울은 귀를 통하여 위복威服케 하고, 여러 가지 깃발과 지휘하는 데 쓰는 표지摩幟 같은 것은 눈을 통하여 위복케 하며 금령禁令과 같은 형벌은 마음을 통하여 위복케 하는 것이다. 귀는 소리를 통하여 위복케 되는 것이니 맑지 않으면 안 되고, 눈은 빛깔을 통하여 위복케 되는 것이니 분명하지 않으면 안 되며, 마음은 형벌을 통하여 위복케 되는 것이니 엄하지 않으면 안 된다. 이 세 가지가 제대로 서지 않으면 비록 그의 나라가 있다 하더라도 반드시 적에게 패배당할 것이다."

# 전쟁의 승패는 정병과 기병에 달려 있다

三軍之衆(삼군지중)이 可使必受敵(가사필수적)하여 而無敗者(이무패자)는 奇正(기정)이 是也(시야)니라.

삼군의 많은 병력이 적군과 마주치더라도 반드시 패하는 일이 없도록 할 수 있는 것은 정병과 기병에 달려 있다.

정병正兵이란 정정당당하게 적군의 정면에서 맞붙어 싸우는 정공법을 말하는 것이고, 기병奇兵은 기습이나 복병伏兵, 측면이나 배후에서 적을 공격하는 전법을 말하는 것이다. 전쟁이란 정공법만으로는 승리를 보장할 수가 없다. '전쟁은 속임수'란 말이 있는 것처럼 경우에 따라서 임기응변의 전술을 사용하는 것이 당연한 일이다. 『육도六韜』에서 태공太公은 이렇게 말했다.

"만약 정병을 기병으로 변화시키지 않고 기병을 정병으로 변화시키지 않는다면 어찌 이길 수가 있겠는가? 용병을 잘하는 사람은 기병과 정병을 자기 멋대로 할 따름이며, 신묘하게 변화를 주는 것은 하늘이나 그 기미를 알 따름이다."

모든 일에 있어서 상황은 수시로 변한다. 하물며 전쟁은 어떠하겠는가. 시시각각으로 변하는 상황에 따라서 병력을 적절히 사용하는 것이야말로 훌륭한 전술 변화일 것이다. 그래야만이 적의 허虛를 찌를 수 있고 뒷덜미를 칠 수 있으며, 적의 변화하는 전술에 따라서 신속히 대응할 수 있다.

# 허와 실은 항상 유동적이다

병지소가 여이하투란자 허실 시야
兵之所加에 如以碬投卵者는 虛實이 是也니라.

군대가 적을 공격하는 것이 숫돌로 계란을 치는 것처럼 되는 것은 허와 실을 이용함에 달렸다.

군대가 적을 공격하는 데 있어 그 형태가 마치 숫돌로 계란을 치는 것처럼 보인다면 그 결과는 너무도 뻔하다. 또 그렇게 될 수 있었던 것은 적의 허虛를 치는 데 있어 아군의 병력이 그만큼 실實했기 때문일 것이다. 당唐나라의 태종은 이렇게 말했다.

"기병奇兵을 정병正兵으로 쓰는 경우가 있는데, 적이 아군이 기병을 쓸 것이라고 알고 있다면 아군은 곧바로 정병으로 그들을 친다. 정병을 기병으로 쓰는 경우가 있는데, 적이 아군이 정병을 쓸 것이라고 알고 있으면 곧 아군은 기병으로써 그들을 친다. 그래서 적의 형세는 언제나 허하고 아군의 형세는 언제나 실하게 만드는 것이다."

허와 실은 고정되어 있는 것이 아니다. 있다가도 없고 없다가도 있다. 실이 허로 바뀔 수도 있고 허가 실로 바뀔 수도 있다. 따라서 지휘관은 수시로 양상에 따라서 허와 실을 판단해야 하며, 정병과 기병을 적절히 변화시켜 사용해야 한다. 마키아벨리가 말했다.

"변화는 다른 변화를 만든다. 다른 변화는 또 다른 변화를 만든다. 허와 실은 항상 그 안에 있다."

# 기병은 천지의 조화처럼 무궁무진하다

범전자 이정합 이기승
凡戰者는 以正合하고 以奇勝이니라.
고 선출기자 무궁여천지 불갈여강하
故로 善出奇者는 無窮如天地하고 不竭如江河니라.
종이복시 일월 시야 사이복생 사시 시야
終而復始는 日月이 是也요 死而復生은 四時가 是也니라.

모든 전쟁은 정병으로 마주치고 기병으로 이기는 것이다.
그러므로 기병을 잘 쓰는 군대는 하늘과 땅의 조화처럼 무궁무진하고
강이나 바다처럼 마르지 않는다. 끝났다가 다시 시작되는 것이 해와 달이 뜨고 지는 것 같고,
죽었다가 다시 살아나는 것은 사계절이 도는 것과 같다.

대체적으로 모든 전쟁은 정병과 기병을 혼합하여 사용한다. 정병으로만 맞서 싸워서는 승리를 기대할 수 없다. 적의 희생만큼이나 아군의 희생도 뒤따르기 때문이다. 손자는 희생이 많은 승리는 좋은 승리로 여기지 않았다. 손실이 없는 승리라야 완전한 승리라는 것인데 그러자면 기병에 의존하지 않을 수 없다. 적을 유도하거나 기습 작전을 펴서 적을 유린해야만 승산이 있기 때문이다. 현대전에서 많이 사용하는 게릴라전이 기병의 대표적인 예가 될 것이다.

1808년 나폴레옹은 형 요셉 보나파르트를 스페인의 왕으로 임명했다. 이에 감정이 극도로 격해진 스페인 국민들은 의용군을 조직해서 정규군과 호응하여 국내에 흩어져 있는 프랑스군을 기습하기에 이르렀다. 스페

인 의용군은 프랑스군의 단위 부대를 기습 공격하여 방화하거나 더러는 군수물자를 약탈하는 등, 미처 예측하지 못한 곳에서 출몰하여 프랑스군을 크게 괴롭혔다. 프랑스군은 스페인군의 게릴라 전법에 보급로까지 끊어져 국경 지대로 후퇴할 수밖에 없었다. 보나파르트 역시 수도 마드리드를 떠날 수밖에 없었다. 이에 격분한 나폴레옹은 25만의 군대를 몸소 지휘하여 스페인으로 진군해 수도 마드리드를 재탈환했다. 그 후 20만 대군으로 마드리드를 지키게 하고 환궁했으나 그가 떠나자마자 스페인의 의용군은 또다시 집요하게 프랑스군을 공격했다. 스페인군은 후퇴하면서 모든 들을 불살랐고 프랑스군은 한 톨의 양식도 얻을 수 없었다. 나폴레옹의 스페인 정복은 결국 스페인 의용군의 게릴라전에 여지없이 무너져 내렸다. 그래서 기병奇兵의 활동은 끝났다가 다시 시작되는 것이 마치 해와 달이 뜨고 지는 것 같고, 죽었다가 다시 살아나는 것은 사계절이 도는 것과 같다고 하는 것이다.

# 기병과 정병은 서로가 서로를 낳는다

성불과오 오성지변 불가승청야
聲不過五나 五聲之變은 不可勝聽也요,

색불과오 오색지변 불가승관야
色不過五나 五色之變을 不可勝觀也요,

미불과오 오미지변 불가승상야
味不過五나 五味之變은 不可勝嘗也요,

전세불과기정 기정지변 불가승궁야
戰勢不過奇正이나 奇正之變은 不可勝窮也라.

기정상생 여순환지무단 숙능궁지재
奇正相生은 如循環之無端이라. 孰能窮之哉아.

소리는 불과 다섯 가지이지만 다섯 가지 소리의 변화는 이루 다 들을 수가 없다.
색깔은 불과 다섯 가지이지만 다섯 가지 색깔의 변화는 이루 다 볼 수가 없다.
맛은 불과 다섯 가지이지만 다섯 가지 맛의 변화는 이루 다 맛볼 수가 없다.
여러 가지 전세는 기병과 정병에 불과하지만, 기병과 정병의 변화는
이루 헤아릴 수 없을 만큼 무궁무진하다. 기병과 정병은 서로가 서로를 낳게 하는 것이어서
마치 끝없이 회전하는 것과 같으니 누가 그것을 다 알 수 있겠는가.

이정李靖이 말했다.

"용병用兵을 잘하는 사람은 정병을 쓰기도 하고 기병을 쓰기도 해서 적이 예측할 수 없게 한다. 정병으로도 승리하고 기병으로도 승리한다."

이것은 곧 적의 허실虛實에 맞추어 용병을 쓰고 변화 있는 공격으로 승리를 이끌어 낸다는 말이다. 손자는 용병의 변화를 다섯 가지 소리와 다섯 가지 색깔과 다섯 가지 맛의 무궁한 변화에 비유하고 있다. 음악에서 소리의 음계는 다섯 가지에 불과하지만 이 다섯 가지 소리가 모이고 헤어

지면서 만들어 내는 변화는 무한하다. 또 빛깔은 다섯 가지 원색原色에 불과하지만 이 다섯 가지 빛깔이 어울렸다가 흩어지면서 만들어 내는 무수한 색깔의 변화 또한 엄청나다. 그래서 전쟁에서 사용하는 정병과 기병의 변용 전법도 그러한 소리의 변화와 빛깔의 변화와 맛의 변화와 조금도 다를 바가 없음을 강조한 것이다.

제齊나라의 전단田單 장군이 즉묵卽墨을 지키기 위해 연燕나라 군사와 벌인 한판 싸움은 정병과 기병의 변용 전법이 적절하게 사용된 하나의 좋은 실례가 된다. 전단 장군은 먼저 연나라군의 장졸將卒들을 이간시키기에 힘썼다. 우선 그는 간첩을 이용해서 연나라의 장수 악의樂毅가 역모를 꾸미고 있다고 모함했다. 그러자 이 소문을 들은 연나라 왕은 그 즉시 악의를 해임시키고 기겁騎劫으로 하여금 그 뒤를 잇게 했다. 그러나 왕의 결정에 연나라 군사들은 크게 불만을 품기에 이르렀다. 다시 전단 장군은 연나라 군사들 사이에 이런 소문이 퍼지게 했다.

"내가 가장 우려하는 것은 연나라 군사들이 포로로 잡은 우리 제나라 군사들의 코를 베어 그들을 앞장세워 쳐들어오는 것이다. 그런 일이 생긴다면 우리는 크게 위축되지 않을 수 없을 것이다."

그러자 연나라군은 참으로 그렇게 했다. 코 베인 병사들을 직접 눈으로 목격한 즉묵 사람들은 치를 떨면서 복수할 것을 결의했다. 전단 장군은 다시 또 새로운 작전을 썼다.

"연나라 군사들이 성 밖에 있는 조상의 무덤을 파헤치고 조상의 시체를 욕보일까 두렵다."

이 소문은 바람같이 연나라 군사들에게 퍼졌다. 그들은 또 소문대로 그렇게 했다. 무덤을 파헤치고 시체에는 불을 질렀다. 이 모양을 바라본 즉

묵성 백성들은 눈물을 흘리며 이를 갈았다. 그제서야 전단 장군은 잘 무장된 병사들을 매복시킨 뒤, 노인과 어린이 그리고 부녀자들을 성벽에 기어오르게 하며 거짓으로 항복하는 척했다. 그날 밤 연나라 군사들이 방심하고 있는 사이, 전단 장군은 천여 마리의 쇠뿔에 칼을 잡아매고 꼬리에는 갈대에 불을 붙여 연나라군의 진지를 향해 풀어놓았다. 갑작스런 공격에 연나라군이 일대 혼란을 일으키자 전단 장군은 매복해 두었던 군사로 하여금 그들을 공격케 했다. 연나라군은 기겁을 하여 패주하고 말았다.

이것이야말로 먼저 적을 내분케 하고 아군에게는 적개심을 불러일으켜 기병奇兵으로 적의 허를 찌른 것이다.

# 공격은 세찬 물결 같이 하라

激水之疾하여 至於漂石者는 勢也요
鷙鳥之疾하여 至於毁折者는 節也니라.
是故로 善戰者는 其勢險하고
其節短이니 勢如彍弩하고 節如發機니라.

세찬 물결의 빠른 흐름이 돌까지도 떠내려 보내는 것은 세(勢)이다.
매가 빨리 날아 다른 새의 몸을 부수고 뼈를 부러뜨리는 것은 절도이다.
그러므로 전쟁을 잘하는 사람의 세는 험하고 절도는 짧다.
세는 잡아당긴 쇠뇌와 같고, 절도는 쇠뇌에서 화살이 튀어나가는 것과 같이 짧다.

세찬 물결의 빠른 흐름 앞에서는 무엇도 당해낼 수가 없다. 돌멩이를 떠내려가게 하고 바윗덩이를 뜨게 하는 따위는 아무것도 아니다. 언덕을 때려부수고 산등성이를 허물어 버린다. 그것은 끊임없이 밀어붙이는 엄청난 물의 기세 탓이다. 사나운 새가 먹이를 기습해서 상대의 몸을 부수고 뼈를 부러뜨리는 것은 엄습하는 호흡과 순간적인 기회를 놓치지 않고 포착할 수 있기 때문이다. 전쟁을 잘하는 사람의 기세는 세찬 격류의 흐름과도 같고 사나운 새의 엄습과도 같다. 그것이 곧 전쟁을 잘하는 사람의 절도이며 위세威勢인 것이다. 공격에는 속도가 필수적이다. 여유를 주지 않고 몰아붙여야 한다. 마치 잔뜩 잡아당겨서 켕긴 쇠뇌의 줄 같아야 하고, 그 절도는 쇠뇌에서 퉁겨져 나가는 화살과 같아야 한다는 말이다.

파죽지세破竹之勢라는 말이 있다. 위魏나라를 손에 넣은 진晉나라는 남방의 오吳나라를 최후의 단계로 몰아넣었다. 진나라의 총사령관인 두예杜豫는 여러 장수들을 모아 놓고 마지막 작전 회의를 하고 있었다. 그는 머지않아 양자강의 물도 불어올 터이니 내년에 총공격을 개시하자는 다수의 의견을 억누르며 말했다.

"지금 우리의 군사는 기세가 등등하다. 흡사 대를 쪼갤 때처럼 두 마디 세 마디가 쪼개어지면 그 뒤는 별반 힘 안 들이고 단숨에 내달을 수 있는 것이다."

공격할 때는 세찬 물결 같아야 하고, 화살이 튀어나가는 것 같아야 하며, 대나무를 쪼갤 때처럼 파죽지세로 밀고 나가야 한다.

# 혼란한 가운데 질서가 있다

紛紛紜紜(분분운운)하여 鬪亂而不可亂也(투란이불가란야)요 渾渾沌沌(혼혼돈돈)하여 形圓而不可敗也(형원이불가패야)니라.

얽히고 설켜서 어지러이 싸운다 하더라도 아군은 혼란스럽지 않다.
뒤섞여 혼돈을 이루더라도 패하지 않는다.

『삼국지』에 제갈공명이 새의 깃으로 만든 부채를 들어 팔진八陣을 펴면 군진軍陣의 앞머리에 갑자기 구름과 안개가 피어올라 많은 군사가 연기 속에 휩싸이는 장면이 있다. 그 연기와 안개는 실제로 군사들 속에 피어오르는 연기와 안개가 아니다. 그것은 그 진형陣形의 변화가 순식간에 이루어져 형체를 분간할 수 없게 되는 것을 말한다. 그것이 곧 '기병과 정병의 변화는 이루 헤아릴 수 없을 만큼 무궁무진한' 것의 한 단면이다.

분분운운紛紛紜紜은 눈이 흩날리고 꽃잎이 지는 모습이거나 아니면 실이 어지럽게 헝클어진 모습을 일컫는다. 또 혼혼돈돈渾渾沌沌은 물결이 흩어져 흐르는 모습으로 형체가 분명치 않는 혼돈 상태를 말한다. 전투가 뒤엉켜 적과 아군마저도 분간할 수 없을 만큼 혼란한 상태일지라도, 제갈공명의 새깃 부채처럼 일거에 통제될 수 있는 군대라야 승리를 보장할 수 있다. 어떤 일이든 그렇지 않은 것은 없다. 혼란한 때일수록 냉정하고 질서를 유지해야 한다. 옳은 질서야말로 혼란 속에서 더욱 돋보인다.

# 용기란 두려움을 눈치채지 못하게 하는 기술이다

난생어치 겁생어용 약생어강
亂生於治하고 怯生於勇하고 弱生於强이니

치란 수야 용겁 세야 강약 형야
治亂은 數也요 勇怯은 勢也요 强弱은 形也니라.

혼란은 다스림에서 생겨나고 비겁은 용기에서 생겨나며 약함은 강함에서 생겨난다.
다스림과 혼란은 분수(分數)이고 용기와 비겁은 세(勢)이며 강하고 약함은 형(形)이다.

아무리 통제가 잘된 상태에 있더라도 하찮은 것이 혼란을 불러올 수 있다. 또 적개심으로 불타던 용감한 병사가 하찮은 것으로 겁을 먹을 수도 있다. 눈에 보이지 않는 작은 일들로 그런 사태를 자주 가져오게 된다면, 강력하던 군대도 순식간에 약화될 수 있다. 그렇기 때문에 군대의 통제는 잠시라도 중단되는 일이 있어서는 안 된다. 흐르는 물처럼 지속적인 활력이 있어야 한다. 어느 한구석도 게을리해서는 안 된다. 사기가 낮은 군대는 용감할 수 없다. 군軍의 사기는 곧 그 군의 세勢를 뜻한다. 물론 군세는 병력에서부터 무기, 장수, 보급, 지형 등 여러 가지가 포함되겠지만 군사의 사기가 드높은가 그렇지 않은가에 군세의 모든 것이 달려 있다.

고대 이스라엘 시대의 일이다. 어느 군사령관에게 전령이 급히 달려와 적에게 중요한 요새를 빼앗겼다고 보고했다. 사령관의 얼굴엔 당황스러움이 역력했다. 그러자 사령관의 부인이 사령관을 방 안으로 맞아들이며 말했다.

"저는 지금 당신보다도 지독한 꼴을 당했습니다."

"그게 무슨 말이오?"

그러자 사령관의 아내는 나직한 목소리로 말했다.

"저는 당신의 표정에서 당신이 무척 당황하고 있다는 것을 알아차렸습니다. 요새는 다시 찾을 수 있습니다. 하지만 용기를 잃는 것은 당신의 군대를 전부 잃는 것보다도 나쁜 일입니다."

우드로 윌슨이 말했다.

"용기란 자신이 겁에 질려 있음을 아무도 눈치채지 못하게 하는 기술이다."

용감한 것과 비겁한 것은 군軍의 전체적인 기세에 달려 있는 것이고, 강한 것과 약한 것은 그 태세를 어떻게 갖추었느냐에 달려 있다. 그것을 조절할 줄 아는 것이 장수의 역할이다.

# 작은 이익으로 적을 움직이게 하라

선동적자 형지 적필종지 여지 적필취지
善動敵者는 形之면 敵必從之요 予之면 敵必取之요,

이리동지 이졸대지
以利動之하여 以卒待之니라.

적을 잘 움직이는 사람은 군형(軍形)을 나타내어 적을 반드시 따르게 하며, 유리한 듯한 조건을 주어 적이 반드시 취하도록 한다. 작은 이익으로 적을 움직이고 졸(卒)로서 이를 기다린다.

습잠악촉拾蠶握蠋이란 말이 있다. 사람들이 굼벵이를 닮은 누에와 뱀을 닮은 뱀장어를 만지는 것은 모두 자기에게 이롭기 때문이라는 말이다. 그것들이 자신에게 어떤 이로움도 주지 않는다면 아무도 그것을 만지지 않을 것이다. 이익 앞에서 사람들은 결코 초연하지 못하다. 조금이라도 이익이 될 것 같으면 굼벵이를 닮은 누에도, 뱀을 닮은 뱀장어라도 서슴지 않고 손을 댄다.

나폴레옹 1세는 『회상록』에서 인간을 움직이는 두 개의 지레는 공포와 이익이라고 썼다. 그러므로 적을 잘 움직이는 사람은 그러한 위계 작전을 즐겨 쓴다. 적에게 유리한 듯한 조건을 주어 적이 반드시 취하도록 하는 것이다. 작은 이익으로 적을 움직이게 하고 군사들을 매복시켜 그들을 갑자기 치게 하는 것이다.

조趙나라의 명장 이목李牧이 흉노의 왕 선우單于를 움직이게 한 것은 좋은 실례가 된다. 이목이 흉노에게 던진 미끼는 참으로 교묘했다. 그때까지 이목은 흉노가 쳐들어올 때마다 봉화불로 신호를 해 백성들과 가축을 모두 성 안으로 대피케 하여 무엇 하나 약탈할 것이 없게 했다. 항상 그런 식으로 싸움을 회피하기만 하자 흉노의 군사는 물론 이목의 군사들까지도 이목을 겁쟁이라고 비난하기 시작했다. 그러는 중에서도 이목은 군사들을 독려하며 훈련을 시켰다. 그리고 어떻게든 흉노를 응징해야 한다는 적개심만은 잃지 않도록 했다. 그러던 어느 날 이목은 대대적인 군사 훈련을 벌였다. 가축은 모두 방목케 하고 들에는 일하는 사람들로 가득 차게 했다. 그러자 곧바로 흉노의 소부대가 쳐들어왔다. 이목은 짐짓 달아나는 체하며 수많은 백성들을 일부러 그대로 버려두었다. 이때다 싶어진 흉노의 왕 선우는 전군을 동원하여 침입을 감행했으나 결과는 선우의 대패로 끝나 버렸다. 이목이 내보인 '유리한 듯한 조건'에 걸려들었던 것이다.

작은 이익을 좇다가 위계에 잘못 걸려들면 군대는 엄청난 타격을 입게 된다. 그것은 곧 군대의 사기와도 직결될 뿐만 아니라 지휘관의 능력 문제까지도 제기될 수 있기 때문이다.

# 승리는 개인을 따라다니지 않는다

선 전 자 구 지 어 세 불 책 지 어 인 고 능 택 인 이 임 세
善戰者는 求之於勢하고 不責之於人이라. 故로 能擇人而任勢니라.

전쟁을 잘하는 사람은 세(勢)에서 승리를 구하지, 개인에게 책임을 묻지 않는다.
그러므로 사람은 잘 가려 쓰면서 세에 승리를 맡기는 것이다.

한 군대에 집결된 모든 군세軍勢는 막강하다. 개개인의 능력과 사기와 힘이 함께 뭉쳐 있기 때문이다. 전쟁을 잘하는 사람은 전체의 군세에서 승리를 추구하기 마련이다. 다시 말해서 군대를 무리 없이 통솔하려면 지휘관은 모든 부하들의 능력을 제대로 평가하여 적절한 책임을 맡김으로써 일사불란하게 움직이도록 해야 한다. 그러자면 휘하의 군소 지휘관은 통솔력 있고 명령에 충실한 자들이어야 할 것이다.

우핵비육羽翮飛肉이란 말이 있다. 새의 가벼운 날개가 무거운 몸을 날게 한다는 뜻으로, 경미한 것도 많이 모이면 큰 힘을 낼 수 있는 것을 비유한 말이다. 또 비슷한 것으로 적우침주積羽沈舟라는 말도 있다. 가벼운 새털도 계속 쌓이면 배를 물속으로 가라앉게 할 수 있다는 뜻이다.

전쟁을 잘하는 사람은 세勢에서 승리를 구하지 개인에게 책임을 묻지 않는다. 능력 있는 사람을 가려 쓰면서 전체적인 세에 승리를 맡기는 것이다.

# 군사를 돌과 나무처럼 다스려라

임세자 기전인야 여전목석
任勢者는 其戰人也에 如戰木石이니라.

목석지성 안즉정 위즉동 방즉지 원즉행
木石之性은 安則靜하고 危則動하고 方則止하고 圓則行이니라.

고 선전인지세 여전원석어천인지산자 세야
故로 善戰人之勢는 如轉圓石於千仞之山者하니 勢也니라.

세에 승리를 맡기는 사람은 사람들을 쓰는 것이 마치 나무나 돌을 굴리는 것과 같다.
나무와 돌의 성질은 안정되면 가만히 있고, 위태로우면 움직이고,
모가 나게 하면 멎고, 둥글게 하면 굴러가려고 한다.
그러므로 사람을 잘 싸우게 하는 세는 둥근 돌을 천 길이나 되는 산 위에서 굴리는 기세와 같다.

---

대세大勢를 활용할 줄 아는 사람은 마치 나무나 돌을 굴리는 것처럼 사람을 다스린다. 나무나 돌의 성질은 그대로 두면 자신의 성질이 보존된다. 결코 움직이지 않는다. 그러나 사람이 굴리거나 비탈길에 두면 굴러내린다. 모가 지게 해 두면 좀체로 움직이지 않고 둥그렇게 해 두면 조금만 힘을 주어도 굴러간다. 사람을 쓰는 일도 이러한 돌이나 나무처럼 뜻대로 움직일 수 있어야 한다. 사람들을 모나게 만들었다가 둥글게도 만들며, 정지해 놓았다가 쉴 새 없이 굴러가게 할 수 있어야 한다. 그것은 조직과 훈련이라는 단계를 거쳐서 만들어지는 것이다. 조직의 개성이란 조직원 개개인의 개성에 의해서 이루어지는 것이 아니다. 그것은 어디까지나 지휘관의 통솔에 의해서만 이루어질 수 있다. 사람마다 개개인의 개성이

따로 있기 때문이다. 조직 속에서 함께 움직이면 자연적으로 동화가 된다. 그것이 열 명, 백 명, 천 명으로 확대되면 자신도 모르는 사이에 비로소 전체의 힘으로 움직이게 된다. 그것이 집단적 자기도취이다. 군대라는 조직을 지휘관이 마음대로 움직일 수 있는 것은 마치 둥근 돌을 높은 산에서 굴리거나, 폭포수가 쏟아져 흘러내리는 것과 같은 세의 활용을 터득하고 있기 때문이다. 에리히 프롬은 이렇게 말했다.

"집단적 자기도취는 개인적 자기도취보다 알아보기 어렵다. 어떤 사람이 '나는 세계에서 가장 훌륭하다. 나만이 깨끗하고 총명하고 착하고 점잖다. 다른 사람은 모두 더럽고 어리석고 정직하지 못하고 무책임하다'라고 말한다면 아마 대부분의 사람들은 이 사람을 무시하고 균형을 잃었다고 할 것이며, 심지어는 미쳤다고까지 할 것이다. 그러나 정열적인 연설가가 '나'라는 말 대신 민족 또는 종족, 종교, 정당, 회사를 내세워 말한다면 그는 조국애 또는 신에 대한 사랑이 넘치는 사람이라는 평을 받을 것이다. 우호 집단 속에서는 모든 사람들의 개인적 자기도취는 의기양양해지고 수백만의 사람들이 동의한다는 사실이 이 말을 합리적으로 보이게 한다."

## 제6장

# 허실편
虛實篇

# 적을 드러나게 하고 나는 드러내지 않는다

아군은 공격과 수비가 한곳으로 집결되어 있고 적은 분산되어 있다면, 설령 똑같은 병력으로 싸운다 하더라도 그것은 열 배의 병력을 가지고 싸우는 형태가 된다. 이런 경우야말로 아군의 승리는 자명한 일이 아닐 수 없다.

# 앞서면 곧 남을 제압하고 뒤지면 곧 남에게 제압당한다

손자왈 범선처전지 이대적자 일
孫子曰 凡先處戰地하여 而待敵者는 佚하고

후처전지 이추전자 노
後處戰地하여 而趨戰者는 勞니라.

고 선전자 치인 이불치어인
故로 善戰者는 致人하되 而不致於人이니라.

손자가 말했다. 무릇 싸움터에 먼저 나아가 적을 기다리는 자는 편안하고 뒤늦게 싸우러 달려가는 자는 수고롭다. 그러므로 전쟁을 잘하는 사람은 적을 나오게 하되 적에게로 나아가지는 않는다.

사마천이 말했다.

"앞서면 곧 남을 제압하고 뒤지면 곧 남에게 제압당한다."

앞선다는 것은 그만큼 미리 준비한다는 것이다. 남보다 앞서 준비하고 만전을 기해 놓아야 경쟁에서 이길 수 있다. 옛 속담에 '솥 씻어 놓고 기다린다'라는 말이 있다. 준비해 놓고 때만 기다린다는 뜻인데 어떤 일에 있어서 미리 준비를 해 놓고 기다리는 것은 실實이 되고, 아무런 준비도 없이 달려드는 것은 허虛가 된다. 한 나라의 중대사인 전쟁에서는 허와 실의 문제가 그렇게 간단하지는 않다. 겉으로만 허한 것처럼 보이게 해서 적을 유도하여 실로써 칠 수 있고, 한쪽을 허하게 해 놓고 적을 그쪽으로 유인하여 실로 공격할 수도 있다. 아군의 허실로써 적의 허실을 조정할 수도 있고 적의 허실을 이용하여 아군의 허실로 변용할 수도 있다.

# 고기는 미끼를 물지만 낚싯대는 보지 않는다

능사적인자지자 이지야 능사적인부득지자는 해지야
能使敵人自至者는 利之也요 能使敵人不得至者는 害之也니라.

적으로 하여금 바라는 곳으로 스스로 오게 할 수 있는 것은 그들에게 이롭게 보이기 때문이다.
적으로 하여금 바라는 곳으로 오지 못하게 하는 것은 그들에게 해롭게 보이기 때문이다.

상대가 스스로 이쪽으로 오는 것은 그것이 이익이 된다고 생각하기 때문이다. 그와 반대로 상대가 이쪽으로 오지 않는 것은 그들에게 해가 된다고 생각하기 때문이다. 다시 말해서 적군이 스스로 오는 경우는 아군에게서 허虛를 발견했기 때문이고, 오지 않는 것은 아군에게서 실實을 발견했기 때문이다. 적을 유인하기 위해서는 여러 방법을 동원해야 한다. 그들에게 이익이 될 수 있는 것들을 미끼로 사용해야 한다. 그 미끼란 보였다가 감출 수도 있고 감추었다가 다시 드러낼 수도 있다. 없었다가 있게 하고 있었다가 없게 할 수도 있다. 그것은 적들에게도 기회가 되지만 아군에게도 역이용할 수 있는 기회가 된다.

사마의가 제갈량에게 계속해서 속은 것은 제갈량이 미끼를 끊임없이 내보였기 때문이다. 그러나 어느 순간 사마의가 속지 않으면서 제갈량이 그에게 끌려가게 되었다. 허와 실은 서로가 서로의 꼬리를 물면서 끊임없이 변화한다. 그 변화 속에 승리의 기회가 숨어 있다.

# 적군이 예상하지 못한 곳을 공격하라

---

적일능로지 포능기지 안능동지
敵佚能勞之하고 飽能飢之하고 安能動之니라.

출기소불추 추기소불의
出其所不趨하고 趨其所不意니라.

적이 편안하게 있으면 수고롭게 만들고, 적이 배불리 먹고 있으면 굶주리게 만들고,
적이 안정되어 있으면 동요케 해야 한다.
그러고는 적이 수비하지 않는 곳으로 가서 공격하고 뜻하지 않는 곳을 쳐야 한다.

---

태종太宗이 물었다.

"손자孫子가 말한 힘을 다스린다는 것은 어떻게 하는 것을 이름인가?"

이정李靖이 대답했다.

"가까운 거리를 움직이면서 적은 먼 거리를 움직이기를 기다리고, 편안히 지내면서 적은 수고롭기를 기다리고, 배부르게 지내면서 적은 굶주리기를 기다린다 하였는데 그 대강을 얘기한 것입니다. 용병을 잘하는 사람은 이 세 가지를 여섯 가지 뜻으로 해석하고 있습니다. 적을 유인함으로써 오는 것을 기다리고, 안정되어 있으면서 적이 조급해지기를 기다리고, 자중함으로써 적의 경솔한 행동을 기다리고, 엄중히 경계함으로써 적이 나태해지기를 기다리고, 잘 통솔함으로써 적의 혼란을 기다리고, 잘 지킴으로써 적의 공격을 기다린다는 것입니다."

움직이지 않는 적과는 싸울 수 없다. 싸우기 위해서는 적을 움직이게

해야 한다. 적의 움직임 속에서 적의 허실을 찾아낼 수 있기 때문이다. 그러기 위해서라도 편안하게 있는 적은 수고롭게 만들어야 한다. 그들로 하여금 굶주리게 하고 동요케 하여 그들 스스로 허실을 드러내게 해야 한다. 그런 다음에 적의 허실을 정확하게 포착하여 '수비하지 않는 곳'과 '뜻하지 않는 곳'을 순식간에 공격해야 한다.

# 적이 지키지 않는 곳을 치라

행천리이불로자 행어무인지지야
行千里而不劳者는 行於無人之地也요
공이필취자 공기소불수야
攻而必取者는 功其所不守也요
수이필고자 수기소불공야
守而必固者는 守其所不攻也니라.

천 리 길을 가도 피곤하지 않은 것은 적이 없는 곳을 지나갔기 때문이다.
공격하여 반드시 탈취하는 것은 적이 지키지 않는 곳을 치기 때문이다.
지키는 것이 견고한 것은 적이 공격할 수 없는 곳을 지키기 때문이다.

개수일촉鎧袖一觸이라는 말은 갑옷의 소매로 한번 스친다는 뜻으로, 상대를 쉽게 물리치는 것을 비유한 말이다. 천 리 길을 가도 피곤하지 않은 것이 그런 경우이고, 적이 지키지 않은 곳을 쳐서 빼앗는 것도 바로 그런 경우이다.

2차 대전 말에 미 공군은 별다른 저항이 없는 일본 열도를 제멋대로 폭격할 수 있었다. 일본의 비행기로서는 도저히 성능을 따라잡을 수 없는 B29 폭격기 때문이었다. 이 폭격기들은 대낮에도 일본의 상공을 휘젓고 다녔는가 하면 폭격이 끝난 뒤에도 전혀 쫓기는 일이 없었다. 심지어 그들은 목표 지점이 정확히 폭격되었는지 확인하는 비행까지도 서슴지 않았다. 이 폭격기들은 먼 거리를 비행해 왔지만 일본의 저항을 전혀 받지 않았다. 일본으로서는 도저히 수비할 수 없는 상대였기 때문이다. 이야말로 천 리 길을 가도 수고롭지 않은 것이며, 그렇기 때문에 공격하여 쉽게 탈취할 수 있었던 것이다.

후한後漢 때, 장보張步는 극劇에 도읍을 정하고 동생인 남藍으로 하여금 서안西安을 수비토록 했다. 그리고 다른 장군에게는 임동臨潼지역을 맡겼다. 그런데 이 임동에서 별로 멀지 않은 변방에 경감耿龕이 군사를 이끌고 와서 진을 치기 시작했다. 경감이 은밀히 지형을 살펴본 결과 서안은 비록 작은 성이긴 해도 방비가 견고한 것을 느낄 수 있었다. 그리고 임동은 듣기와는 다르게 오히려 서안보다 공격하기 쉬운 성이란 것도 파악할 수가 있었다. 그로부터 닷새 후에 경감은 서안을 공격했다. 그러나 성곽 주변에서 크게 함성만 지르게 한 후 순식간에 후퇴해버렸다. 그 함성 소리에 놀란 남은 성문을 굳게 닫아걸게 하고 물샐 틈 없는 수비에 임했다. 그러자 경감은 기다렸다는 듯이, 군사들로 하여금 한밤중에 아침 식사를 하게 하고 새벽같이 임동성에 도착했다. 부장副將 순량荀梁 이하 몇몇 장군들이 경감의 작전에 이의를 제기하며 따져들었다.

"서안을 버려두고 이게 무슨 일입니까?"

경감이 대답했다.

"서안은 우리 군사들의 함성 소리에 놀라 지금쯤 철통같이 수비를 하고 있을 것이다. 이럴 때 느닷없이 임동을 쳐들어간다면 그들은 당황해서 어쩔 줄 모를 것이고 그 틈을 이용하면 임동은 하루가 채 지나지 않아 함락시킬 수 있다. 임동이 함락되면 서안은 고립될 수밖에 없다. 이런 경우를 일컬어 일석이조라고 말하는 것이다."

# 형태도 없고 소리도 없다

---

善攻者는 敵不知其所守하고 善守者는 敵不知其所攻이라.

微乎微乎하여 至於無形하고 神乎神乎하여 至於無聲이라.

故로 能爲敵之司命이니라.

적군은 공격을 잘하는 사람에 대해서는 그들이 지켜야 할 곳을 알지 못한다.
수비를 잘하는 사람에 대해서는 그들이 공격해야 할 곳을 알지 못한다.
미묘하고도 미묘하여 형태가 없는 것과 같고, 신묘하고도 신묘하여 소리가 없는 것과도 같다.
그러므로 적의 목숨을 관장하는 사명과도 같은 입장이 되는 것이다.

---

노자老子가 말했다.

"보아도 보이지 않는 것, 이름하여 이夷라고 한다. 들어도 들리지 않는 것, 이름하여 희希라고 한다. 쳐도 쳐지지 않는 것, 이름하여 미微라고 한다. 이 세 가지는 생각하고 궁리하여도 얻어지지 않으며 혼연일체가 된다. 위에 있어도 분명히 파악할 수 없고 아래에 있어도 어두워 분간할 수 없으며 활동은 쉴 새 없고 무물無物로 귀결된다. 이것을 형상이 없는 형상, 모양이 없는 모양이라고도 하고, 또 황홀하다고도 하며, 앞에서 보아도 머리를 볼 수 없고 뒤로 보아도 꼬리를 볼 수 없는 것이다."

전술에 능한 장수가 공격하면 상대는 어디를 어떻게 방어해야 할지 모르게 된다. 수비에 능한 장수가 방어하고 있으면 상대는 어디를 어떻게 공격해야 할지 알 수 없게 된다. 노자의 이夷, 희希, 미微가 바로 손자의 미묘함과 신묘함이다. 그것은 다 같이 형태가 없고 소리가 없다. 신출귀몰神出鬼沒하고 신책귀모神策鬼謀한 것은 이를 두고 한 말이라 해도 틀린 것이 아니다. 사용하는 전술이 너무나 미묘하여 상대가 그 형체를 알아차릴 수 없고 그 소리조차 들을 수 없다. 상대의 목숨이 바로 자기의 손안에 있는 것과 다름없다는 말이다. 허虛와 실實의 변용은 이처럼 승리를 장악할 수 있다는 점에서 뛰어난 것이라 할 수 있다. 아리스토텔레스는 『수사학』에서 이렇게 말했다.

"인간의 행동은 모두 다음 일곱 가지 원인 중에서 하나 혹은 그 이상의 것을 가진다. 기회, 본능, 강제, 습관, 이성, 정열, 희망이 곧 그것이다."

상대의 기회를 먼저 읽고 상대의 본능을 먼저 알며, 상대의 습관과 이성과 정열과 희망을 먼저 파악하면 된다. 강제의 압력은 맨 나중에 가해질 수 있는 성질이다. 그것이 미묘함과 신묘함이고 그것은 다 같이 형태가 없고 소리가 없다.

# 허를 찔리면 방어할 수 없다

진이불가어자　충기허야
進而不可禦者는 衝其虛也요,

퇴이불가추자　속이불가급야
退而不可追者는 速而不可及也니라.

진격해도 방어하지 못하는 것은 그들의 허를 찔렀기 때문이다.
후퇴하는데도 추격하지 못하는 것은 빨라서 미칠 수가 없기 때문이다.

항우는 모르는 사람이 없을 정도로 유명한 장수이다. 그의 위엄은 참으로 대단했다. 진秦나라가 무너지고 난 후 유방과 패권을 다툴 때, 그는 싸우기만 하면 승리를 거뒀지만 세력이 자꾸 줄어들어 결과적으로는 실패의 길을 밟았다. 반면 유방은 싸움에는 계속 졌지만, 뛰어난 정치적 수완으로 그의 세력은 점차 확대일로를 걷고 있었다. 항우와 그의 군사들이 구리산九里山에 포위되었을 때, 쉴 새 없이 계속되는 싸움에 시달리다 마침내 식량까지 떨어지는 처참한 지경에 이르렀다. 휘하의 군사라고는 직속 부대 수천밖에 남지 않았고 게다가 병사들은 자신도 모르는 사이에 동요를 일으키고 있었다. 이러한 기미를 재빨리 눈치챈 것은 장량張良이었다. 그는 몹시도 달이 밝은 밤을 택하여 항우의 진영 뒷산에 올라가 구성지게 피리를 불었다. 그곳은 바로 항우의 고향인 초楚나라의 노래였다. 적군의 포위 속에서 마음이 동요될 대로 동요된 항우의 군사들은 그 구성진 피리 소리에 그만 이성을 잃어버렸다. 그들은 피리 소리에 끌려가기라도 하듯 하나둘 소리 없이 어둠 속으로 사라져 버렸다.

이튿날 군막 밖으로 나온 항우의 눈에 보이는 군사는 겨우 손가락으로 헤아릴 정도였다. 그는 부인인 우미인虞美人과 술잔을 나눈 후 칼을 뽑아 들고 다음과 같이 읊조렸다.

힘은 산을 뽑음이여,
천하를 덮는 기개!
세상일 뜻 같지 않아
추騅마저 가지 않네.
추가 가지 않음이여
이를 어찌하랴
우虞야, 우야.
아, 너를 어찌하랴.

진격해도 방어하지 못하는 것은 그들의 허虛를 찔렀기 때문이다. 아무런 희생도 없이 피리 하나로 일세 명장의 군사들을 굴복시켜 버린 것이다.

# 싸우려 들면 싸우고, 싸우려 들지 않으면 싸우지 않는다

아 욕 전 적 수 고 루 심 구
我欲戰이면 敵雖高壘深溝로도

부 득 불 여 아 전 자 공 기 소 필 구 야
不得不與我戰者는 攻其所必救也요

아 불 욕 전 수 획 지 이 수 지
我不欲戰이면 雖劃地而守之라도

적 부 득 여 아 전 자 괴 기 소 지 야
敵不得與我戰者는 乖其所之也니라.

우리가 싸우려 들면, 적이 아무리 높은 보루와 같은 참호를 팠다 하더라도
나와 싸우지 않을 수 없게 만드는 것은 반드시 그들이 구하는 곳을 공격하기 때문이다.
우리가 싸우려 들지 않으면 비록 땅바닥에 금을 그어 놓고 그곳을 지키고 있다 하더라도
적이 나와 싸울 수 없는 것은 그들의 공격이 어긋나기 때문이다.

아군의 수비가 미약할 때는 겉으로라도 강한 척 위장할 필요가 있다. 적으로 하여금 수비가 약한 곳을 침공하지 못하게 하기 위해서이다. 때로 위장술은 최대의 무기가 된다. 적을 심리적으로 크게 압박할 수 있기 때문이다. 자기의 허虛를 실實로 위장하고 그리하여 상대의 허를 실로 유인하려는 것이다. 제갈량이 소수의 병력으로 허술하기 짝이 없는 성을 수비하고 있을 때였다. 사마의司馬懿가 그 낌새를 알고 대군을 이끌고 공격해 왔다. 원군을 청할 틈도 없는 제갈량으로서는 도저히 사마의의 군사와 싸워 이길 수 있는 확률이 없었다. 그는 생각에 생각을 거듭한 끝에 하나의 계략을 짜냈다. 제갈량은 깨끗한 옷으로 갈아입고 적군이 빤히 바라보이

는 누각 위에 나가 앉았다. 물론 아무런 무기도 갖추지 않은 채였다. 그리고는 태연자약하게 거문고만 타면서 하인에게 성 밖으로 뻗어 있는 길을 쓸게 할 뿐이었다. 그 길은 바로 적군이 공격해 들어오는 길이었다. 의기양양하게 쳐들어오던 사마의의 군대는 제갈량의 모습에 놀라지 않을 수 없었다. 사마의는 틀림없이 어떤 계략이 숨어 있을 거라고 단정했다. 어쩌면 그들이 진격하고 있는 길의 양쪽으로 많은 군사들을 매복시켜 놓았을지도 모르는 일이었다. 마침내 사마의는 진격을 멈추고 공격하던 군사들을 후퇴시켰다. 그러고는 척후병을 풀어 성 안의 상황을 자세히 관찰하도록 지시했다. 그러는 사이 제갈량은 급히 군사를 파견하여 원군을 청했다. 이튿날, 사마의는 성 안에는 미약한 소수의 병력과 노후된 무기밖에 없는 것을 확인했다. 그제서야 다시 성을 공격하려 했지만 그때는 이미 제갈량의 원군들이 속속 성 안으로 진입하고 있었다. 그리하여 사마의의 군대는 텅 빈 것과도 같이 허술한 성을 공격 한 번 제대로 하지 못하고 싸움에 패하여 달아나고 말았다.

우리가 싸우려 들지 않으면 비록 땅바닥에 금을 그어 놓고 그곳을 지키고 있다 하더라도 충분히 지켜낼 수 있는 것이다.

# 적을 드러나게 하고 나는 드러내지 않는다

---

형인이아무형 즉아전이적분
形人而我無形이면 則我專而敵分이니라.

아전위일 적분위십 시이 십공기일야
我專爲一하고 敵分爲十이면 是以로 十攻其一也니

즉아중이적과 능이중격과자 즉오지소여전자 약의
則我衆而敵寡하여 能以衆擊寡者면 則吾之所與戰者는 約矣니라.

적은 드러나게 하고 나는 드러내지 않으면 아군은 집결되고 적군은 분산된다.
아군은 집결되어 하나가 되고 적군은 열로 나뉘어지므로, 이는 열로써 그 하나를 치는 것이다.
아군은 많고 적군은 적어, 다수로 소수를 치는 것이므로
곧 우리와 싸우는 적을 이기는 것은 간단하다.

---

1870년의 프랑스군은 프러시아와 전쟁이 붙자 전투 경험도 별반 없는 부대를 무턱대고 국경에 투입시켰다. 나폴레옹 3세는 스스로 이 부대를 지휘하면서 더할 수 없는 무능만 노출시키고 있었다. 그는 군사를 둘로 나누어 두 사람의 장군에게 지휘권을 나누어 맡기면서 스스로 군세를 약화시키고 말았다. 제2군은 퇴각하던 중, 노도와 같이 밀어닥치는 독일군과 일대 접전을 벌였으나 패퇴하여 메츠의 요새로 숨어들어 농성에 돌입했다. 제1군은 파리를 엄호해야 했지만, 메츠를 구원하는 한편 제2군의 지휘를 받으라는 황제의 명령으로, 벨기에 국경 쪽으로 멀리 우회하여 전진 도중 적의 대군에 포위되었다. 황제는 제1군의 장군과 운명을 함께하다가 마침내 프러시아군의 포로가 되는 운명에 처하고 말았다.

아군은 공격과 수비가 한곳으로 집결되어 있고 적은 분산되어 있다면, 설령 똑같은 병력으로 싸운다 하더라도 그것은 열 배의 병력을 가지고 싸우는 형태가 된다. 이런 경우야말로 아군의 승리는 자명한 일이 아닐 수 없다.

# 요충지를 알 수 없게 하라

吾所與戰之地는 不可知라. 不可之면 則敵所備者多요

敵所備者多면 則吾所與戰者寡矣니라.

우리와 맞서 싸워야 할 곳을 적이 알 수 없게 해야 한다. 적은 우리가 어디에 있는지 알 수 없으므로 대비해야 할 곳이 많아진다. 적이 대비해야 할 곳이 많으면 곧 우리가 싸울 상대는 적어진다.

적의 병력을 분산시키는 것은 적군의 군세를 약화시키는 데 그 의미가 있다. 뿐만 아니라 맞서 싸워야 할 요충지를 적이 알 수 없게 함으로써 그들이 어느 곳을 요충지로 하여 대비해야 할 것인지 당황하게 만들 수 있다. 병력이 분산되기 때문에 자연히 적의 방어능력은 약화될 수밖에 없다. 병력이 여러 곳으로 분산되어 있으면 실제로 아군이 공격하는 지점의 병력도 줄어드는 것은 당연한 이치이다. 이러한 허실虛實의 변화는 다양하게 사용될 수가 있다. 복잡하고 미묘하며 전혀 예측할 수 없는 것이 허실의 변용이기 때문이다.

어느 일정 지점을 공격하는 체하여 적의 병력을 그곳으로 집결시켰다가 그들의 허를 친다든가, 산발적인 공격을 가하다가 어느 일정 지점을 집중 공격하는 등 그 방법은 너무나 다양하다. 허실의 변용은 바로 그러한 변화의 능력 속에 무궁무진하게 잠재되어 있다. 훌륭한 지휘관은 허실의 변화를 보다 더욱 미묘하게 이끌어낼 수가 있다.

# 적을 분산시켜 허하게 만들어라

---

비전즉후과　비후즉전과
備前則後寡하고 備後則前寡하며

비좌즉우과　비우즉좌과
備左則右寡하고 備右則左寡하여

무소불비　즉무소불과
無所不備면 則無所不寡니라.

과자　비인자야　중자　사인비기자야
寡者는 備人者也니 衆者는 使人備己者也니라.

앞쪽을 대비하면 뒤의 병력이 적어지고 뒤쪽을 대비하면 앞의 병력이 적어진다.
왼쪽을 대비하면 오른쪽이 적어지고 오른쪽을 대비하면 왼쪽이 적어진다.
또 어느 곳이나 양쪽 모두를 대비하면 곧 어느 곳이나 적게 된다. 병력이 적게 되는 것은 상대방을 따라 대비하기 때문이고 병력이 많게 되는 것은 상대방으로 하여금 나를 따라 대비하도록 만들기 때문이다.

---

손자는 상대의 힘을 분산시켜 상대를 허하게 만드는 방법을 보다 구체적이고 세밀하게 말해주고 있다. 상대의 앞쪽을 치는 척하면 상대의 병력은 앞쪽으로 몰리어 뒤쪽이 허해지고, 상대의 뒤쪽을 치는 척하면 상대의 병력은 또 뒤쪽으로 몰리어 앞쪽이 허해지는 것은 당연한 이치다. 그렇기 때문에 상대방의 허실에 어두워서 수동적인 입장에 처해지는 일이 없도록 미리 대비할 필요가 있다. 상대를 쫓아다니지 말고 상대보다 앞서나가야 한다는 말이다.

대한색구大寒索裘라는 말이 있다. 대한 추위에 이르러서야 갖옷 준비에 급급하는 것을 빗대어 하는 말로 '도둑 잡아 놓고 새끼 꼰다'는 말처럼 미리미리 준비할 줄 모른다는 질책의 의미이다. 또한 우리는 지만持滿이란 말을 되새겨 볼 필요가 있다. 활을 당겨 놓은 상태에서 화살을 쏘지 않는 형상이 지만이다. 즉 만반의 준비를 갖추고 기력을 든든히 하여 대기하고 있는 상태를 말한다.

춘추春秋 말기 월나라 왕 구천句踐은 명신 범려范蠡의 간언을 들은 체도 않고 오吳나라를 치려고 했다가 오히려 오왕 부차夫差가 거느린 군사에 밀려 대패하고 말았다. 구천은 회계산으로 피했지만 오나라 군사에게 포위되어 항복이냐 옥쇄냐의 기로에 놓이게 되었다. 구천은 범여의 간언을 듣지 않은 것을 후회하면서 어떻게 하면 좋을 것인가를 범여에게 물었다.

범려가 대답했다.

"지만持滿하는 자에게 하늘의 도움이 있습니다. 지금은 단지 예를 두터이 하고 강화를 구하여 오나라 왕을 섬기도록 해두십시오."

구천은 이 말을 좇아 오나라 왕에게 항복하고, 국력의 회복을 기다려 지만한 지 이십이 년, 마침내 오나라를 멸망시키고 천하의 패자覇者가 될 수 있었다.

지만하고 있으면 상대방을 따라 대비하지 않아도 된다. 상대가 나를 따라 대비하게 된다. 그것이 기선機先을 제압하는 방법인 것이다.

# 싸울 곳과 싸울 날을 알고 싸우라

---

知戰之地하고 知戰之日이면 則可千里而會戰이라.

不知戰地하고 不知戰日이면 則左不能救右요

右不能救左며 前不能救後하고 後不能救前이니,

而況遠者는 數十里요 近者라도 數里乎아.

싸울 곳을 알고 싸울 날을 알면 천 리 밖을 나가서 싸울 수도 있다.
싸울 곳을 알지 못하고 싸울 날을 알지 못하면 왼쪽 군사들은 오른쪽 군사들을 구할 수 없고,
오른쪽 군사들은 왼쪽 군사들을 구할 수 없다.
그런데 하물며 멀리는 수십 리, 가깝다 해도 몇 리나 되는 거리로 나가서 싸울 수가 있겠는가?

---

정보란 전쟁을 수행하는 데 있어 필요한 것을 수집하여 해석하고 평가하고 분석한 적의 상황이다. 예나 오늘이나 전쟁에서 정보만큼 중요한 것은 없다. 적의 병력을 분산시키거나 일정한 곳으로 집결시키기 위해서는 정확한 첩보 자료가 그 밑바탕이 되기 때문이다.

적에 관한 정확한 정보만 마련된다면 그야말로 '싸울 곳을 알고, 싸울 날을 알기' 때문에 천 리 밖을 나가서도 싸울 수 있다. 그러나 정확한 정보가 마련되지 못한다면 아군이 관장하고 있는 지역이라도 마음 놓고 싸울 수 없다.

기원전 341년, 제齊나라 장수 손빈孫臏은 위장 후퇴를 하여 위魏나라군

을 유인했다. 그리고 적군을 속이기 위해 가마솥의 수를 매일 십만 개에서 오만 개, 다시 삼만 개로 줄여 나갔다. 그 광경을 멀리서 눈여겨본 위나라 장수 방연龐涓은 제나라 진영에 많은 도망병들이 속출하고 있다고 판단하고 추격에 나섰다. 위나라 군사의 추격을 미리 예상하고 있던 손빈은 그들이 늦어도 어둠이 깔릴 무렵이면 마능馬陵에 도착할 것이라고 추측하고 병사들로 하여금 도로변에 서 있는 아름드리나무의 껍질을 벗겨 '방연은 이 나무 밑에서 죽게 된다'고 써 놓도록 했다. 그리고 주위에 많은 병사들을 매복시키고 명령을 내렸다.

"어두워지면 이곳에 불이 켜질 것이다. 그 불을 향하여 사정없이 공격하라!"

밤이 이슥해지자 과연 위나라의 군사들이 밀어닥쳤다. 그리고 아니나 다를까 방연이 불을 켜 들고 나무에 쓰인 글씨를 들여다보는 것이 아닌가. 순간, 매복해 있던 제나라 군사들이 일제히 활시위를 당겼다. 혼란에 빠진 위나라 군대는 비참히 격멸당했으며, 방연은 스스로 목숨을 끊어 그 치욕을 벗으려 했다.

싸울 곳을 알지 못하고, 싸울 날을 알지 못하면 백 번 싸워 백 번 패할 것이다.

# 승리는 만들 수 있다

이오도지 월인지병 수다 역해익어승패재
以吾度之건대 越人之兵이 雖多라도 亦奚益於勝敗哉아.

고 왈승가위야 적수중 가사무투
故로 曰勝可爲也니 敵雖衆이라도 可使無鬪니라.

우리의 입장에서 생각해볼 때, 월나라의 군사가 비록 많다고는 하지만 승리에 무슨 도움이 되겠는가?
그러므로 '승리란 만들 수 있는 것'이라고 말하는 것이다.
적의 병력이 많다 하더라도 그들 중 대부분을 싸움에 참여하지 않도록 할 수 있다.

손자는 자신의 병법을 현실에 비추어 자신이 몸담고 있는 오吳나라와 지금 원수 사이가 되어 싸우고 있는 월越나라에 관해 이야기하고 있다. 많은 사람들이 월나라의 많은 병력을 두려워하지만, 자신의 병법만 따른다면 조금도 두려워할 필요가 없다는 것이다. 오나라와 월나라의 관계를 되새겨 보자.

춘추시대의 오나라와 월나라의 전쟁은 오월동주吳越同舟니 와신상담臥薪嘗膽이니 하는 고사를 낳을 정도로 유명했다. 월나라 왕 구천은 오나라 왕 합려를 쳐서 강대해진 반면, 오나라는 보잘것없는 소국으로 전락하고 말았다. 그러자 합려의 아들 부차夫差는 오자서吳子胥의 도움을 받아 장작 위에서 잠을 자고 곰쓸개를 씹으며 패전의 치욕을 되새겼다. 그러다가 월나라를 공격, 구천을 사로잡아 아버지의 쓰라린 패전을 설욕할 수 있었다. 상황이 뒤바뀌어 부차에게 사로잡힌 신세가 되었던 구천은 갖은 고생 끝에 범려의 도움으로 목숨만 건져 환국했다. 그러나 전쟁에서의 패배로 인해 오나라에 국토를 빼앗기고 소국으로 전락하고 말았다. 이에 구천은 짐승의 쓸개를 핥는 것으로 굴욕을 되새김질하며 보복의 칼을 갈았다.

한편 오나라 왕 부차는 월나라에서 보내준 절세의 미인 서시西施를 데리고 정염의 나날을 보내기에 여념이 없었다. 그때를 이용해 구천은 많은 군사들을 훈련시켜 호시탐탐 기회를 엿보다가 결국 부차를 사로잡고 오나라를 멸망시켰다. 두 나라 모두 소국이었을 때 대국을 친 셈인데 그 모두가 상대방의 허를 치고 들어갔기 때문에 성공할 수 있었다. 손자의 말처럼 승리는 만들 수 있다. 적의 병력이 비록 많다 하더라도 대부분의 군사를 싸우지 않도록 할 수 있었던 것이다.

# 적의 정세를 정확하게 분석하라

---

책지이지득실지계 작지이지동정지리

策之而知得失之計하고 作之而知動靜之理하고

형지이지사생지지 각지이지유여부족지처

形之而知死生之地요 角之而知有餘不足之處니라.

적의 정세를 헤아려 이롭고 불리한 계책을 알고,
적에게 자극을 일으켜 동정(動靜)의 이치를 알고, 작전을 나타내어 싸워서 죽고 살 땅을 알며,
부딪쳐 적의 대비가 확실한 곳과 부족한 곳을 알아낸다.

---

상대에 대한 정확한 정보를 분석하고 정리하는 방법을 제시하고 있다.

첫째, 다방면으로 수집한 상대의 정보에 의하여 상호 간의 이해와 득실을 파악해야 한다.

둘째, 상대를 자극시켜 상대의 기동력, 통솔력 등을 관찰하고 파악해야 한다.

셋째, 작전의 일부를 드러나게 하여, 상대의 반응을 통해 '싸워서 죽고 살 지형'을 파악한다.

넷째, 국지전을 일으켜 상대의 수비가 강한 곳과 약한 곳을 파악해야 한다.

이것은 마치 기업체가 시장 조사와 손익계산서를 작성하는 것과 다를 바 없다. 위의 네 가지를 비교 분석하는 데는 보다 예민한 관찰력이 성패를 좌우한다고 보아야 할 것이다.

위나라 때, 요동 평정에 출진했던 사마의의 행동이 너무나도 느린 것에 불만을 품은 사마진규司馬陣珪가 따지듯 말했다.

"지난날 상용上庸이 맹달孟達을 쳐들어갔을 때 팔 개 군을 한꺼번에 진격시켜 밤낮없이 쉬지 않고 공격했습니다. 그래서 단 닷새 만에 그토록 견고했던 성을 함락시키고 맹달을 격파할 수 있었습니다. 그런데 지금 우리는 너무나 한가롭습니다. 도무지 이해할 수가 없습니다."

그러자 사마의는 단호한 어조로 대답했다.

"그 당시 맹달은 비록 병력은 적었지만 군량은 일 년 이상을 견딜 만큼 넉넉하게 마련되어 있었다. 그에 비해 아군의 병력은 맹달의 네 배에 가까웠지만 군량은 겨우 한 달 남짓 버틸 상태였다. 한 달치의 군량으로 일 년치의 군량을 가진 적을 공격할 때는 속전즉결이 마땅하다. 게다가 네 배의 병력으로 공격하기 때문에 설사 병력이 절반으로 줄어든다 하더라도 그때는 강공을 해야 하는 것이다. 그래서 사상자도 돌보지 않고 마치 군량미 소모와 경쟁을 하듯 공격했던 것이다. 그러나 이번의 경우는 다르다. 적군은 병력이 많고 아군은 적다. 반면에 적은 굶주리고 있고 아군의 군량은 넉넉하다. 게다가 하늘이 도와 비까지 오니 교전하지 않고 군량미가 바닥나기를 기다리는 것이 현명한 일이다."

그 후 사마의는 비가 그치기를 기다렸다가 밤낮을 가리지 않고 공격한 끝에 요동을 평정할 수 있었다.

확실한 정보에 의한 전략은 승리를 가져온다. 이처럼 갖가지 정보에 의한 전략이 수립되어야 상대의 허와 실을 마음대로 변용할 수 있다.

# 용병의 극치는
# 무형에 이르는 것이다

형병지극 지어무형
形兵地極은 至於無形이라.

무형 즉심간 불능규 지자 불능모
無形이면 則深間도 不能窺요 智者도 不能謀니라.

인형이착승어중 중불능지
因形而錯勝於衆이면 衆不能知라.

인개지아소이승지형 이막지오소이제승지형
人皆知我所以勝之形이라도 而莫知吾所以制勝之形이니라.

군대 진형의 극치는 무형에 이르는 것이다. 무형에 이르면 깊이 파고든 간첩도 실정을 들여다볼 수 없고, 지혜로운 사람이라도 계책을 세울 수가 없게 된다. 군형으로 인하여 많은 적군에게서 승리를 거두지만 군사들은 그 이유를 알 수가 없다. 사람들은 모두 우리가 이기는 원인이 되었던 군형은 알지만 우리가 이길 수 있도록 변화한 군형의 내용은 알 수가 없다.

용병用兵의 극치가 무형無形에 이른다면, 그것은 용병술이 너무나 뛰어나 그 내용을 아는 자가 아무도 없다는 이야기이다. 그 진형陣形의 변화가 누구도 흉내 낼 수 없을 뿐만 아니라 도무지 그 내용을 종잡을 수 없기 때문이다. 그렇게 되면 아무리 깊숙이 파고든 간첩일지라도 그 실정을 알 수 없다. 간첩이 파악할 수 있는 내용의 진형이라면 그것은 아직 무형의 경지에 이르지 못한 용병술이다. 반면에 아무리 지혜로운 자라도 이와 같은 무형의 진형 앞에서는 속수무책일 수밖에 없다. 무형의 경지 속에는 유형有形이 들어 있고 나는 볼 수 있어도 남의 눈에는 드러나지 않는다. 무형이란 상대방 쪽에서 보게 되면 이미 허실을 초월한 것이기 때문에 손을 댈 수가 없는 것이다. 그것은 비단 용병에서만 볼 수 있는 현상은 아니다. 사람이 살아가는 일상 속에서도 얼마든지 발견할 수 있다. 무슨 일에서나 사람은 무형의 경지를 만들어낼 수 있기 때문이다.

어떤 백정이 양나라의 혜왕惠王을 위해 소를 손질하고 있었다. 그가 어깨를 움직이고 발로 밟고 무릎을 굽히며 손을 놀려 고기를 자를 때마다 칼질하는 소리가 울려 퍼지는데 마치 음악의 한가락을 듣는 듯했다. 그것을 지켜보고 있던 혜왕이 감탄하며 말했다.

"참으로 대단하구나. 신묘한 재주로다!"

백정이 칼을 내려놓고 대답했다.

"소인이 즐기는 것은 칼질 이상의 것입니다. 소인이 처음 칼질을 할 때만 해도 눈에 보이는 것은 소뿐이었습니다. 그러나 삼 년이 지나자 소의 모습은 눈에 보이지 않게 되었습니다. 지금 소인은 마음으로 소를 대할 뿐, 눈으로는 전혀 보지 않습니다. 감각의 작용이 정지해 버리는 곳, 오직 마음만이 움직이고 있는 것입니다. 오로지 소가 가지고 있는 육체적 조직의 자연스런 경로를 따라 뼈와 살 사이에 있는 큰 간격을 가르고, 골절 사이의 큰 구멍에 칼을 넣어 자연의 도리에 따라 가릅니다. 저의 칼은 뼈와 힘줄이 얽혀 있는 곳에는 간 적이 없습니다. 하물며 큰 뼈에 부딪치는 일이란 더욱 있을 수가 없습니다. 아무리 훌륭한 백정도 일 년에 한 번은 칼을 바꿉니다만 그것은 살을 무리하게 베기 때문입니다. 그리고 보통 백정은 한 달에 한 번씩 칼을 바꿉니다. 그것은 뼈를 베기 때문입니다. 지금 소인이 가진 칼은 십구 년 동안이나 사용하고 있고 그동안 이 칼을 댄 소의 숫자는 몇 천 마리나 됩니다. 하지만 칼날은 방금 숫돌에 간 것처럼 아주 잘 듭니다. 원래 뼈마디 사이에는 간격이 있으며 칼날에는 두께가 없습니다. 두께 없는 것을 간격 있는 곳에 집어넣는 것이므로 아무리 칼날을 휘두른대도 반드시 여지가 있게 마련입니다. 그렇기 때문에 십구 년 동안이나 사용했으면서도 칼날은 방금 숫돌에 간 것처럼 잘 들 수밖에 없습니다. 뼈나 힘줄이 엉킨 곳을 만나게 되면 소인은 그 어려움을 알고 있기 때문에 마음이 자연스럽게 긴장하여 거기서 눈을 떼지 않고, 손의 움직임도 느려지며 칼 쓰는 법이 아주 미묘해집니다. 이윽고 완전히 갈라놓게 되면 마치 흙덩어리가 땅에 떨어지는 것처럼 고기가 와르르 떨어져 나갑니다. 그제야 소인은 사방을 둘러보며 잠시 동안 그 자리에 선 채 만족감에 젖어 듭니다. 그러고 나서 피를 씻고 칼을 집어넣습니다."

변화무쌍한 군형軍形의 극치가 무형에 이르는 것이듯 백정의 솜씨 또한 무형의 경지에 다다라 있음을 알 수 있다.

# 한 번 승리를 거둔 전략은 다시 사용하지 마라

기전승불복　　이응형어무궁
其戰勝不復이요 而應形於無窮이니라.

그 전쟁에 이긴 계책은 되풀이하여 쓰지 않으며, 적의 군형에 대응하여 무궁하게 변용되는 것이다.

전쟁이 승리로 끝나면 사람들은 모두가 그 승리를 자축하며 즐거워한다. 어떻게 적군을 쳐부수고 승리를 가져오게 되었는지 입만 열면 서로가 서로에게 자랑하듯 말한다. 그 전쟁에서 어떤 경로로 어떻게 하여 승리를 거두게 되었는지 듣고 보아서 알기 때문이다. 하지만 그들은 승리를 거둔 전쟁의 전략에 대해서는 아무것도 모른다. 그것을 알고 있는 사람은 오로지 그 전쟁을 지휘한 장수뿐이다. 그렇기 때문에 용병用兵의 전략 전술은 되풀이되지 않는다. 한 번 사용하여 승리를 거둔 전략 전술을 다시 사용하는 장수는 없다. 그것은 이미 많은 사람들에게 널리 알려졌기 때문이다. 전략 전술은 항상 다시 새롭게 만들어낼 수 있으며 그것은 또 적의 군형에 대응하여 무궁무진하게 변용할 수 있는 것이다.『플루타르코스 영웅전』에는 이렇게 쓰여 있다.

"내가 염려하는 것은 적의 수효가 아니라 적의 전략을 전혀 모른다는 점이다. 전략을 모르는 자에게는 전략을 부릴 수가 없다. 전략의 비결은 이쪽으로 공격해 올 것이라고 생각하고 있는 적을 뜻하지 않는 쪽에서 갑자기 습격하는 것인데, 아무런 생각도 가지고 있지 않은 적에게는 뜻하지 않는 때라는 것이 없다. 마치 씨름에서 가만히 서 있는 상대를 넘어뜨릴 수가 없는 것과 같은 이치다."

# 전쟁의 형세는 물과 같아야 한다

夫兵形은 象水라. 水之形은 避高而趨下요 兵之形은 避實而擊虛라.

水因地而制流하고 兵因敵而制勝이라.

전쟁의 형세는 물과 같아야 한다. 물의 형세는 높은 곳을 피하고 낮은 곳으로 나아가는 것이고, 전쟁의 형세는 실을 피하여 허를 치는 것이다. 물은 땅으로 말미암아 흐름의 형세가 만들어지고 전쟁은 적의 형세로 말미암아 승리가 만들어진다.

맹자가 말했다.

"물의 크고 작음을 알기 위해서는 반드시 그 물결을 보아야 한다. 해와 달이 빛을 지니고 있음은 작은 틈바구니까지도 비추는 것으로 알 수 있다. 물의 흐름은 웅덩이를 채우지 않으면 앞으로 나아가지 않는 것에서 알 수 있다."

물은 높은 곳을 피하고 낮은 곳으로 흐른다. 웅덩이를 만나면 웅덩이를 다 채운 후에 다시 흐른다. 물이 지형의 높낮이를 따라 마음대로 움직이고 변화하는 것처럼 군형도 적의 허와 실을 따라 물처럼 움직이며 변화한다. 물은 정해진 형태가 없다. 끝없이 흐르지만 언제나 제자리에 있다. 고여 있는 물이 형태가 다른 것은 지형에 순응하기 때문이다. 군형도 물처럼 고정된 형태란 없다. 적의 허와 실에 따라 언제나 형태가 달라진다. 물이 웅덩이를 채우듯이 적의 허한 곳을 쳐야 한다. 물이 낮은 곳에서 높은 곳으로 흐를 수 없는 것처럼 적의 실한 곳을 공격해선 안 된다.

# 전쟁에는 일정한 형태가 없다

兵無常勢요 水無常形이니 能因敵變化而取勝者는 謂之神이니라.

故로 五行은 無常勝하고 四時는 無常位하며

日有短長하고, 月有死生이니라.

전쟁에는 일정한 형태가 없고 물은 일정한 형상이 없다.
적으로 말미암아 변화함으로써 승리를 거두는 것인데 그것을 일컬어 신묘하다고 하는 것이다.
그러므로 오행에는 항상 이기는 것이 없고, 사계절은 항상 제자리에 있지 않으며,
해에는 길고 짧은 것이 있고 달에는 기울고 차는 것이 있다.

전쟁에는 일정한 형태가 없다. 만약 전쟁에 일정한 형태가 있다면 승리도 패배도 없을 것이다. 이미 마련된 하나의 고정된 틀 속에서 싸움을 벌이는데 어떻게 승리와 패배를 나눌 수 있겠는가. 전쟁은 어디까지나 상대적이다. 적군이 있음으로써 군형의 변화가 있고, 적군이 있음으로써 승리의 환희가 있다. 그것은 마치 오행五行이 서로 이긴다는 이치와도 같다. 또 봄, 여름, 가을, 겨울이 저마다 따로 있지 않고 순환하는 것과도 같은 이치이며, 해와 달이 떴다가 지는 것, 그 길이가 길었다가 짧아지는 것과도 같은 이치이다.

한 마리의 작은 개미가 거대한 자연의 변화에 어떻게 적응하고 어떻게 스스로를 지켜 가는지 아는가? 개미는 개미대로 이 자연의 허와 실을 스

스로 판단하며 변화하고 적응하는 것이다.

어떤 사람이 장난삼아 개미에게 물었다.

"너는 단단한 땅 속에 있으면서 강물을 새어 나오게도 하고 내 몸으로 기어올라 나를 매우 귀찮게 하기도 한다. 어떻게 그럴 수 있는가?"

개미가 대답했다.

"나 역시 조화의 힘을 입어 생겨났기 때문에 기氣를 나타내는 존재이다. 솟은 토봉土封을 보아 비가 올 줄 알고, 한 줌의 흙을 시험하여 샘물이 솟을 줄을 안다. 그러므로 학자들이 나를 칭찬하는 것이다. 머리에는 큰 자라의 관을 쓰고 돌며 마행磨行하는 품은 일월日月의 움직임과 같다. 소리 없이 모이고 흔적 없이 다니며, 더울 땐 나오고 추울 땐 땅 속으로 들어간다. 천둥에도 놀라지 않으며 비가 와도 몸에 물을 받지 않는다. 아무리 작은 사실일지라도 다 특기할 만하다. 모일 때엔 양 떼가 모여드는 것 같고 나아갈 땐 기러기가 날개를 펴는 것과 같다. 어느 때는 비록 힘이 센 고래라 할지라도 그 세력을 막을 수 없으며, 지렁이나 매미를 상하게 하지도 않는다. 어찌 장원牆垣으로 돌아다닌, 저 군자의 옷을 더럽히는 파리와 같겠는가?"

## 제7장

### 군쟁편
軍爭篇

# 바람처럼 빠르고 숲처럼 고요하라

그 빠르기는 바람과 같고, 그 느리기는 숲과 같으며, 쳐들어가고 빼앗는 것은 불길과 같다. 움직이지 않을 때는 산과 같고, 알 수 없기로는 어둠과 같으며, 움직임은 천둥과 벼락과 같다.

# 승리를 쟁취하기란 참으로 어렵다

손자왈 범용병지법 장수명어군 합군취중
孫子曰 凡用兵之法은 將受命於君하여 合軍聚衆하고

교화이사 막난어군쟁
交和而舍니 莫難於軍爭이니라.

손자가 말했다. 전쟁을 하는 방법은 장수가 임금에게서 명령을 받아 군사를 모으고 백성을 징집하여 진을 마주하고 주둔하는 것으로, 싸워서 승리를 겨루는 것보다 어려운 일은 없다.

버나드 몽고메리는 이렇게 말했다.

"군대를 양성하는 것은 필생의 사업이다. 군대란 무기와 같다. 깎고 다듬고 날을 세워야 사용할 수 있다. 그중에서 제일 중요한 것은 사기士氣이다. 사기는 자신을 믿음으로써 오는 것이며 승리의 원동력이다."

전쟁이 일어나면 악마는 지옥의 영역을 넓힌다는 말이 있다. 전쟁은 모든 불행의 씨앗을 잉태하고 있기 때문이다. 살상과 파괴, 증오와 저주, 가난과 굶주림 등 이 세상의 모든 불행한 어휘들을 등장시킬 만큼 전쟁이 지니는 이미지는 참혹하고 폭력적이다. 그러면서도 언제나 전쟁은 있었고 지금도 전 세계 구석구석에서 벌어지고 있다. 평화를 위한 전쟁도 있고, 전쟁을 위한 전쟁도 있으며, 또 정복을 위한 전쟁도 있다. 명분이야 어찌 되었든 전쟁은 계속해서 이어지고 있다. 보다 멀리로는 진정한 평화를 위해서, 아니면 그토록 어렵다는 전쟁을 근절시키기 위해서 손자는 이 병법을 썼는지도 모른다.

# 계책을 아는 자는
# 우회함으로써 바로 간다

---

군쟁지난자 이우위직 이환위리
軍爭之難者는 以迂爲直하고 以患爲利니라.

고 우기도 이유지이리 후인발
故로 迂基途하여 而誘之以利하고 後人發하여

선인지 차지우직지계자야
先人至는 此知迂直之計者也니라.

싸워서 이기기 어려운 것은 우회함으로써 목표에 곧바로 다다르고
불리함을 이로운 것으로 만들어야 하기 때문이다.
그러므로 우회하는 이로움으로 적을 유인하고, 적보다 늦게 출발하지만 적보다 먼저 도착해야 한다.
먼저 앞서는 사람은 우회함으로써 바로 가는 것의 계책을 안다고 할 것이다.

---

전쟁에 쉬운 일이란 없다. 하물며 승리를 이끌어 내기 위해서는 숱한 어려움이 뒤따를 수밖에 없다. 목적지에 다다르기 위해 일부러 우회해서 가는 경우가 있는데, 이는 먼 길을 택함으로써 오히려 가까운 길로 만들기 위함이다. 즉 먼 길을 택하여 적에게 유리하게끔 유인하여 적을 더디게 만드는 것이다. 그렇게 함으로써 '적보다 늦게 출발하여 적보다 먼저 도착'하려는 것이다. 이것이 바로 우회함으로써 목표에 곧바로 다다르는 계략이다. 이것을 우직지계迂直之計라고 한다.

춘추전국시대에 진나라의 대군이 조나라 땅인 알여를 침공했다. 이에 조나라에서는 조사趙奢를 장수로 임명하여 알여를 지키게 했는데 어찌된 셈인지 조사는 알여에서 멀리 떨어져 있는 곳에 진지를 구축한 채 알여

쪽은 바라보지도 않았다. 그러는 사이에도 진나라 군사는 알여를 향하여 연일 진군을 계속했다. 그 무렵 진나라의 첩자 한 명이 조나라의 진중으로 숨어들어 진중 구석구석을 비밀리에 살폈다. 조사는 그가 첩자임을 알면서도 그를 융숭하게 대접해서 돌려보냈다. 진나라 장수는 조나라의 진중을 정찰하고 온 첩자의 자세한 보고를 듣고 나서 무릎을 치며 흐뭇해했다.

"조나라군은 도읍에서 삼백 리나 떨어진 곳에 주저앉아 있다. 그렇다면 이제 알여는 우리가 점령한 것이나 다름없다."

그러나 진나라의 첩자를 돌려보낸 조사는 곧 전군에 출동 명령을 내리고, 밤낮을 가리지 않고 행군을 계속하여 진나라 군사보다 먼저 알여에 도착해 진형을 갖추었다. 또 군사의 일부를 따로 떼어 내 알여 방위의 요충지인 북산을 점거토록 했다. 뒤늦게 도착한 진나라의 군사는 서둘러 북산을 공격했지만 이미 전세는 기울어져 있었다. 진나라군은 지리멸렬하고 말았던 것이다.

일부러 멀리 돌아가서 적을 안심시키라. 그러고서 전격적으로 공격하라. 그것이 우직지계다. 계책을 아는 자는 우회함으로써 바로 간다.

# 싸우는 군사는 언제나 위험 속에 있다

군쟁위리 군쟁위위 고 거군이쟁리 즉불급

軍爭爲利요 軍爭爲危라. 故로 擧軍而爭利면 則不及이요

위군이쟁리 즉치중 연

委軍而爭利이면 則輜重이 捐이니라.

싸워서 이기는 것은 좋은 일이지만 싸우는 군사들에게는 위험이 따른다. 전군을 동원하여 승리를 다툰다면 미치지 못하게 되고, 일부 군사를 남겨두고 승리를 다툰다면 치중(輜重)이 남게 된다.

전쟁에는 이익과 손해가 뒤따른다. 싸워서 이길 경우에는 이익이 뒤따르고 패배했을 경우에는 손해가 뒤따른다. 그러나 전쟁을 일으키는 사람들은 결코 패배를 생각하지 않는다. 항상 승리를 염두에 두고 전쟁을 일으킨다. 그 전쟁에 투입되는 군사들의 위험 같은 것은 안중에도 없다. 그들은 오직 승리라는 결과만을 바라보기 때문이다. 그들에게 전쟁은 언제나 필연적이며 필수적이다.

프랜시스 베이컨은 이렇게 말했다.

"위대한 국가와 제국이 멸망하고 분열할 때에는 반드시 전쟁이 일어난다. 왜냐하면 대제국이 존립하고 있는 동안에는 자기 자신의 방어력에 의존해서 원주민의 힘을 잃게 하고 억압해 버리기 때문이다. 왕국의 합병과 확장도 마찬가지로 전쟁을 일으킨다. 왜냐하면 한 나라가 지나치게 강대해질 때에는 홍수처럼 힘이 범람하게 되기 때문이다. 또 호전적인 국가가 나약해질 때에는 반드시 전쟁이 일어난다. 왜냐하면 이와 같은 나라가 타락할 무렵에는 보통 부유해져 있기 때문에 타국의 침략을 유발하는 먹이가 되며, 또 그 용기의 쇠퇴가 전쟁을 더욱 유발하기 때문이다."

그래서 전쟁은 끊이지 않는다. 어떤 경우에라도 그 전쟁에서 나름대로 이익 있는 승리를 바라보기 때문이다. 그러나 전쟁을 치르고 있는 군사들은 언제나 위험에 둘러싸여 있다. 그것은 우리의 속담처럼 '덜미에 사잣밥을 짊어진' 것과 다름없다. 그야말로 여리박빙如履薄氷이다. 얇은 얼음을 밟는 것처럼 조심스럽고 위태롭기 그지없다. 부대의 동원부터가 그렇다. 지형과 기후에 따라 동원 부대의 성격이 달라진다. 장비 역시 마찬가지로 전쟁의 성격에 따라 무기며 장비의 종류가 달라질 것은 뻔한 이치다.

치중輜重이란 군의 보급품을 수송하는 부대를 말하는 것인데, 보병만을 동원하여 전쟁에 임하면 보병들은 행동이 민첩해서 빨리 진군할 수 있다. 그러나 보급 부대는 보급품을 적재하고 관리해야 하기 때문에 빨리 움직일 수 없다. 보급 부대가 뒤따르지 못한다면 전투는 수행할 수 없게 된다. 보급로가 차단된 경우의 좋은 실례가 있다.

송나라 군사들은 원나라의 대군이 쳐들어오자 여지없이 짓밟혀 버렸다. 이에 분기한 장세걸張世傑이 서홍 2년 정월에 최후의 공격을 감행했다. 그러자 원나라군은 정면충돌의 불리함을 깨닫고 곧장 해구海口를 점령했다. 해구는 송나라군에 식량을 공급하는 군수 기지였다. 말하자면 보급로를 차단한 것이다. 송나라군에게는 겨우 열흘분의 식량만 비축되어 있었기 때문에 이 작전의 효과는 엄청났다. 그들은 굶주림에 허덕이다 못해 바닷물로 배를 채우기도 했다. 수없이 많은 병사들이 쓰러졌고 이것을 지켜본 원나라군은 기다렸다는 듯 양면공격 작전을 폈다. 송나라군은 앞뒤에서 질풍같이 쳐들어오는 원나라군의 칼날 앞에 어쩔 줄을 몰라 했다. 용장으로 소문난 장세걸도 여기에는 당할 수가 없었다.

메르난데스가 말했다.

"병사는 죽음에 고용되어 있다. 살기 위해서 죽으러 간다."

# 정세가 유리해도
# 무리하게 행군하지 마라

권갑이추 일야불처 배도겸행
卷甲而趨하여 日夜不處하고 倍道兼行하여

백리이쟁리 즉금삼장군
百里而爭利면 則擒三將軍이라.

경자선 파자후 기법 십일이지
勁者先하고 罷者後면 其法이 十一而至니라.

오십리이쟁리 즉궐상장군 기법 반지
五十里而爭利면 則蹶上將軍이요 其法은 半至니라.

삼십리이쟁리 즉삼분지이리 시고 군무치중
三十里而爭利면 則三分之二至니라. 是故로 軍無輜重이면

즉망 무량식즉망 무위직 즉망
則亡하고 無糧食則亡하고 無委積이면 則亡이니라.

갑옷을 말아 짊어지고 밤낮 없는 진군으로 평소 두 배의 길을 한달음에 달려가 백 리 밖에서
적과 승리를 다툰다면, 장수 셋이 싸운다 해도 한꺼번에 사로잡힐 것이다.
강한 군사는 먼저 오고 약한 군사는 뒤처져 그 비율은 10분의 1이 될 것이다.
오십 리를 가서 승리를 다툰다면 상장군(上將軍)이 쓰러지고 그 비율은 절반에 이른다.
삼십 리를 가서 승리를 다툰다면 3분의 2의 병력이 도착할 수 있을 것이다.
그러므로 군대는 치중(輜重)이 없어도 망하고 양식이 없어도 망하고, 축적된 군비가 없어도 망한다.

먼 길을 행군해온 군대는 피로하다. 유리하다고 해서 무조건 행군하다 보면 예측할 수 없는 불행과 맞닥뜨리게 된다. 지친 군사들뿐 아니라 보급품의 연결이 제대로 되지 않는 것도 큰 문제가 된다. 손자는 '치중輜重이 없어도 망하고, 양식이 없어도 망하고, 축적된 군비軍備가 없어도 망한다'라고 말했다. 을지문덕 장군이 수隋나라의 백만 대군을 격파한 것은 그 좋은 실례가 될 수 있다.

수나라의 백만 대군이야말로 참으로 먼 길을 행군해 온 군대였다. 을지문덕 장군은 이들을 맞이해서, 하루 아홉 번 싸워서 아홉 번 모두 패주하는 작전을 썼다. 가뜩이나 지쳐 있는 군사들을 보다 더 지치게 하는 데 목적이 있었다. 그러는 한편 끊임없이 패주만 하는 고구려군을 수나라군이 얕잡아 보게 하려는 의도도 있었다. 수나라군의 마음이 해이해질 때쯤 고구려군은 반격을 시작했다. 그 반격의 기세가 얼마나 대단했던지 수나라 군사들은 혼비백산하여 도망치기에 급급했다. 청천강에 도달한 수나라 군은 추격해 오는 고구려 군사들 때문에 어찌할 바를 모르다가 강물에 뛰어드는 것으로 최후를 마감했다. 당시 요동으로 되돌아간 수나라 군사는 천여 명을 간신히 헤아릴 정도였다니 그 참상을 짐작할 수 있을 것이다.

에리히 프롬은 이런 글을 썼다.

"제1차 세계대전이 일어나기 전의 프랑스 군대는 오랫동안 중포重砲나 많은 기관총은 전쟁에 필요하지 않다는 것이 공식적인 전략 이론이었다. 프랑스 정신으로 무장되어 있으므로 적을 무찌르기 위해서는 총검만으로 충분하다고 생각했던 것이다. 그러나 독일군의 기관총은 수십만의 프랑스군을 순식간에 휩쓸어 버렸다."

# 지형을 알아야 전략을 세울 수 있다

부지제후지모자 불능예교
不知諸侯之謨者는 不能豫交요,

부지산림험조 저택지형자 불능행군
不知山林險阻와 沮澤之形者는 不能行軍이요,

불용향도자 불능득지리
不用鄕導者는 不能得地利니라.

여러 제후들의 계략을 미처 모르는 자는 만약을 대비하여 미리 외교를 맺어둘 수가 없다.
산과 험난한 숲과 늪과 못이 있는 지형을 알지 못하는 자는 군사를 행군시키지 못한다.
길잡이의 안내를 받지 않으면 지형에 다른 이점을 얻을 수가 없기 때문이다.

제나라의 선왕이 이웃 나라와 사귈 수 있는 방법을 묻자 맹자가 대답했다.

"오직 마음이 어진 사람이라야 큰 나라로서 작은 나라를 사귈 수 있습니다. 그렇기 때문에 탕湯임금이 갈葛나라를 사귀었고, 문왕이 곤이昆夷를 사귄 것입니다. 오직 지혜로운 사람이라야 작은 나라로서 큰 나라를 사귈 수 있습니다. 그렇기 때문에 태왕太王이 훈육을 사귀었고 구천句踐이 오吳나라를 섬긴 것입니다. 큰 나라로서 작은 나라를 섬기는 사람은 하늘의 도리를 즐기는 사람이고, 작은 나라로서 큰 나라를 사귀는 사람은 하늘의 도리를 두려워하는 사람입니다. 하늘의 도리를 즐기는 사람은 천하를 보전할 것이고, 하늘의 도리를 두려워하는 사람은 자기 나라를 보전할 것입니다."

# 분산과 집결로 변화를 일으킨다

---

병 이사립 이리동 이분합 위변자야

兵은 以詐立하고 以利動하고 以分合으로 爲變者也니라.

전쟁이란 속임수로 이루어지고 유리함을 좇아 움직이게 되며, 분산과 집결로 변화를 일으키는 것이다.

---

삼국시대의 영웅 제갈공명은 촉한蜀漢의 유비를 도와, 위나라의 조조와 오나라의 손권이라는 대적을 상대로 당당하게 싸웠다. 그리고 유비가 죽은 뒤에도 신제를 받들면서 적극적으로 국외에 출병하여 싸웠다. 뛰어난 전략가인 공명은 문학적로도 훌륭한 작품을 남겨, 신제에게 바친 그의 '출사표出師表'와 '후後출사표'는 많은 사람들을 감동시키기도 했다. 그러다 한군漢軍을 이끌고 위나라 사마의의 대군과 오장원에서 싸우다 그만 병사하고 말았다. 한군은 그의 유언을 좇아 그의 죽음을 비밀로 하고 제갈공명을 닮은 인형을 만들어 공격을 계속했고, 중달의 군사들은 정신없이 도망쳤다고 한다.

전쟁의 궁극적 목표는 승리이다. 전쟁이 아무리 참혹하고 야만적이고 의롭지 못한 수단으로 행해진다 하더라도 승리를 위한 전략 전술일 때 그것은 정당화된다. 오스카 와일드는 이렇게 말했다.

"전쟁이 나쁜 것이라고 인정하는 한, 전쟁은 항상 매력을 가질 것이다. 그러나 그것이 비속한 것이라고 생각될 때에는 전쟁은 일시적인 것으로 그칠 수 있을 것이다."

# 바람처럼 빠르고 숲처럼 고요하라

기질여풍 기서여림 침략여화
其疾如風하고 其徐如林하고 侵掠如火하고

부동여산 난지여음 동여뢰전
不動如山하고 難知如陰하고 動如雷震이니라.

그 빠르기는 바람과 같고, 그 느리기는 숲과 같으며, 쳐들어가고 빼앗는 것은 불길과 같다.
움직이지 않을 때는 산과 같고, 알 수 없기로는 어둠과 같으며, 움직임은 천둥과 벼락과 같다.

손자는 군사행동의 표본을 이야기하고 있다. 그것은 전쟁을 전제로 하고 있으며, 승리를 위한 것이다. 때가 오면 들판을 가로지르는 바람처럼 움직여야 하고, 적막한 숲처럼 조용해야 한다. 때가 되면 성난 불길처럼 맹렬해야 하고, 큰 산처럼 묵중해야 한다. 또 어둠처럼 드러나지 않아야 하고, 천둥이나 번개처럼 위협적이어야 한다.

풍림화산風林火山이란 말은 그래서 생겨났다. 때로는 바람처럼 빠르게, 때로는 숲처럼 고요하게, 때로는 불길처럼 맹렬하게 또 때로는 태산처럼 무겁게 군대를 움직여야 한다는 말이다. 세상을 살아가는 일도 그것과 다를 것이 없다. 세상일 모두가 때로는 바람처럼 숲처럼 불길처럼 또 태산처럼 그렇게 움직이며 살아가게 되어 있다.

# 완전한 승리란 민심을 정복하는 데 있다

약향분중　　곽지분리　　현권이동
掠鄕分衆하고 廓地分利하고 懸權而動이니라.

선지우직지계자　승　　차군쟁지법야
先知迂直之計者는 勝이니 此軍爭之法也니라.

적의 고을을 침략하여 얻은 것을 많은 사람들에게 나누어 주는 것도,
적의 땅을 점령하여 얻은 이익을 나누어 주는 것도 모두 저울 달듯 해야 한다.
먼저 우직지계(迂直之計)를 아는 사람은 승리하니 이것이 군쟁(軍爭)의 법이다.

---

오자吳子가 말했다.

"적을 쳐서 성을 포위하는 정상적인 병법은 이러하다. 성읍城邑이 함락되면 그 관청이나 궁宮에 들어가 적의 관리들을 죽이는 일 없이 다스리고, 기물을 파괴하는 일 없이 수용해야 한다. 군사들은 어디를 가더라도 나무를 마구 벤다든가 가옥을 못 쓰게 만든다든가, 양곡을 약탈하거나 가축을 죽이거나 모아 놓은 물자를 태우는 일이 있어서는 안 된다. 백성들에게는 해칠 뜻이 없음을 보여 주고 항복하는 사람이 있으면 그 항복을 받아들여 마음을 편케 해 준다."

이것이 승리를 굳히는 방법이다. 승리는 싸움에서 이긴 것으로만 굳어지지 않는다. 반드시 그 뒤처리를 확실하게 해야 한다. 전쟁에 이겼다고 장수는 교만해지고 병졸은 태만해지면 결국은 패하고 만다. 그래서 손자는 우직지계를 말하는 것이다. 대개 전쟁에서 승리하는 쪽의 군사들은 마

구잡이로 약탈을 일삼는다. 부녀자를 희롱하고 닥치는 대로 파괴하며 마음 내키는 대로 행동한다. 그것은 전쟁에서는 이겼지만 결과적으로는 패배하는 지름길이다.

유방과 항우의 경우를 보자. 항우는 모든 싸움에서 이기는 백전백승의 명장이었으나 뒤처리에서는 너무나 모자랐다. 처음 진나라를 칠 때, 항복해 온 이십만의 적군을 생매장하여 죽였는가 하면 함양咸陽에 입성해서는 아방궁에 불을 질렀다. 그것은 졸렬한 행위였으며, 민심을 안정시키기는 커녕 오히려 촉발시키는 짓이었다. 게다가 그는 인재를 제대로 쓸 줄도 몰랐다. 뒷날 그를 망하게 하는 데 큰 역할을 한 한신韓信과 진평陳平이 모두 그의 부하였던 사실을 되새겨 보면 쉽게 알 수 있다. 그러나 유방은 달랐다. 그는 정치적 수완이 뛰어나기도 했지만 언제나 민심의 동향에 마음을 두었다. 또 그의 부하인 소하蕭河는 함양에 진격했을 때, 다른 사람들은 모두 보물을 약탈하기에 여념이 없는 와중에도 궁중에 들어가서 진나라의 귀중한 문서들을 수중에 넣었다. 그 문서들은 중국 전체의 대세를 파악할 수 있는 중요한 자료였기 때문에 나중에 한나라의 창업에도 크게 도움이 되었다.

완전한 승리란 민심을 정복하는 데 있다. 민심을 정복해야만 확실하게 승리를 굳힐 수 있는 것이다. 남이 보기에는 쓸데없는 짓 같고 어리석은 듯하지만 목표를 달성하는 데는 신속해야 한다. 그것이 우직지계이다. 포류비오스는 이렇게 말했다.

"승리는 아름답다. 그러나 승리를 보람 있게 하는 것은 더욱 아름답다."

# 군사들을 하나로 만들어라

군 정 왈 언 불 상 문 고 위 금 고 시 불 상 견
軍政曰 言不相聞이라. 故로 爲金鼓하고 視不相見이라.
고 위 정 기 부 금 고 정 기 자 소 이 일 인 지 이 목 야
故로 爲旌旗라. 夫金鼓旌旗者는 所以一人之耳目也라.
인 기 전 일 즉 용 자 부 득 독 진
人旣專一이면 則勇者도 不得獨進이요
겁 자 부 득 독 퇴 차 용 중 지 법 야
怯者도 不得獨退니 此用衆之法也니라.
고 야 전 다 화 고 주 전 다 정 기 소 이 변 인 지 이 목 야
故로 夜戰에 多火鼓하고 晝戰에 多旌旗하니 所以變人之耳目也니라.

군정(軍政)에 이르기를 '말로는 서로 들을 수가 없기 때문에 징과 북을 쓰며,
눈으로는 서로 볼 수가 없기 때문에 깃발을 쓴다'고 했다. 징과 북과 깃발은 사람들의 귀와 눈을 하나로 만든다.
사람들이 하나가 되면 아무리 용감한 자라도 혼자서 진격하지 못하고,
아무리 겁이 많은 자라도 혼자서 물러나지 못한다. 이것이 군사들을 움직이는 방법이다.
그러므로 야간 전투에서는 불과 북을 많이 쓰고, 주간 전투에서는 깃발을 많이 쓴다.
이것은 사람들의 귀와 눈에 변화가 오기 때문이다.

많은 사람을 하나로 통일하면 엄청난 힘을 만들어 낼 수 있다. 개인마다 지닌 개성이 다르더라도 많은 사람들이 하나의 군중으로 뭉치면 엄청난 위력을 발휘한다. 그 대표적인 군중 집단이 군대이다. 군대를 하나의 힘으로 통일했을 때, 그 힘을 일컬어 전력戰力이라고 말한다. 전쟁에 임하게 되면 군사들의 개인적인 행동은 철저히 제약을 받는다. 애국적인 차원에서 생긴 일이라 하더라도 용납될 수 없다. 모든 군사가 하나가 되어 지휘관의 지휘에 따라 유기적으로 움직일 때 비로소 그 군대는 무형의 진형

陣形을 구축할 수 있다. 오자는 이렇게 말한다.

"지휘에 전군이 위복威服하고 사졸들이 명령을 따른다면 전쟁에 있어서 그에게 대항할 강적이 없게 되고 공격함에 있어서 견고한 진陣이 없게 된다."

그래서 손자는 '사람들이 하나가 되면 아무리 용감한 자라도 혼자서 진격하지 못하고 아무리 겁이 많은 자라도 혼자서 물러나지 못한다'고 말한 것이다. 야스퍼스는 이렇게 말했다.

"인간은 군중 속에서 존재하고 있을 때, 이미 자신으로부터 떠난 것이다. 대중은 어떤 면에서 말하면 녹여내는 역할을 한다고 할 수 있다. 내가 내 속에서 무언가를 찾는 것이다. 또 다른 면에서 본다면, 군중은 단독자를 고립시켜서 원자로 만들어 현존하고자 하는 열망을 단념하게 한다. 군중이라는 것은 실존이 없는 현존재이며 신앙이 없는 미신이다."

# 기가 죽으면 패배한 것과 마찬가지다

---

삼군 가탈기 장군 가탈심
三軍은 可奪氣요 將軍은 可奪心이라.

시고 조기 예 주기 타 모기 귀
是故로 朝氣는 銳하고 晝氣는 惰하며 暮氣는 歸니

고선용병자 피기예기 격기타귀 차치기자야
故善用兵者는 避其銳氣하여 擊其惰歸니 此治氣者也니라.

전군(全軍)의 기를 빼앗아야 하고 장군의 마음을 빼앗아야 한다.
그러므로 아침의 기는 예리하고 낮의 기는 게으르며 저녁의 기는 끝이 난다.
용병을 잘하는 사람은 적의 예리한 기를 피하고 적의 게으르고 끝나 버린 기운을 공격한다.
이것이 기를 다스리는 것이다.

---

기氣란 하늘과 땅 사이에 가득 차서 만물이 나고 자라게 하는 힘의 근원을 말하는 것이다. 그것은 오관五官으로 느낄 수는 있어도 눈에 보이지는 않는다. 손자가 말하는 기는 곧 '정신'을 의미한다. 살아 있는 정신이야말로 군에 있어서 사기와 같다. 전쟁에서 기가 죽으면 그것은 이미 패배한 것과 다름없다. 임진왜란 때 충무공 이순신이 무적함대를 이끌고 바다를 휘젓고 다니자 일본의 수군들은 이순신의 함대만 보고도 기가 죽어 도망가기에 급급했다. 그들의 사기는 이순신이라는 이름자 앞에서 이미 죽었던 것이다. 상대의 사기를 꺾어 승리한 전쟁의 예는 참으로 많다. 춘추시대의 제나라와 노나라 간의 '장작長勺의 싸움'도 그에 속한다.

기원전 684년, 제나라의 대군이 노나라의 영토를 침략하자 노나라의 군주 장공裝公은 몸소 군사를 거느리고 장작長勺으로 출진했다. 장공이 진지를 구축한 다음 곧장 북을 치며 공격할 기미를 보이자 장수인 조귀曹劌가 아직은 때가 아니라며 극구 만류했다. 장공은 조귀의 말을 좇아 진지를 둘러보며 때가 오기만을 기다렸다. 한참 뒤 제나라군 진영에서 북소리가 들려오기 시작했다. 한 번, 두 번, 세 번 북소리에 따라 그들은 공격의 태세를 취하는 것이었다. 그때 조귀가 말했다.

"폐하, 바로 지금이 공격할 때입니다."

장공은 북을 올린 다음 전군에 공격 명령을 내렸다. 그날의 전쟁은 노나라가 크게 승리를 거두었다. 장공이 조귀에게 승리의 비결을 묻자 조귀가 대답했다.

"전쟁에서는 군사들의 사기가 중요합니다. 북을 한 번 울리면 군사의 사기가 충천해지고, 두 번 울리면 사기가 떨어집니다. 세 번째 울리게 되면 사기는 아예 말라 버립니다. 적군의 사기는 말라 버렸고 우리 군사들의 사기는 충천했습니다. 승리의 원인은 바로 거기에 있었습니다."

아침과 낮, 저녁의 변화에 따라 기氣가 달라지듯이 외형적인 환경에 의해서도 얼마든지 달라질 수 있는 것이 사기다. 적을 공격할 때에는 반드시 적의 기를 먼저 살피고, 기가 죽을 때까지 기다리는 것도 한 방편이 될 것이다.

# 다스림으로써
# 적의 혼란을 기다리라

以治待亂(이치대란)하고 以靜待譁(이정대화)라. 此治心者也(차치심자야)니라.

다스림으로써 적의 혼란을 기다리고 고요함으로써 적의 소란함을 기다린다. 이것이 마음을 다스리는 것이다.

가장 안정된 상태에서 상대의 혼란을 기다리고, 가장 조용한 상태에서 상대의 소란함을 기다리는 것, 지금은 침묵의 상태이지만 그 기다림이 끝나면 전쟁은 시작된다. 그럴 경우, 상대의 입장에서 보면 완전히 허가 찔린 것이라 할 수 있다. 가장 안정된 상태에 있던 상대가 갑자기, 그야말로 번개처럼 자기의 허를 쳤기 때문이다. 전쟁의 승리는 병력이 아니라 다스림에 의하여 좌우된다. 다스림이란 지휘관의 통솔에 따라 일사불란하게 움직이는 것을 일컫는다. 『진심직설眞心直說』에 이런 말이 있다.

"마음이란 뜨겁기는 불이요, 차기는 얼음이며, 빠르기는 구부리고 우러르는 동안에 사해四海 밖을 두 번 어루만진다. 가만히 있을 때는 깊고 고요하며, 움직일 때는 하늘까지 멀리 가는 것은 오직 사람의 마음뿐이다."

사람의 마음은 변화무쌍하다. 마음이란 두 사람이 같은 길을 걸어도 각각 다르고, 두 사람이 같은 산 속을 헤매도 각각 다르다. 하물며 아군과 적군으로 나뉘어졌을 때의 마음이란 얼마나 달라지겠는가.

# 힘을 다스릴 줄 알아야 한다

---

이근대원 이일대로 이포대기
以近待遠하고 以佚待勞하고 以飽待饑라.

차지력자야
此治力者也라.

가까운 것으로 먼 것을 기다리고, 편한 것으로 수고로운 것을 기다리며, 배부른 것으로 배고픈 것을 기다린다.
이것이 힘을 다스리는 것이다.

---

오자吳子는 용병 기술의 중요한 내용으로 '멀리서 온 적을 가까운 데서 기다리는 것, 편안히 있으면서 피로한 적을 기다리는 것, 배불리 먹고 굶주린 적을 기다리는 것'이라고 말했다. 적으로 하여금 힘을 쓸 수 없게 함으로써 아군에게 유리하도록 다스리는 것으로, 간단히 말해 적의 힘을 빼라는 것이다. 적군이 강하고 아군이 약한 경우, 수비에 만전을 기함으로써 적군을 피로하게 하였다가 공격을 시작하는 것, 이것이 '편안히 있으면서 피로한 적을 기다리는' 전략이다.

서기 222년, 유비는 관우의 원수를 갚기 위해 오나라로 쳐들어갔다. 장강의 흐름을 탔기 때문에 진격이 빠른 데다가 요충지인 이릉夷陵을 순식간에 함락시켜 그들의 사기는 마냥 드높았다. 그러자 오나라의 손권孫權은 육손陸遜을 장수로 임명하여 전군을 지휘토록 했다. 유비의 침공 소식을 전해 들은 오나라 장수들은 한결같이 공포에 질린 얼굴이었다. 그러자 육손이 장수들을 안심시키듯 말했다.

"유비는 전군을 끌고 왔다. 그러니 그 기세는 대단할 것이다. 게다가 이로운 지형을 이용해서 진을 쳤기 때문에 우리가 공격을 하더라도 승산이 없다. 또한 공격에 성공한다 할지라도 전군을 궤멸시킬 수는 없을 것이다. 만일 실패한다면 그로 하여 엄청난 사태를 빚게 될 것이다. 당분간 정세의 변화를 기다려 보자. 이 일대가 평야라면 문제는 달라지겠지만 그들이 산을 따라 진격하고 있어 마음대로 할 수가 없다. 그렇지만 험준한 산길의 행군으로 그들은 피로가 겹칠 것이다. 그러니 조금도 동요되지 말고 그들이 피로에 지칠 때까지 기다려 보자."

그때부터 육손은 오로지 수비에만 매달릴 뿐 조금도 움직이려 들지 않았다. 시일을 오래 끌수록 불리한 쪽은 원정군이므로 때때로 유비는 싸움을 걸어왔지만, 그럴 때마다 육손은 꼼짝하지 않았다. 그렇게 육 개월쯤 지났을 때, 원정군은 날로 피로의 기색이 역력했다. 반격의 때가 온 것이다. 육손은 장수들에게 공격 준비를 명했다. 그러자 장수들은 한목소리로 반대했다.

"안 됩니다. 지금 공격하면 실패할 것입니다. 그들이 공격해 온 지 벌써 반년이 지났습니다. 그들은 그동안 많은 요충지를 확보해 놓고 굳게 지키고 있습니다. 승산 없는 싸움을 왜 벌이려는 것입니까?"

육손이 대답했다.

"그렇지 않다. 그들이 처음 공격했을 때는 치밀한 작전을 세워 왔기 때문에 우리가 공격해도 승산이 없었지만 지금은 다르다. 전쟁은 교착 상태에 빠졌고 그들의 피로는 극에 달해 사기는 떨어질 대로 떨어졌다. 지금이야말로 적을 공격할 최적의 기회다."

그러고 나서 육손은 전군에 총공격 명령을 내렸고, 유비의 군사들은 육손의 칼 앞에 추풍낙엽처럼 떨어져 나갔다.

에머슨은 이렇게 말했다.

"힘은 샘물과 안으로부터 솟아난다. 힘을 얻으려면 자기 내부의 샘을 파야 한다. 밖으로 힘을 구할수록 사람은 점점 약해질 뿐이다. 강해지고자 한다면 자기의 사상을 확고히 하라. 사상에 의해서만 자신을 바로잡을 수 있다는 것을 잊어서는 안 된다."

# 적의 변화를 다스릴 줄 알아야 한다

무요정정지기　물격당당지진　차치변자야
無邀正正之旗하며 勿擊堂堂之陳이니 此治變者也니라.

깃발을 앞세우고 질서정연하게 오는 적은 마주쳐 싸우지 말아야 하고,
당당하게 진형을 갖춘 적은 공격하지 말아야 한다. 이것이 변화를 다스리는 것이다.

질서정연하게 대오를 갖춘 군사들의 행군 모습은 보기에도 좋다. 대오 속에서 펄럭이는 정기는 사기를 과시하는 듯 보이고, 힘찬 동작과 우렁찬 함성은 거세게 밀려드는 파도를 연상케 한다. 이처럼 깃발을 앞세우고 질서정연하게 오는 적은 마주쳐 싸우지 말아야 한다. 질서 속에는 잘 훈련되어 배양된 힘이 있고 엄격한 군기가 살아 있기 때문이다. 이것이 실實이다. 당당하게 진지를 구축하고 견고한 진형으로 버티고 있는 군대는 천애天涯의 요새를 연상케 한다. 그런 진형 속에는 틀림없이 엄청난 힘과 식량과 군비가 비축되어 있다. 이런 진형을 갖춘 적은 공격하지 말아야 한다. 이 또한 실實이기 때문이다.

실세가 드러나 보이는 적을 공격해서 비록 승리한다 하더라도, 거기에는 희생이 따를 수밖에 없다. 적을 혼란하게 만들고 피로하게 만들고 사기를 떨어지게 만들어야 한다. 그리하여 적의 상황에 대처하여 변화를 가져와야 한다. 이것이 변화를 다스리는 것이다.

# 전쟁에서 반드시 피해야 할 아홉 가지 금기

손 자 왈 범 용 병 지 법 고 릉 물 향 배 구 물 역
孫子曰 凡用兵之法은 高陵勿向이라. 背丘勿逆이라.

양 배 물 종 예 졸 물 공 이 병 물 식 귀 사 물 알
佯北勿從이라. 銳卒勿功이라. 餌兵勿食이라. 歸師勿遏이라.

위 사 필 궐 궁 구 물 박 차 용 병 지 법 야
圍師必闕이라. 窮寇勿迫이라. 此用兵之法也하라.

손자가 말했다. 높은 언덕의 적을 향해 공격해서는 안 되며,
언덕을 등에 지고 쳐내려오는 적을 맞서 싸워서도 안 된다.
위장으로 패주하는 적을 뒤쫓아서는 안 되고, 예기에 찬 군사들을 공격해서도 안 된다.
미끼로 내놓은 군사들을 다치게 해서는 안 되고, 돌아가는 군사들을 막아서는 안 된다.
적을 포위할 때는 반드시 한쪽을 터놓을 것이며,
궁지에 몰린 적을 심하게 괴롭혀서는 안 된다. 또한 고립된 지점에 머물러서도 안 된다.

사람이 세상을 살아가다 보면 피해야 할 일이 나타나기 마련이다. 그것은 스스로의 삶을 온전하게 보전하기 위해서이다. 그와 마찬가지로 전쟁에 임해서도 금기해야 할 사항은 너무나 많다. 손자가 제시하는 아홉 가지 금기 사항은 꼭 군사행동에서만 국한시킬 것이 아니라 각자의 삶에서도 적용시켜 볼 수 있다.

첫째, 높은 언덕 위에 있는 적을 공격하지 마라. 그것이 군사행동일 때는 지형地形이 되겠지만, 우리들의 삶에서는 지위地位일 수 있다.

둘째, 언덕을 등진 적과 맞서 싸우지 마라. 적은 방벽防壁이 있지만 그대는 노출되어 있다.

셋째, 위장으로 패주하는 적을 뒤쫓지 마라. 함정에 빠질 위험이 있다.

넷째, 예기銳氣에 찬 적을 공격하지 마라. 어떤 경우에도 그대의 승리를 보장할 수 없기 때문이다. 적은 강하며 그 사기는 드높다.

다섯째, 미끼로 내놓은 군사를 공격하지 마라. 서툰 짓이며 동시에 함정에 빠질 위험이 있다.

여섯째, 돌아서는 적은 결코 막지 마라. 그는 이미 전의를 상실한 군사다. 무리한 희생은 만들 필요가 없다.

일곱째, 적을 포위할 때는 반드시 한쪽을 터놓아라. 도망갈 쥐구멍을 열어 놓는 것과 같은 이치다.

여덟째, 궁지에 몰린 적은 심하게 다루지 마라. 그에게는 사활이 걸려 있다. 가능하다면 덕으로써 다스리라.

아홉째, 고립된 지점에 결코 머물지 마라. 그곳에서 어느 누가 쉽게 그대를 도울 수 있겠는가.

모든 것에는 기회가 있다. 빛과 그림자처럼 기회가 있으면 위험도 있다. 위험을 감수하면서 기회를 잡을 것인가, 아니면 위험 때문에 모든 기회를 포기할 것인가는 오로지 그대의 몫이다.

프랑수아 라블레가 말했다.

"기회는 앞머리에만 털이 있고 뒤통수는 대머리다. 그대가 만약 기회를 만났다면 그 앞머리를 꼭 잡아야 한다."

## 제8장

# 구변편
九變篇

# 이해利害는 반드시 뒤섞여 있다

높은 언덕의 적을 향해 공격해서는 안 되며, 언덕을 등에 지고 쳐내려오는 적과 맞서 싸워서도 안 된다. 위장으로 패주하는 적을 뒤쫓아서도 안 되고, 예기에 찬 군사들을 공격해서도 안 된다. 미끼로 내놓은 군사들을 다치게 해서는 안 되고, 돌아가는 군사들을 막아서는 안 된다. 적을 포위할 때는 반드시 한쪽을 터놓고, 궁지에 몰린 적을 괴롭혀서는 안 된다. 또한 고립된 지점에 머물러서도 안 된다.

# 풍파는 언제나
# 전진하는 자의 벗이다

손 자 왈 범 용 병 지 법 장 수 명 어 군 합 군 취 중
孫子曰 凡用兵之法은 將受命於君하여 合軍聚衆이니
비 지 무 사 구 지 합 교 절 지 무 유
圮地無舍하고 衢地合交하고 絶地無留하고
위 지 즉 모 사 지 즉 전
圍地則謀하고 死地則戰이니라.

손자가 말했다. 무릇 싸우는 방법은 장수가 임금에게 명을 받아 군을 합치고
사람들을 모은 뒤 비지에 주둔시켜서는 안 되고,
구지는 외교로 합칠 것이며, 절지에서는 오래 머물지 말고,
위지에서는 계략으로 벗어날 것이며, 사지에 들어서면 싸워야 한다.

어느 날 무후가 물었다.

"만약 계곡 사이나 험난한 곳이 많은 데서 적과 마주쳤는데 적은 병력이 많고 아군은 소수일 경우 어떤 전술로 싸워야 하겠는가?"

오기가 대답했다.

"싸울 수 있는 진형을 펼치기가 어려운 언덕이나 숲, 골짜기나 심산, 또 늪지대 같은 곳은 서둘러서 통과해야지 지체해서는 안 됩니다. 만약 높은 산이나 깊은 골짜기에서 갑자기 적과 마주쳤을 때는 맹공으로 나가야 합니다. 먼저 북을 울리고 함성을 지르면서 적을 겁먹게 하고, 그 순간을 이용해서 궁수弓手 부대를 진격시킴으로써 적의 반응을 살펴봅니다. 적군이 혼란해 보이면 두 번 생각할 것도 없이 공격해야 합니다."

비지圮地란 교통이 불편하고 마음대로 행군할 수 없는 곳을 말한다. 구지衢地는 그와 반대로 교통이 편리하고 작전을 마음대로 펼칠 수 있는 곳이다. 또 절지絶地란 교통이 말할 수 없이 불편하거나 외따로 떨어진 곳 혹은 적지의 깊숙한 곳을 의미한다. 위지圍地는 사방이 산과 강으로 막힌 곳이다. 그리고 사지死地란 글자 그대로 죽음을 예고해 주는 곳, 다시 말해서 나아갈 수도 되돌아설 수도 없는 절체절명의 막다른 곳을 의미한다.

손자는 각각의 특성 있는 지형에 대처하기 위한 방법을 이야기하고 있다. 사람이 살아가는 일에도 그런 경우는 있다. 때에 따라 비지圮地 같은 불편한 상황일 때도 있고, 또 때에 따라서는 절지絶地나 위지圍地, 혹은 사지死地 같은 위기의 경우를 당할 수도 있다.

때로 삶을 전쟁에 비유한다. 전쟁의 방법은 바로 삶의 방법일 수 있다. 생존경쟁 자체가 격렬한 전투이며 전쟁이다. 니체가 말했다.

"인생의 목적은 끊임없는 전진이다. 앞에는 언덕이 있고, 냇물도 있고, 진흙도 있다. 걷기 좋은 평탄한 길만 있는 것이 아니다. 먼 곳으로 항해하는 배가 풍파를 만나지 않고 조용히만 갈 수는 없다. 풍파는 언제나 전진하는 자의 벗이다. 고난 속에 인생의 기쁨이 있다. 풍파 없는 항해, 얼마나 단조로운가! 고난이 심할수록 내 가슴은 뛴다."

# 길도 가서는 안 될 길이 있다

도유소불유 군유소불격 성유소불공
塗有所不由하고 軍有所不擊하고 城有所不攻하고

지유소부쟁 군명 유소불수
地有所不爭하고 君命도 有所不受니라.

길도 가서는 안 될 길이 있고, 적이라도 공격해서는 안 될 적이 있으며, 성도 공격해서는 안 될 곳이 있다.
땅에도 다투어서는 안 될 지형이 있고, 임금의 명령이라도 받들어서는 안 될 명령이 있다.

---

테오그니스는 '분별이란 인간이 가진 최상의 것이지만 반면에 분별이 부족하게 되면 최악의 것이 된다'고 말했다. 모든 일에서 사람이 분별할 줄 모르면 그의 인생은 최상에서 최악으로 뒤바뀔 수 있다. 하물며 군사와 관계되는 일이라면 더더욱 신중한 일이 아닐 수 없다.

손자가 지적한 것처럼 길도 가서는 안 될 길이 있고, 적이라도 공격해서는 안 될 적이 있으며, 성도 공격해서는 안 될 성이 있다. 땅도 다투어서는 안 될 지형이 있고, 그것이 설사 임금의 명령이라 하더라도 받들어서는 안 될 명령이 있다. 그것이 분별이다. 세상일에는 분별이 요구된다. 그러한 분별이야말로 변화를 가져올 수 있는 유일한 선택이다. 전쟁터에서도, 삶의 한복판에서도 인생이라는 복잡한 생존경쟁의 해법을 위해서도 필요한 일이다.

# 아홉 가지 변화의 이익을 알라

將通於九變之利者는 知用兵矣라.

將不通於九變之利者는 雖知地形이라도 不能得地之利矣라.

治兵에 不知九變之術者는 雖知五利라도 不能得人之用矣니라.

장수가 아홉 가지 변화의 이익에 능통한 사람은 용병을 알고 있는 사람이다.
아홉 가지 변화의 이익에 능하지 못한 사람은 비록 지형을 알고 있더라도 지형의 이점을 얻지 못한다.
군을 다스리면서도 아홉 가지 변화의 이익을 알지 못하면
비록 다섯 가지 이점을 안다 하더라도 전쟁에 응용하지 못한다.

역전노장歷戰老將, 혹은 역전의 용장이란 말은 많은 전쟁을 치러 본 뛰어난 장군들을 호칭하는 말이다. 다른 전문 분야에서 오랜 경험을 쌓고 나름대로 업적을 인정받는 사람들도 그렇게 부른다.

손자가 말하는 아홉 가지 변화란 앞에서 이야기한 비지, 구지, 절지, 위지, 사지의 다섯 가지와 길, 성城, 땅, 명령의 네 가지를 합쳐서 이른 것이다. 아홉 가지의 변화, 즉 구변의 이익에 능통한 사람이라야 용병用兵을 알고 있는 사람이라고 할 수 있다. 그것이 바로 역전노장이다. 그래서 비록 지형을 알고 있더라도, 아홉 가지 변화에 능통하지 못하면 그 지혜의 이점을 얻지 못한다고 잘라서 말한 것이다.

그것이 경험이다. 경험은 누가 가져다주는 것도 아니며 돈으로 살 수

있는 것도 아니다. 그것은 스스로 몸으로 부딪쳐서 깨닫는 것이다.

『좌씨전左氏傳』을 보면 '삼절굉지위양의三折肱知爲良醫'란 말이 나온다. 의사가 환자를 많이 다루면 올바로 치료하는 방법을 알게 된다는 뜻이다. 여기에서 절굉折肱은 고통이 심한 것을 비유한 말로, 곤란을 여러 번 겪어야 경험이 쌓인다는 것을 말한다.

손자가 말하는 구변九變이야말로 인생에서 겪는 어려운 고비를 뜻한다. 산다는 것은 그만큼 어려운 고비를 수없이 넘기는 것이다. 사람들은 누구나 지금까지 살아온 나날보다 앞으로 살아갈 날들에 더 많은 애착을 갖기 마련이다. 그대가 살고 있는 전후좌우에서 무엇이 어떻게 그대를 찾아올지 알 수 없기 때문이다. 옛 속담에 '소리개도 오래면 꿩을 잡는다'고 했고 '밤송이 우엉 송이 다 끼어 보았다'고 했다. 그것은 뼈아프고 고생스러운 일을 다 해 보며 경험을 쌓으면 할 수 없었던 것도 가능하게 된다는 뜻이다. 로버트 린드는 이렇게 말했다.

"나는 아시아의 정복자가 되느니 그런 일을 스스로 경험하는 사람이 되는 것이 낫겠다. 아시아의 정복자가 되는 것보다 그것을 경험한 사람을 만나기라도 하는 것이 낫겠다."

# 이해利害는 반드시 뒤섞여 있다

智者之慮는 必雜於利害라. 雜於利면 而務可信也요
雜於害면 而患可解也니라.

지혜로운 장수의 생각에는 반드시 이해(利害)가 뒤섞여 있다.
이로움 속에 해로움이 섞여 있음을 분간하면 믿음을 얻을 수 있고,
해로움 속에 이로움이 섞여 있음을 분간하면 환난을 해결할 수 있다.

사람들은 흔히 매사를 일방적으로만 생각하는 버릇이 있다. 어떤 사람은 자기 자신에게 돌아올 이익만을 앞세우는가 하면, 또 어떤 사람들은 자기 자신에게 돌아올 손해만을 생각하기도 한다. 그런 경우 사람들은 융통성이 없다는 말로 그들의 생각을 접어버리기가 일쑤다. 하지만 이로움과 해로움은 대개 함께 있다. 이로움 속에 해로움이 섞여 있고, 해로움 속에도 이로움이 섞여 있기 마련이다. 에머슨도 같은 말을 했다.

"얻는 것이 있으면 반드시 잃는 것이 있고, 잃는 것이 있으면 얻는 것이 있다."

해로움과 이로움은 언제나 그렇게 함께 어울려 있다. 이로움 쪽만 들여다보면 해로움은 보이지 않고, 해로움 쪽만 들여다보면 이로움은 꼬리를 감추어 버린다.

물총새는 고독을 사랑하는 새로 사람들이 쫓아갈 수 없는 바닷가의 바

위틈에 집을 짓고 평생을 바다에서 살아간다. 어떤 물총새 한 마리가 산비탈에서 물 위로 튀어나와 있는 바위 위에 집을 짓고 알을 깠다. 그러던 어느 날 어미가 먹이 사냥을 나간 동안, 돌풍이 바다를 휩쓸고 높은 파도가 새집을 덮어 새끼들이 물에 빠져 죽고 말았다. 돌아와서 벌어진 일을 보고 놀란 물총새는 탄식하듯 말했다.

"애통하다. 육지에서 나를 겨냥하는 덫에 대해서만 경계를 하고 안전하다고 도망쳐 온 이 바다가 더 믿을 수 없는 것이었다니……."

이 이야기는 『이솝우화』의 한 토막에 불과하지만 일상생활에서 우리가 겪는 일 또한 이와 다르지 않다. 라 로슈푸코가 말했다.

"사람들은 누구나 기억력의 부족을 한탄하지만 아무도 분별력의 부족은 한탄하지 않는다."

언제나 이해를 함께 생각하라. 승리가 그대의 것이라는 판단이 들었을 때라도 항상 패배를 함께 바라보라. 승리와 패배는 언제나 함께 있다는 것을 그대 스스로 파악하라.

# 이웃은 가까이할수록 이롭다

---

굴제후자 이해 역제후자 이업
屈諸侯者는 以害요 役諸候者는 以業이요
추제후자 이리
趨諸後者는 以利니라.

제후들을 굴복시키는 데에는 해로움으로 하고, 제후들을 부릴 때에는 일로써 하며,
제후들을 달려나오게 할 때에는 이로움으로 한다.

---

가까이 있는 이웃 나라들과 외교적으로 친하게 지내는 방법으로 손자는 다음 세 가지를 제시한다.

첫째, 그 나라를 굴복시키기 위해서는 약점을 이용할 것.

둘째, 그 나라가 나에게 협력토록 하기 위해서는 서로에게 이익이 될 수 있는 일에 참여토록 할 것.

셋째, 그 나라가 전력투구로 뛰어들게 하려면 특별히 유리한 조건을 제시할 것.

가까이 있는 이웃 나라가 적과 친하도록 내버려 두어서는 안 된다. 다 이긴 전쟁도 경우에 따라서는 이웃 나라의 방해로 패하는 경우가 생기기 때문이다. 그런가 하면 또 이웃 나라의 지원이 필요한 경우도 있기 때문에 가까이 있는 이웃 나라일수록 외교 관계를 더욱 돈독히 해야 함은 두말할 나위가 없다. 외교적 홍정은 나라와 나라 간에만 발생하는 문제는

아니다. 사회생활은 외교 관계를 보다 더 절실히 필요로 한다. 그것은 정치, 경제, 문화, 사회 전반에 걸쳐 나타난다. 혼자서만 이익을 누리려 든다면 그 사람은 도저히 큰일을 해낼 수 없다. 어떤 경우에는 자기 자신에게 돌아오는 손해를 감수하면서도 가까이해야 할 상대가 있기 마련이다. 골드버그는 '외교술은 가장 은근한 방법으로, 가장 음흉한 일을 행하고 말하는 것'이라고 했고, 비어스는 '외교라는 것 자체가 바로 조국을 위해서 거짓말을 서슴없이 해야 하는 애국적 행위'라고까지 말했다.

'턱을 받쳐 주면 헤엄치기 쉽다'는 프랑스 속담이 있다. 그대의 주위에는 얼마든지 그대의 턱을 받쳐 줄 사람들이 있다. 그런 사람을 골라 쓰는 것은 전적으로 그대 자신의 몫이다. 또한 그 사람을 굴복시키거나 부리거나 아니면 그대에게로 달려오게 만드는 것도 그대의 마음에 달려 있다. 위인과 소인은 서로를 필요로 한다는 말을 명심하라.

# 안이한 판단처럼 위험한 것은 없다

用兵之法은 無恃其不來하고 恃吾有以待也라 無恃其不攻하고
恃吾有所不可攻也니라.

전쟁하는 방법은 적이 오지 않으리라 믿지 말고 아군이 갖춘 방비 능력을 믿어야 하며,
적이 공격하지 않으리라 믿지 말고 적이 공격할 수 없도록 갖춘 아군의 방비 태세를 믿어야 한다.

안이한 판단처럼 위험한 것은 없다. 잘못된 판단이 불러오는 엄청난 결과는 돌이킬 수 없다. 적군과 대치해 있는 상태에서 막연히 적이 공격해 오지 않으리라는 기대감에 젖어 있다면, 그것은 이미 패배를 스스로 불러들이는 것과 다름없다. 방비한다는 것은 적의 공격에 대비한 아군의 방어 태세이다. 방어 능력이 확고부동하게 갖추어졌을 때, 적의 공격을 기다리고 있어야 한다. 적이 공격해 오지 않을 것이라는 생각에 젖어 있기보다는 아군의 방비 태세를 다시 한 번 점검하는 것이 훨씬 이롭다. 그것은 어디까지나 신념의 문제이다. 반드시 승리한다는 확고한 신념이 있는 한, 적이 공격하지 못할 것이라는 막연한 기대감은 생겨나지 않기 때문이다.

황제가 되려는 야망을 가졌다는 혐의로 암살당한 시저가 어느 날 작은 배로 바다를 건너고 있었다. 그런데 별안간 폭풍우가 일어나면서 천둥과 번개가 심하게 쳤다. 그러자 배에 탄 사람들은 모두 절망감에 사로잡혔

다. 평생을 배와 함께 살아온 노련한 사공까지도 "하느님, 저희를 보살펴 주옵소서"라고 외치며 손을 모으고 하늘만 우러러볼 뿐이었다. 이 광경을 성난 얼굴로 지켜보던 시저는 자리에서 벌떡 일어서며 벼락같이 사공을 꾸짖었다.

"노를 잡아라! 시저가 타고 있는 한 아무 걱정 없다. 배가 침몰하다니 말이 되는가!"

변화의 기회를 내 것으로 만들어야 한다. 남에게 의지하거나 타의에 기대지 말라. 확실한 신념의 소유자만이 기회를 자기 것으로 포착할 수 있다. 버트런드 러셀이 말했다.

"인생에 대해서는 분명하고 단호한 신념을 가지는 것이 필요하다. 모순된 여러 가지 관념에 사로잡히거나 지배당해서는 안 된다. 현대인의 습성 중 하나는 합리적인 것을 상식적이라고 배격하는 경향인데, 합리적인 생활이 사회와 자신을 조화시키는 길이며 이 조화를 벗어나서는 행복을 얻기란 어렵다."

전쟁에서의 승리도 좋고, 사회에서의 행복도 좋다. 그것은 결국 같은 결론으로 도출된다. 신념이란 그대가 걸친 옷과 같다. 벌거벗은 몸으로 어떻게 세상으로 나갈 수 있겠는가?

# 장수에게 반드시 따르는 다섯 가지 위험

장 유 오 위　　필 사 가 살 야　　필 생 가 로 야
將有五危라. 必死可殺也요 必生可虜也라.

분 속 가 모 야　　염 결 가 욕 야　　애 민 가 번 야
忿速可侮也요 廉潔可辱也며 愛民可煩也니라.

장수에게는 다섯 가지 위험이 있다. 필사적으로 싸우면 죽음을 당할 수 있고,
반드시 살겠다는 생각으로 싸우면 사로잡힐 수 있다.
화를 내며 성급하면 모욕당하여 패하기 쉽고,
청렴결백하면 욕먹고 패하기 쉬우며, 사람을 아끼는 마음에 집착하면 번거롭게 된다.

필사적으로 싸우면 죽음을 당할 수 있다. 이것은 만용이고 분별력이 없는 것이다. 진정한 용기는 깊은 사려 끝에 솟아나는 샘물처럼 치솟는다. 반드시 살겠다는 생각으로 싸우면 사로잡힐 수 있다. 이것은 비굴함이다. 사려 깊은 분별력에서 비롯되는 것이 아니라 비겁함으로 몸을 빼기 때문이다. 화를 내며 성급하면 모욕을 당한다. 이것은 성급함이다. 분별할 능력이 없다. 성급한 성질 때문에 스스로 화를 내고 스스로를 그 속에 가두어 버림으로써 스스로 모욕당한다. 청렴결백하면 욕을 먹는다. 이것은 편협이다. 전쟁터에서 청렴결백을 찾다가는 싸움에서 이길 수 없다. 전혀 분별을 모르는 탓이다. 사람을 아끼면 번거롭게 된다. 이것은 연민이다. 전쟁터에서 인정은 금물이다. 동정심이 일어나면 그만큼 전력은 약화된다.

이러한 것들은 대개가 장수의 성격과 깊은 관계가 있다. 성격이란 사람마다 다양하기에 성격으로 그 사람의 됨됨이를 판단하기도 한다. 네포스는 '타고난 성격이 사람의 운명을 결정한다'고 말했다.

제나라의 장공莊公이 수레를 타고 사냥 길에 나섰다. 그런데 두 치쯤 되는 벌레 한 마리가 앞발 두 개를 쳐들고 수레바퀴를 막으려 하는 것이 아닌가. 장공은 수레를 멈추게 하고 마부에게 물었다.

"저것이 무슨 벌레인가"

마부가 대답했다.

"당랑螳螂이라는 이름의 벌레입니다. 그놈은 성질이 앞으로 나갈 줄만 알고 뒤로 물러날 줄을 모릅니다. 자신의 힘은 헤아리지 않고 아무한테나 덤벼드는 놈입니다."

그러자 장공은 수레를 돌리게 하면서 중얼거렸다.

"저것을 보고 사람의 용력勇力을 기를 수 있지 않을까?"

만용이란 당랑이라는 벌레와 조금도 다를 것이 없다. 만용은 사람을 사납게 만든다. 비굴은 사람을 가엾게 만든다. 성급함은 사람을 바보로 만든다. 청렴결백은 사람을 편협하게 만든다. 연민은 사람을 약하게 만든다. 참으로 장수된 자는 이런 위험한 성격에서 벗어나 있어야 한다. 장수가 되기 위해서라면 그 정도는 스스로가 분별하며 지탱할 수 있어야 하는 것이다. 마크 트웨인이 말했다.

"둥근 사람이 네모난 구멍에 바로 들어갈 수는 없다. 그 모습을 바꿀 시간이 필요하다."

# 큰 그릇이라야 큰 용기가 담길 수 있다

범차오자 장지과야 용병지재야
凡此五者는 將之過也요 用兵之災也라.

복군살장 필이오위 불가불찰야
覆軍殺將은 必以五危니 不可不察也니라.

이 다섯 가지는 장수의 잘못이며 용병의 재앙이다. 군사들을 전멸시키고 장수까지 죽게 되는 것은 반드시 이 다섯 가지 위험 때문이니 잘 살피지 않으면 안 된다.

앞서 말한 장수에게 반드시 따르는 다섯 가지 위험인 만용, 비굴, 성급함, 청렴결백, 그리고 연민은 장수의 잘못이며 용병의 재앙이라고까지 손자는 말한다. 자칫하면 군대가 적으로부터 격멸당할 수 있고 장수의 생명까지도 잃을 수 있기 때문이다. 순자荀子는 이렇게 말한다.

"죽음을 가벼이 하고 날뛰는 것은 소인의 용기요, 죽음을 소중히 여기고 의로써 마음을 늦추지 않는 것은 군자의 용기이다."

참된 용기는 가볍게 그 모습을 드러내지 않는다. 그것은 눈에 보이지 않지만 날카롭게 날이 서 있으며, 귀로 들리지 않지만 엄청난 함성을 내뿜고 있으며, 손으로 만져지지 않지만 무서운 힘으로 뻗어 나간다. 다만 감춰져 있을 뿐이다.

양梁나라 혜왕惠王이 여러 나라를 유세하고 돌아다니는 맹자에게 물었다.

"이웃 나라와의 사귐은 어떻게 하는 것이 좋겠습니까?"

맹자는 혜왕에게 대국과 소국과의 국교 법칙을 얘기해 주었다. 혜왕은 서로에게 봉사하는 마음으로 관계를 지속해야 한다는 맹자의 말이 도무지 비위에 맞지 않아 퉁명스럽게 말했다.

"그렇지만 나는 용맹스러운 것을 좋아하는데……."

그러자 맹자는 갑자기 칼을 뽑더니 눈을 부라리며 말했다.

"너 따위가 감히 나를 당할 수 있단 말이냐? 하는 것은 필부의 용勇입니다. 기껏해야 사람 하나 정도를 상대하는 겁니다. 제발 더 큰 용기를 가져 주십시오."

큰 용기에는 만용과 비굴 같은 것은 얼씬거리지 못한다. 큰 용기에는 성급함과 편협함, 그리고 연민의 정은 발붙이지 못한다. 나폴레옹이 말했다.

"용맹은 혈기에서 나오고 용기는 사유에서 우러나온다."

한 나라의 장수는 그릇이 커야 한다. 큰 그릇이라야 큰 용기가 담길 수 있다. 큰 그릇을 지닌 참장수라면 장수에게 따르는 다섯 가지 위험은 걱정하지 않아도 된다. 스스로 분별할 줄 아는 큰 장수의 지혜가 위험을 넘어서기 때문이다.

# 제9장

## 행군편
## 行軍篇

# 세밀한 관찰은 정확한 판단을 이끌어 낸다

많은 나무가 움직이는 것은 적이 오고 있는 것이며, 우거진 풀 속에 장애물을 만들어 놓은 것은 의심을 불러일으키려는 것이다. 새들이 날아오르는 것은 복병이 숨어 있기 때문이고, 짐승이 놀라 달아나는 것은 기습병이 숨어 다가오기 때문이다.

# 행군할 때는 적의 동향을 잘 살펴라

손자왈 범처군상적 절산의곡 시생처고
孫子曰 凡處軍相敵이라. 絶山依谷하고 視生處高하며

전륭뮤등 차처산지군야
戰隆無登이니 此處山之軍也니라.

손자가 말했다. 군사들이 행군할 때는 적의 동향을 잘 살펴야 한다.
산을 가로질러 넘어갈 때는 골짜기에 의지해야 하고,
초목이 무성하면 높은 곳으로 행군해야 하며, 높은 곳에 적이 있을 때는 올라가며 싸워서는 안 된다.
이것이 산을 행군하는 법이다.

고왈츠는 산을 이렇게 예찬했다.

"높은 산을 보라. 높은 산은 하늘과 땅 사이에 있으면서 두 세계를 반반씩 영위한다. 그 위대한 모습은 마치 사소한 인간의 번민 따위는 입김 한 번으로 불어 내던지는 것 같다. 깊은 산골에는 숭고한 정적이 있다. 소리를 감춘 침묵 속에는 무한함이 물결치고 자연은 순화되어 어떤 초자연적인 엄숙한 모습에 이른다."

손자가 말하는 '산을 행군하는 법' 같은 이야기는 사소한 인간의 번민 따위에 속하는 것인지도 모른다. 그것은 산이 마음만 먹는다면 입김 한 번으로 불어 내던질 수 있는 그런 작고 가벼운 인간사에 불과하기 때문이다. 그러나 우리가 살아가는 이 세상에서는 결코 그렇지만은 않다. 손자의 '산을 행군하는 법' 같은 것은 삶과 죽음이 엇갈리며 스치는 결전장, 바로 그곳일 수 있기 때문이다.

손자는 말한다. 계곡마다, 산자락마다, 우거진 나무와 숲으로 둘러싸인 곳마다 삶과 죽음의 갈림길이 함께 어우러져 있음을. 산을 가로질러 넘어갈 때는 골짜기에 의지해야 한다. 산속 어디쯤에 적군이 숨어 있을지 모르기 때문이다. 초목이 무성하면 높은 곳으로 행군해야 하고, 높은 곳에 적이 있을 때는 올라가며 싸워서는 안 된다고 일러주고 있다.

사람들은 산의 숭고한 정적과 침묵을 그들의 싸움에 활용하려 든다. 산에서 자라는 온갖 나무와 수풀, 산짐승과 작은 파충류들처럼 인간 역시 그렇게 산을 의지하며 살아가고 있다. 공자가 말했다.

"지자知者는 물을 좋아하고 인자仁者는 산을 좋아한다. 지자는 움직이고 인자는 조용하다. 지자는 즐겁게 살고 인자는 장수한다."

산은 어머니의 품처럼 모든 것을 포용해 준다. 산의 그 넉넉함 속에서 사람들은 각자의 이해利害에 쫓기며 살아가고 있는 것이다.

# 물을 건넌 뒤에는 반드시 물을 멀리하라

절수필원수 객절수이래 물영지어수내
絶水必遠水라. 客絶水而來어든 勿迎之於水內라.

영반제이격지리 욕전자 무부어수이영객
令半濟而擊之利라. 欲戰者는 無附於水而迎客이라.

시생처고 무영수류 차처수상지군야
視生處高며 無迎水流니 此處水上之軍也라.

강물을 건너면 반드시 물에서 멀리하라.
적이 강을 건너오면 강물 속에서 싸우지 말고 반쯤 건너오게 한 다음에 공격하면 유리하다.
싸움을 하려고 한다면 물가에 붙어서 적을 맞아 싸우지 말고, 나무가 무성한 높은 곳에 진을 쳐야 한다.
강물 상류로부터 내려오는 적을 맞아 싸우지 마라. 이것이 물에서 군대가 행동하는 방법이다.

삼국시대에 위나라 군사가 오랑캐를 치기 위해 모래주머니를 쌓아 올려 강을 막고 있었다. 손권孫權이 이를 전해 듣고 가소롭다는 듯 웃으며 큰 소리로 말했다.

"이 강은 천지개벽 이후로 꾸준히 흘러왔다. 그까짓 모래주머니로 강을 막을 수 있다더냐? 만일 내 말이 틀리다면 그것은 천 마리의 소를 한데 묶어 임금으로 모시는 것이 옳을 것이다."

그리고 다시 조서를 내리며 말했다.

"지금 저들이 모래주머니로 강을 막겠다는 표表를 자기 왕에게 올렸다니 참으로 실소할 일이다. 이 강이 천지가 생긴 후로 한 번이라도 막힌 적이 있다더냐?"

하지만 여기 유수濰水의 강을 막아 초나라의 장수 용저를 때려잡은 한신韓信의 이야기가 있다.

한신은 제나라를 공격해서 임치臨菑를 평정한 후, 도망친 제나라의 왕 전광田廣을 추격하여 고밀高密 서쪽에 이르렀다. 그런데 전혀 생각지도 않았던 초나라에서 용저를 선두로 하여 이십만 대군으로 제나라를 돕기 시작했다. 제나라 왕 전광은 용저의 군과 힘을 합쳐 연합군을 이루고 한신과 맞싸우려 들었다. 그리하여 유수를 끼고 두 나라 군사는 마주본 상태에서 진을 치기에 이르렀다. 한신은 밤이 되기를 기다려 서둘러 부하들에게 모래주머니를 만들게 했고 군사들은 밤을 새워 모래주머니를 만들어 유수의 상류를 막았다. 날이 밝자 한신의 군사들은 이미 물이 빠져버린 유수를 건너 용저의 군사들을 공격했다. 그러나 용저의 군사들의 반격도 만만치 않았다. 한신은 군사들을 이끌고 패퇴하는 척하며 도망쳐 돌아왔다. 그 광경을 지켜보던 용저는 용기백배하여 소리쳤다.

"한신이 겁쟁이인 것은 진작부터 알고 있었다. 머뭇거리지 말고 추격하라."

용저의 말에 그의 군사들은 앞뒤 가릴 것 없이 도망가는 한신의 군사들을 뒤쫓기 시작했다. 용저의 군사들이 말라 버린 유수의 강바닥으로 들어서자 한신은 기다렸다는 듯 번개처럼 모래주머니 벽을 텄다. 그러자 막혀 있던 강물이 한꺼번에 무서운 기세로 쏟아져 내리기 시작했고, 당황한 용저의 군사들은 엎치락뒤치락 허덕이다가 세찬 물결에 휩쓸려 버리고 말았다. 이렇게 한신은 기습 작전으로 어려움 없이 용저를 죽일 수 있었다.

손자는 충고한다. 강물을 건너면 반드시 물에서 멀리 떨어지고, 적이 강을 건너오면 강물 속에서 맞아 싸우지 말고 반쯤 건너오게 한 다음에 싸우라고. 또 물가에 붙어서 적을 맞아 싸우지 말고, 강 상류로부터 내려오는 적과도 싸우지 말라고. 그대가 건너는 세상의 험난한 강도 꼭 그와 같다. 웬만한 일이 아닌 다음에야 그대의 인생에서 배수진을 치는 일이 있어서는 안 된다. 유유히 흘러가는 강물을 보라. 얼마나 여유롭고 아름다우며, 얼마나 장구한가.

# 진펄이나 습지대는 빨리 지나갈수록 좋다

絶斥澤엔 惟亟去無留니라.

若交軍於斥澤之中이면 必依水草요

而背衆樹니 此處斥澤之軍也니라.

진펄이나 습지대를 가로질러 건널 때는 오래 머물러서는 안 된다.
만약 진펄이나 습지대에서 맞서 싸우게 되면 반드시 수초가 있는 곳을 의지해서 진을 쳐야 하며,
많은 나무를 등지고 있어야 한다. 이것이 진펄이나 습지대에서 군대를 움직이는 방법이다.

무후武候가 물었다.

"만약 큰 강변의 진펄에서 적과 만났는데 진흙 때문에 병거兵車도 움직일 수 없고, 기병도 물 때문에 고생하며, 미리 배를 준비해 두지 않아 나아갈 수도, 물러설 수도 없을 때는 어떻게 해야 되겠는가?"

오기吳起가 대답했다.

"이것을 수전水戰이라 합니다. 이런 싸움에서는 병거나 기병들을 쓸 수 없으므로 잠시 물가에 세워 두어야 합니다. 그리고 높은 곳에 올라가 사방을 바라보면 물의 실정이 파악될 것입니다. 그리하여 물의 넓고 좁은 곳과 깊고 얕은 곳을 훤히 알고 난 다음에 기이한 꾀를 써서 적을 격파해야 합니다. 적이 만약 물을 건너 쳐들어올 때에는 반쯤 건넜을 때 공격함이 좋습니다."

습지대는 참으로 음습한 땅이다. 또 진펄은 진창으로 된 진흙 때문에 발걸음마저도 옮기기 어렵다. 그래서 진펄에서는 끈끈이주걱 따위밖에 자라지 않는다. 이런 곳을 행군하려면 절대 우물쭈물하거나 머뭇거려서는 안 된다. 가능한 한 빨리 지나쳐야 한다. 진펄이나 습지대를 빨리 지나가기란 물론 쉬운 일이 아니다. 그러나 그런 곳은 적의 복병이나 함정이 숨어 있기에 가장 적당한 곳이기 때문에 빨리 지나갈수록 좋다.

인생도 그와 같다. 살아가는 모든 나날이 언제나 평지일 수는 없다. 때로는 험한 계곡을 지나기도 할 것이며, 진펄이나 습지대 같은 음습한 땅을 지나가는 날도 있을 것이다. 괴롭고 어려울수록 참된 삶의 모습은 언제나 그 가운데에 있음을 알아야 한다. 괴테가 말했다.

"구름 속을 아무리 들여다보아도 그 안에 인생은 없다. 반듯하게 서서 자기 주위를 보라. 자기가 인정한 것을 우리는 붙들 수 있다. 나의 길을 가는 데에 인생이 있다. 그렇게 앞으로 나아가는 동안에는 고통도 있으리라. 행복도 있으리라. 어떠한 경우에도 인생에 완전한 만족이란 없는 것이다. 자기가 인정한 것을 힘차게 찾아 헤매는 하루하루가 인생이다.

# 진을 칠 때는 언덕을 등져라

平陸處易하여 而右背高 하고 前死後生이니
此는 處平陸之軍也니라.
凡此四軍之利는 黃帝之所以勝四帝也니라.

평지나 언덕이 있는 곳에서는 편리한 곳에 진을 치고, 오른편으로 높은 언덕을 등지며
초목이 없는 곳을 앞에 두고, 초목이 무성한 곳을 뒤로 한다.
이것이 평지나 언덕이 있는 곳에서 군대가 행동하는 방법이다.
이 네 가지 군사행동의 이점은 황제(黃帝) 때부터 사방의 제후들을 쳐서 승리한 방법이다.

아군은 항상 언덕을 등지는 것이 기본이다. 그렇게 해야 지형상으로 낮은 쪽에 있는 적과 대적할 수 있기 때문이다. 또한 뒤쪽으로부터의 적의 기습을 예방할 수 있다. 초목이 무성한 곳 역시 아군이 등진 상태여야 한다. 적의 행동을 한눈에 파악할 수 있는 이점이 있고, 아울러 아군의 동정은 무성한 초목으로 감추기가 용이하다. 그러나 항상 경계를 게을리해서는 안 된다. 그것은 평지일수록 더하다. '평지에서 낙상한다'는 옛말처럼 안전한 곳에서도 언제든지 실패할 수 있다. 바닥이 편편한 평지인 만큼 적군의 공격도 용이할 수 있다는 것을 명심해야 할 것이다.

언제나 안심은 금물이다. 안심한다는 것은 마음을 놓는다는 뜻이다. 스스로 마음을 놓아 버리는 안심 속에 위험이 따르기 마련이다.

# 삶의 진지를 세상의 양지에 구축하라

---

凡軍은 好高而惡下하고 貴陽而賤陰이라.

養生而處實하야 軍無百疾이면 是謂必勝이니라.

모든 군대는 높은 곳을 좋아하고 낮은 곳을 싫어하며, 양지를 귀하게 여기고 음지를 천하게 여긴다.
또한 사람의 위생을 잘 다스리고 충실하게 대처하면 병도 없어지게 된다. 이런 군대를 필승의 군대라고 부른다.

---

군의 진지를 높고 건조한 곳으로 선택하는 것은 낮은 곳으로부터 올라오는 적을 보다 유리하게 공격하기 위해서이며, 음습한 습지를 피하려는 데 그 목적이 있다. 또 양지에 진을 치면 적지에서는 분간하기 어려울 뿐만 아니라, 양지는 건강에 이롭지만 음지는 그 습기로 건강에도 해롭다.

시몬느 베이유는 그의 『노동일기』에 이렇게 썼다.

"사람은 태양에너지를 흡수하며 살아간다. 우리를 지탱시키고, 근육을 움직이며, 육체적인 행동을 하게 하는 것은 바로 이 태양에너지이다. 이 에너지야말로 중압에 길항拮抗하는 힘을 이룰 수 있는, 우주에서는 유일하며 다양한 모습으로 발현하는 힘이다."

사람들은 옛날부터 양지를 즐겨 찾았다. 양지를 귀하게 여기고 음지를 천하게 여겼다. 그대 삶의 진지를 세상의 양지에 구축하라. 그리하여 세상의 음지를 바라보라. 세상에서 해야 할 몫이 그 음지에 가득 차 있음을 깨닫게 될 것이다.

# 나뭇잎 하나 떨어지는 것을 보고 해가 지는 것을 안다

丘陵堤防에는 必處其陽하되 而右背之하니 此는 兵之利요 地之助也니라. 上雨면 水沫 至니 欲涉者는 待其定也니라.

언덕이나 제방은 반드시 그 양지에 진을 치고 오른쪽을 등지고 있어야 한다. 이것이 전투에 이로움을 주고 지형의 도움을 얻는 길이다. 상류 쪽에 비가 오면 물거품이 떠내려 올 것이니 건너고자 할 때에는 그 거품들이 안정되기를 기다려야 한다.

'일엽낙一葉落하여 천하의 가을을 안다'는 말이 있다. 이것은 『회남자淮南子』의 설산훈說山訓 편에 나오는 '나뭇잎 하나 떨어지는 것을 보고 이 해가 바야흐로 저무는 것을 알고, 병 속의 얼음을 보고 천하의 추운 것을 안다'는 말에서 유래된 것으로, 모든 일에는 어떤 모습으로라도 징조가 있기 마련이라는 뜻을 담고 있다.

마찬가지로 강물에 물거품이 쉼 없이 떠내려 오면 그것으로 상류에 큰 비가 왔음을 알 수 있다. 그것은 곧 홍수가 덮칠 징조인 셈이다. 그런 징조를 보았다면 당연히 강물을 건널 계획은 중지시켜야 한다. 강물을 건너는 도중에라도 갑자기 수위가 불어날 위험이 있고, 강을 건넜다 하더라도 불어난 물 때문에 되돌아갈 수 없어지기 때문이다. 이 모든 상황에 대처하기 위해서 누구보다도 장수의 세심한 배려가 필요하다. 그것이 장수된 자의 지혜이며, 판단력이다.

# 험난한 지형은 빨리 벗어날수록 좋다

---

범지 유절간 천정 천뢰 천라 천과 천극
凡地에 有絶澗과 天井과 天牢와 天羅와 天陷과 天隙하니
필극거지 물근야 오원지 적근지
必亟去之하여 勿近也니라 吾遠之하고 敵近地하면
오영고 적배지
吾迎之하고 敵背之니라.

지형에는 깎아 세운 듯한 절벽으로 둘러싸인 깊은 골짜기와 땅이 움푹 들어간 좁은 분지,
한 번 들어가면 빠져나오기 힘든 험한 곳과 초목이 무성하여 동서남북을 분간하기 어려운 곳,
깊은 수렁으로 벗어나기가 힘든 늪과 좁은 산골짜기가 있는데 그곳은 속히 빠져나가 가까이 있지 말아야 한다.
아군은 그곳을 멀리하고 적은 가까이하도록 하며, 아군은 그곳을 앞에 두고 적은 그곳을 등지도록 해야 한다.

---

아비지옥阿鼻地獄이라는 말이 있다. 아비는 범어에서 무간無間이란 뜻이며, 불경의 팔열지옥八熱地獄 가운데서 여덟 번째 지옥으로 끝없이 고통받는 것을 이르는 말이다. 단테는 지옥을 일컬어 '슬픔과 눈물을 통하지 않고는 들어갈 수 없는 곳'이라고 했다.

여기 나오는 지형의 형태를 보면 그것은 지옥을 연상시키고도 남는다. 손자가 스스로 지어 명명한 그 육해지지의 지형을 살펴보자.

첫째, 절간絶澗이 있다. 깎아 세운 듯한 절벽으로 둘러싸인 깊은 골짜기를 말한다. 만약 적군이 위로부터 공격을 가해 온다면 꼼짝없이 전멸당할 수밖에 없는 곳이다.

둘째, 천정天井이 있다. 천연적으로 샘처럼 움푹 팬 좁은 분지를 말한다.

셋째, 천뢰天牢가 있다. 천연으로 만들어진 감옥처럼 한 번 들어가면 빠져나올 수 없다.

넷째, 천라天羅가 있다. 천연의 그물처럼 초목이 무성하여 그 속에 들어가면 도저히 방향을 분간할 수 없는 곳이다.

다섯째, 천함天陷이 있다. 천연적으로 만들어진 함정으로 한 번 빠졌다 하면 도저히 벗어나기가 어려운 늪지대를 말한다.

여섯째, 천극天隙이 있다. 천연의 틈바구니처럼 생긴 좁고 험한 골짜기를 말한다.

이처럼 지형의 이름만 살펴보아도 그곳이 얼마나 험난한 지형인가를 한눈에 파악할 수 있다. 그런 곳은 직접 빠져들지 않고 가까이 있는 것만으로도 행동의 제약을 받는다. 아비지옥이 연상될 만큼 험난한 지형이기 때문에 손자는 '반드시 험난한 지형은 속히 빠져나가서 가까이 있지 말아야 한다'고 깨우쳐주고 있다. 아군은 그곳을 멀리하고 적은 가까이하도록 하며, 아군은 그곳을 앞에 두고 적은 그곳을 등지도록 해야 한다고 이른다.

원래 지옥이란 현세에서 죄를 지은 사람이 죽어서 고통을 받는다는 암흑한 상상계이다. 그러나 우리는 현실 속에서도 그런 지옥 못지않은 경우를 맞닥뜨리게 된다. 가정에서부터 기업, 국가에 이르기까지 손자가 말하는 육해지지 이상의 고비를 만난다. 생활의 어려움, 기업 경영의 어려움, 나라 관리의 어려움 등 크고 작은 고비는 언제나 생기게 마련이다. 그래서 카뮈는 이렇게 말했다.

"현재를 체험한 자만이 지옥이 무엇인지를 진실로 알 수 있다."

# 참으로 위험한 것은 보이지 않는 데 있다

---

군방 유험조 황정 겸가 림목 예회자
軍旁에 有險阻와 潢井과 兼葭와 林木과 蘙薈者면

필근복색지 차 복간지소장처야
必謹覆索之니 此는 伏姦之所藏處也니라.

군대 근방에 있는 험난한 곳으로 연못이나 웅덩이와 갈대숲, 관목과 숲이 우거진 곳이 있으면 반드시 되풀이하여 수색해야 한다. 이러한 곳은 계략이 숨어 있기 쉬운 곳이다.

---

시저는 『갈리아 전기』에서 이렇게 술회한다.

"예측은 되지만 보이지 않는 위험이 가장 사람의 마음을 짓누른다."

예측되는 위험이야말로 가장 위험할 수 있다. 겉으로 드러나지 않을 뿐만 아니라 어떤 소리로도 파악하기가 힘들기 때문이다. 그것은 눈에 보이지 않으며, 귀에 들리지 않으며, 손에 잡히지 않는 무형의 위험이다. 그리고 아주 교묘하게 감추고 있어 쉽사리 낌새를 알아낼 수가 없다.

사회생활에서도 예기치 못한 위험이 도사리고 있는 곳이 얼마나 많은가? 어떤 경우에는 거미줄처럼 늘어져 있기도 하고 전혀 예상하지 못한 지점에서 대기하고 있는 경우도 있다. 그래서 세상을 사는 것은 항상 위험 수위에 육박해 있는 것과 다름없다.

손자는 위험이 예상되는 곳은 되풀이하여 수색하라고 일러 준다. 그대도 삶의 구석구석에 위험이 예상되는 것이 있는지 찬찬히 점검해 볼 일이다.

# 적의 유인작전에 말려들지 마라

적근이정자 시기험야 원이도전자 욕인지진야
敵近而靜者는 恃其險也요 遠而挑戰者는 欲人之進也니

차기소거이자 이야
此期所居易者는 利也니라.

적에게 가까이 가도 고요히 있는 것은 그들이 험한 지형을 믿고 있기 때문이다.
멀리 있으면서 도전해 오는 것은 아군이 나오기를 바라기 때문이다.
공격하기 좋은 곳에 진을 치고 있는 것은 지리적인 이점이 있기 때문이다.

주위가 고요한 것은 그 속에 위험이 감추어져 있기 때문이다. 턱없이 도전해 오는 것은 그 위험을 유발시키려는 것이고, 턱없는 곳에 진을 친 것은 마침내 그 위험 속으로 끌어들이려는 것이다. 겉으로 속셈이 드러난 만큼 건드리면 터지는 폭발물과 다름없다. 재미있는 이야기 한 토막이 있다.

프랑스의 항구 산마로의 어부들은 맨 처음에 잡은 고기들은 아가리에 술을 잔뜩 부어 다시 바다로 돌려보낸다. 다른 고기들이 되돌아온 고기의 술 냄새를 맡고 저들도 한잔 마시겠다고 꼬여들 것이라는 생각 때문이다. 우스갯소리지만 유인작전이란 사실 이 이야기와 별 차이가 없다.

견토방구見兎放狗란 말이 있다. 토끼를 발견한 후에 사냥개를 풀어서 잡게 해도 늦지 않다는 말로, 어떤 일이 일어난 후에 응해도 좋다는 뜻이다. 보다 확실히 파악하고, 판단한 후에 행동으로 옮겨도 결코 늦지 않을 것이다.

# 세밀한 관찰은 정확한 판단을 이끌어 낸다

衆樹動者(중수동자)는 來也(내야)라. 衆草多障者(중초다장자)는 疑也(의야)요,

鳥起者(조기자)는 伏也(복야)요 獸駭者(수해자)는 覆也(복야)니라

많은 나무가 움직이는 것은 적이 오고 있는 것이며,
우거진 풀 속에 장애물을 만들어 놓은 것은 의심을 불러일으키려는 것이다.
새들이 날아오르는 것은 복병이 숨어 있기 때문이고,
짐승이 놀라 달아나는 것은 기병이 다가오기 때문이다.

나무는 말이 없다. 어떠한 부딪침에도 혼자서는 결코 소리를 내지 않는다. 또한 나무는 움직이지 않는다. 혼자서는 결코 한 발자국도 옮길 수 없다. 그러나 나무가 말을 하고 격렬한 소리를 내지를 때도 있다. 그것은 사람이 그 나무와 함께하거나 바람이 그 나무와 함께할 때이다. 먼 산의 나뭇잎들이 바람을 탄 듯 흔들리면 그 아래로 적의 이동을 예측할 수 있다. 아무리 비밀스럽게 움직이더라도 사람의 몸과 부딪치는 나뭇가지와 잎사귀의 움직임까지는 막을 수가 없기 때문이다. 또 숲 속에 묶여 있는 풀들이 진로를 방해할 때는 적이 만들어 둔 장애물로 여기면 된다. 그 장애물로 적이 가까이 있음을 아군에게 알리며 위협을 가장하는 것이다. 새들은 또 얼마나 민감한 날짐승인가. 그것들은 아주 작은 인적에도 호들갑을 떨며 날아오른다. 하물며 복병이 숨어 있다면 새들은 기겁을 하며 깃들어

있던 나무로부터 무리지어 날아오를 수밖에 없다. 다른 짐승들과 마찬가지로 산짐승들은 사람을 제일 기피한다. 따라서 떼 지어 숨어드는 기병의 모습을 보고 산짐승들은 혼비백산하여 도망가지 않을 수 없을 것이다. 이처럼 자연을 이용해서 적의 동향을 살피는 것도 중요한 일임에 틀림없다. 이용할 수 있는 것은 최대한으로 활용하는 것도 전쟁에 임하는 하나의 지혜이다.

임진왜란 때 한강 상류에서 왜적과 대치하던 군사들이 더 이상 버틸 수 없게 되자 위장으로 진지를 구축했다. 허수아비와 다른 물품들을 이용해 진지를 만들고, 실제 군사들은 다른 곳으로 후퇴시켰던 것이다. 그러나 일본군은 그 작전에 휘말려 들지 않았다. 그들은 강변에 떠 있는 배 위로 물새들이 제멋대로 놀고 있는 것을 보고 강 건너편 진지에는 아무도 없다는 것을 눈치 채고 과감히 도강작전을 편 것이다.

이처럼 세밀한 관찰은 정확한 판단을 이끌어 내는 지름길이다. '파란 물도 자세히 보면 여러 가지'라는 속담은 그래서 생겨난 것이다. 누군가가 이런 말을 했다.

"사람은 두 개의 눈과 하나의 혀를 가졌다. 그것은 말하는 것의 두 배로 관찰하라는 뜻이다."

# 항상 정확한 판단이 앞서야 한다

---

진고이예자 거래야 비이광자 도래야
塵高而銳者는 車來也요 卑而廣者는 徒來也라.

산이조달자 초채야 소이왕래자 영군야
散而條達者는 樵採也요 少而往來者는 營軍也니라.

먼지가 높이 떠오르면서도 끝이 뾰족한 것은 수레가 들어오는 것이고,
먼지가 낮고 넓게 퍼지는 것은 보병이 진군해 오는 것이다.
먼지가 여기저기 뻗는 것은 땔나무를 하고 있는 것이고,
먼지가 적으면서 왔다 갔다 하는 것은 군영을 만들고 있는 것이다.

---

참으로 자연은 얼마나 미묘한 것인가. 나무의 움직임을 통하여 적군의 동태를 알려 주고, 새들의 비상을 통하여 복병의 잠입을 알게 해 준다. 놀란 짐승들의 움직임으로 숨어드는 기병의 존재를 알려 주고, 피어오르는 먼지를 통해 적군의 동향을 일러 준다. 몽테뉴는 이렇게 말한다.

"모든 일에 있어서 자연이 인간을 조금도 거들어 주지 않는다면, 인간이 영위하는 기술이나 기교는 조금도 진전을 보지 못하리라."

자연은 질서를 통하여 인간에게 제공해 줄 수 있는 것이면 무엇이건 다 제공해 준다. 어쩌면 인간에게 제공해 주는 그 모든 것이 자연이 갖춘 질서의 한 부분일지도 모른다. 빠른 수레가 달려오면서 일으키는 먼지는 높이 치솟으면서 끝이 뾰족하게 되고, 많은 군사들이 열을 지어 행군하는 먼지는 발에서부터 날려 나지막하게 널리 펴질 것이다. 또 군사들이 이곳

저곳으로 흩어져서 땔감을 만들기 때문에 생기는 먼지는 흩어져서 뻗어 오르고, 군영軍營을 만들기 위해 바쁘게 오가는 군사들의 발자취를 따라 먼지는 아주 적게 왔다 갔다 하는 것이다. 중요한 것은 그것을 확실하게 판단할 줄 아는 지혜에 있다. 엇갈린 판단은 엄청난 결과를 초래할 수 있다. 비트겐슈타인은 『반 철학적 단장』에 이렇게 쓰고 있다.

"희던 것이 까맣게 되었을 때, '기본적으로는 여전히 같다'고 하는 사람이 있는가 하면, 색깔이 조금 어두워지기만 했어도 '완전히 달라졌다'고 하는 사람이 있다."

이는 분별하고 판단하는 사람의 차이다. 높이 치솟으면서 끝이 뾰족한 먼지를 보면서 적군이 땔나무를 준비하고 있다고 판단하는 사람이라면 그는 결코 성공할 수 없는 사람이다. 그런 판단의 착오는 삶의 한가운데로 들어설수록 곳곳에서 드러난다. 그것을 어떻게 교정하며, 어떻게 선별할 줄 아느냐에 그대가 살아갈 삶의 영역이 달려 있다.

# 사자의 표정에서 적의 동정을 살펴라

사 비 이 익 비 자　진 야　사 강 이 진 구 자　퇴 야
辭卑而益備者는 進也요 辭强而進驅者는 退也며,

무 약 이 청 화 자　모 야
無約而請和者는 謀也니라.

적군의 사자(使者)가 말은 겸손하게 하면서도 방비는 더욱 굳게 하는 것은 진공할 뜻을 가졌기 때문이다.
적군의 사자가 말을 강경하게 하고 진군하려는 듯이 보이는 것은 후퇴할 뜻을 가졌기 때문이다.
약속도 없이 화의를 청하는 것은 적에게 계략이 숨어 있기 때문이다.

---

초나라 임금이 오나라를 치자 오나라에서는 저위沮衛와 궐융을 시켜 초나라 군사들에게 음식을 가지고 가서 대접하도록 했다. 그 둘이 초나라 진영에 들어서자 초나라 장수가 말했다.

"저자들을 죽여서 피를 내어 북에 바르도록 하라."

그리고 다시 두 사람을 향하여 물었다.

"그대들은 이곳에 올 때 점을 쳐 봤는가?"

그들이 대답했다.

"예, 점괘가 아주 좋았습니다."

그러자 옆에 서 있던 초나라 사람이 말했다.

"그렇다면 지금 초나라 장수가 그대들의 피를 북에 바르려 하고 있으니 그 점괘는 어찌된 셈인가?"

"그러니까 점괘가 좋다는 말입니다. 오나라에서 우리를 보낸 것은 원래

장군의 노여움이 어느 정도인지를 알아보는 데 그 목적이 있었소. 만약 장군이 노하여 있으면 오나라는 해자를 깊이 파고 보루를 높이 쌓을 것이고 장군이 노하고 있지 않으면 자연히 대비는 해이해질 것이오. 지금 장군이 우리를 죽인다면 오나라는 금방 경계 태세를 갖추고 수비에 임할 것이오. 나라의 점이란 한두 사람의 신하를 위한 것이 아니오. 한두 사람의 신하를 죽여서 한 나라가 생존한다면 어찌 그 점괘를 나쁘다고 할 수 있겠소? 또한 죽은 사람에게 지각이 없다면 우리의 피를 북에 바른들 무슨 소용이 있겠소? 만약 죽은 자에게 지각이 있다면 전쟁이 벌어졌을 경우, 우리는 그 북이 소리가 나지 않도록 할 것이오."

결국 초나라 사람들은 그들을 죽이지 않았다. 옛날에는 전쟁에도 예법이 있었다. 전쟁을 앞두고 서로에게 사자를 보내어 나름대로의 의견을 교환했던 것이다. 심지어는 싸울 장소와 시간까지도 약속하는 경우가 허다했다. 그렇기 때문에 각 진영은 주고받는 사자를 통하여 서로의 동태를 파악하곤 했다. 사자의 표정과 말투와 모든 행동에서 눈치껏 적의 동정을 파악하려 애썼던 것이다. 스페인 속담에 이런 말이 있다.

"올바른 판단력을 가진 사람은, 태양의 찬란함은 없어도 별처럼 움직이지는 않는다."

이는 신중하라는 것이다. 그대가 지금 바로 눈앞에 있는 상대의 표정을 읽으려면 보다 더 신중해야 한다. 신중하면 신중할수록 그대의 표정을 상대에게 빼앗길 염려는 없다.

# 깊은 통찰력으로 관찰하라

輕車先出하야 居其側者는 陣也요
奔走而陳兵車者는 其也며 半進半退者는 誘也니라.

전투용 수레가 앞에 나와서 양쪽을 지키는 것은 진영을 구축하려는 것이고, 분주하게 병거를 포진하는 것은 공격을 기약하는 것이고, 반쯤 진격하였다가 반쯤 후퇴하는 것은 아군을 유인하기 위한 것이다.

대장불착大匠不斲이라는 말이 있다. 솜씨 좋은 목수는 나무를 깎지 않고도 목재의 휘어짐과 바른 것을 알 수 있듯이, 도를 아는 자는 일을 행하기 전에 미리 그 득실을 안다는 것을 비유하는 말이다. 이와 마찬가지로 전쟁을 잘하는 장수는 적의 동정만으로도 충분히 상대방의 전세를 파악할 수 있다. 손자가 앞에서 말한 무형의 경지에 다다른 장수라면, 아주 작은 기미 하나만으로도 충분히 적의 형편을 감지할 수 있다.

전차가 앞으로 나와 양쪽을 지키는 것은 두말할 나위 없이 포진할 태세를 갖춘 것이다. 이런 경우에는 분명히 그 군대에 허점이 생기기 마련이다. 지금 상태야말로 전쟁 준비를 하고 있는 중이기 때문이다. 그다음이 공격 준비다. 군사들이 바쁘게 병거를 옮기며 포진하는 것이 눈에 보이기 때문이다. 그리고 마지막으로 반쯤 진격했다가 반쯤 후퇴하는 것은 아군을 유인하기 위한 것으로 드디어 모든 준비가 완료되었다는 신호이기도 하다.

# 자신의 행동에 반드시 책임을 져라

---

의장이립자 기야 급이선음자 갈야
倚杖而立者는 飢也요 汲而先飮者는 渴也요

견리이부진자 노야
見利而不進者는 勞也니라.

지팡이를 짚은 후에야 일어서는 것은 굶주리고 있기 때문이다. 물을 떠서 먼저 마시는 것은 목이 마르기 때문이다.
유리함을 보고서도 나아가지 않는 것은 피로하기 때문이다.

---

피타고라스가 말했다.

"자기 자신을 정리하지 않은 행동은 임자 없이 멋대로 달리는 말이나 다름없다. 목표가 없는 행동은 하나의 방종이다. 모든 자유로운 행동의 원칙은 그 내부에 질서가 있고 목표가 분명하다는 데에 있다."

책임 없는 행동일수록 뚜렷한 목표가 없다. 그러므로 이미 방종의 범주를 벗어나기 힘들게 된다. 생사가 걸리고 한 나라의 운명이 걸린 군대의 진지에서 행해지는 군사들의 행동은 한결 더 엄격하기 마련이다. 군인은 아무리 굶주렸다 하더라도 무엇에 기대거나 지팡이 따위를 짚고 일어서는 모습을 보여서는 안 된다. 또한 위계질서가 분명하기 때문에 아무리 목이 마르다 하더라도 상사를 옆에 제쳐 두고 먼저 물을 마시는 모습을 보여서도 안 된다. 또 아무리 피로에 지쳐 있다 하더라도 전황戰況의 유리함을 보고서도 나아가지 않고 주저하는 모습을 보여서는 안 된다.

이런 모든 행위들은 스스로 전쟁에서 패배를 만들어 나가는 것과 다를 바가 없다. 그런 군대는 이미 썩은 나무토막이나 병든 나귀와도 같다. 적군이 그런 아군의 모습을 지켜보았다면 어느 누가 공격하지 않고 내버려 둘 수 있겠는가? 또 그런 적군의 모습을 보았다면 그때야말로 공격할 수 있는 절호의 기회이다.

제나라에 검오黔敖라는 사람이 있었다. 그는 흉년이 들면 많은 밥을 지어서 길거리에 내다 놓고 굶주린 사람들에게 나누어 주곤 했다. 어느 날 어떤 사람이 몹시 굶주림에 지친 발걸음으로 걸어오고 있었다. 검오는 반색하며 나아가 말했다.

"이런, 참으로 가엾구나. 어서 배불리 먹도록 하게."

굶주린 사람이 대답했다.

"나는 '가엾구나, 배불리 먹으라'고 권하는 밥을 먹지 않았기 때문에 이 지경에 이르렀소."

그는 결국 밥을 먹지 않고 지나갔다. 비록 굶주림에 지쳐 있지만 이 사람의 행동에는 목표가 있다. 목표가 있는 만큼 책임도 있다. 말뿐인 것과 행동하는 것에는 큰 차이가 있다. 그대는 어느 쪽인가?

# 새들이 모여드는 것은 군영이 비었기 때문이다

---

조 집 자　허 야　야 호 자　공 야　군 요 자　장 부 중 야
鳥集者는 虛也요, 夜呼者는 恐也요, 軍擾者는 將不重也요,

정 기 동 자　난 야　이 노 자　권 야
旌旗動者는 亂也요, 吏怒 者는 倦也요,

살 마 육 식 자　군 무 량 야　현 부 불 반 기 사 자　궁 구 야
殺馬肉食者는 軍無糧也요, 懸缻不返其舍者는 窮寇也니라.

새들이 모이는 것은 군영이 비었기 때문이고, 한밤중에 소리쳐 부르는 것은 두렵기 때문이다. 군대가 소란한 것은 장수의 권위가 무겁지 않기 때문이고, 정기가 움직이는 것은 혼란하기 때문이다. 장교들이 화내는 것은 지쳤기 때문이고, 말을 잡아 그 고기를 먹는 것은 양식이 떨어졌기 때문이며, 밥그릇을 걸어 놓고 막사로 돌아가지 않는 것은 궁지에 몰렸기 때문이다.

---

적군이 진을 쳤던 곳에 새들이 모여 있다면 이미 그곳은 비어 있다는 증거다. 한밤중에 막사에서 큰소리가 나는 것은 그들이 두려움에 떨고 있기 때문이다. 적진이 소란하다면 장수의 위엄이 떨어지고, 군율이 극도로 해이해졌기 때문이다.

이는 패배한 어느 군대의 비참하고 슬프며 더없이 아픈 그림이다. 이것은 적군의 실상을 관찰하는 하나의 방법으로, 이 정도로 실상이 드러났다면 더 이상 공격을 해야 할 필요도 없을 것이다. 노먼 필은 이렇게 말했다.

"만일 머릿속에 패배감이 떠오르거든 무슨 수를 써서라도 그 생각에서 피하라. 패배를 생각하면 실제에서도 패배당하기 쉽다. 패배란 없다는 태도가 중요하다."

# 권위를 잃은 장수의 군사는 이미 적수가 못 된다

순순흡흡　서여인언자　실중야
諄諄翕翕하여 徐與人言者는 失衆也라.

수상자　군야　수벌자　곤야
數賞者는 窘也요 數罰者는 困也니라.

선포이후외기중자　부정지지야
先暴而 後畏其衆者는 不精之至也니라.

장수가 공손하고 은근하게 말하는 것은 부하들에게 신망을 잃었기 때문이고,
자주 상을 내리는 것은 부하 통솔에 궁색하기 때문이다.
자주 벌을 내리는 것은 부하 통솔에 곤란을 받기 때문이고,
처음에는 난폭했다가 나중에는 부하를 두려워하는 것은 지극히 병법에 정통하지 못하기 때문이다.

손자는 적장의 행동을 관찰함으로써 적군의 정세를 판단하고 있다. 이러한 것들은 비단 적장에게만 통용되는 문제가 아니다. 아군의 장수에게서도 그런 일은 능히 일어날 수 있다. 장수가 부하로부터 신망을 잃으면 통솔이 이루어지지 않는 것은 아주 자연스러운 일이다. 그뿐만이 아니라 부하들을 두려워하게까지 되는 이유도 통솔력의 결핍에서 비롯된다. 그러한 장수가 적을 지휘한다면 언제 쳐들어가도 백전백승이다. 신망이 무너지고 권위마저 무너진 장수라면 이미 모든 통제력을 상실했기 때문이다.

항우는 산이라도 뽑아 올릴 듯한 힘과 천하를 삼킬 만한 기개를 지닌 장수였다. 그토록 젊은 나이에 천하를 석권했고, 제후들도 그를 두려워했

다. 그는 하는 싸움마다 이겼지만 뒤처리는 언제나 졸렬했다. 인재를 적재적소에 쓸 줄 몰랐으며, 부하들로부터 신망을 얻지도 못했다. 그의 말로가 얼마나 비참했는지는 말하지 않아도 알 것이다. 말년에 그는 한나라 군사들에게 쫓겨 오강烏江에 당도했다. 이 강만 건너면 자신의 고향이었다. 강을 건너려 할 때, 마침 한 사공이 기다렸다는 듯이 그에게 달려와서 말했다.

"강동江東이 비록 지방은 넓지 못하지만 수십만의 민중이 있으니 족히 왕 노릇은 할 수 있습니다. 원컨대 대왕께선 속히 강을 건너십시오. 자, 어서 타십시오."

항우는 그 말을 듣고 쓸쓸한 생각에 미소 지으며 이렇게 대답했다.

"아무리 강동의 부노父老들이 나를 반가워한다 하지만 내가 무슨 면목으로 부형들을 대하겠는가. 들은즉 내 목을 바치는 자가 있으면 후한 상을 내린다더군."

말을 마치기가 바쁘게 그는 자신의 부인과 함께 목숨을 끊었다.

# 눈에 보이는 것에만 현혹되지 마라

내위사자 욕휴식야
來委使者는 欲休息也니라.

병노이상영 구이불합 우불상거 필근찰지
兵怒而相迎하여 久而不合하고 又不相去면 必謹察之니라.

적이 사자(使者)를 보내서 간곡히 인사하는 것은 쉴 틈을 얻으려는 것이다. 적의 군대가 서로 적대해서 오랫동안 맞붙지도 않고 서로 물러서지도 않을 때에는 반드시 상대를 잘 살펴보아야 한다.

우리의 옛 속담에 '구멍 보아 가며 쐐기 깎는다'는 말이 있다. 무슨 일이든지 형편을 보아 가며 적합하도록 일을 꾸며야 한다는 말이다. 무리해서 추진하는 일이란 대개가 완전하지 못하다. 보다 완전하게 하기 위해서는 처한 상황을 분별하고 상황에 맞도록 일을 다시 꾸며 나가는 지혜가 필요하다. 『이솝우화』에 이런 이야기가 있다.

이리들이 개들을 찾아가서 간곡하게 말했다.

"사실 너희들은 우리와 다를 것이 없다. 다르다면 사고방식이 약간 다를 뿐, 우리 사이에는 다른 점이 아무것도 없다. 이제부터는 우리와 형제처럼 지내자. 우리는 이처럼 자유롭게 살고 있다. 그러나 너희들은 노예처럼 사람들에게 굽실거리며 두들겨 맞고 고삐를 둘리지 않느냐. 양 떼를 지키지만 사람들은 너희들에게 겨우 먹다 남은 뼈다귀를 던져 줄 뿐이다. 우리의 충고를 따라라. 양 떼를 모두 우리에게 넘겨다오. 그리고 우리끼리 정답게 나누어 실컷 배를 불려 보자."

개들은 이 제안을 따랐다. 그러나 이리 떼는 울타리 안으로 들어서자마자 개들부터 해치우기 시작했다.

적대관계란 이런 것이다. 전쟁을 앞두고 대치하고 있는 마당에서 적군의 간곡한 인사치레 따위에 귀 기울일 필요는 없다. 적이 사자를 보내서 간곡히 인사하는 것은 시간을 벌어 보려는 계략에 지나지 않는다.

그들이 전쟁을 지연하려는 데는 그만한 이유가 있을 것이다. 그것은 드러나지 않은 어떤 음모일 수도 있다. 서로 대치한 상태에서 맞붙지도 않고 물러서지도 않을 때에는 확실히 어떤 계략이 추진되고 있는 것이다. '부처 밑을 기울이면 삼거웃이 드러난다'는 말이 있다. 눈에 보이는 외양은 그럴 듯하지만 그 이면을 들추면 지저분하고 더럽지 않은 것이 없다는 뜻이다.

눈에 보이는 드러난 것들에만 현혹되지 마라. 진실한 것일수록 그 모양은 감추어져 있다. 모든 삶은 겉으로 드러난 것보다 감추어진 꼬리가 더 길다. 진실은 숨겨진 그 꼬리에 모여 있다는 걸 명심하라.

# 수가 많다고 유리한 것은 아니다

병 비익다야
兵은 非益多也니라.

유무무진 족이병력료적 취인이이
惟無武進하고 足以併力料敵하여 取人而已니라.

부유무려이이 적자 필금어인
夫惟無慮而易 敵者는 必擒於人이니라.

군대란 수가 많다고 유리한 것은 아니다.
오직 함부로 진격하지 않고 충분히 힘을 합치고 적군을 잘 살피며 적당한 인재를 쓰기만 하면 된다.
아무런 계책도 없이 적을 가볍게 여기는 장수는 반드시 적에게 사로잡히게 된다.

무후武侯가 물었다.

"만약 적의 병력이 우리보다 많을 때는 어떻게 싸워야 하는가?"

오기吳起가 대답했다.

"진퇴가 용이한 곳에서는 피하고, 진퇴가 곤란한 곳에서는 맞이해 싸워야 합니다. 그러므로 '한 사람이 열 명의 적을 치는 데는 좁은 길이 좋고, 열 명으로 백 명의 적을 치는 데는 험준한 곳이 좋고, 천명으로 만 명의 적을 치는 데는 웅덩이가 있고, 높고 낮은 데가 많은 곳이 좋다'고 말하는 것입니다. 소수의 군대가 갑자기 일어나 험난한 곳에서 북과 꽹과리를 요란하게 울리고 달려든다면, 아무리 대군일지라도 놀라서 동요하지 않을 수 없을 것입니다. 그러기에 '많은 병력을 가진 자는 평탄한 곳에 있기를 힘쓰고 소수의 병력을 가진 자는 좁은 곳에 있기를 힘쓴다'고 했습니다."

군에는 특별히 양성된 정예군이 필요하다. 병력만 수적으로 우세하다고 해서 유리한 것이 아니다. 잘 훈련된 정병은 병력의 숫자와는 전혀 무관하다. 손자의 말처럼 '함부로 진격하지 않고 충분히 힘을 합치며 적군을 잘 살피고 적당한 인재'를 골라 쓰면 된다. 앙드레 말로는 이렇게 말했다.

"여보게, 자네 용기란 걸 제대로 알고 있나? 용기란 것은 살아 있는 물건이야. 한 개의 조직체거든. 그렇기 때문에 총포를 손질하는 것과 마찬가지로 용기도 손질이 필요하네."

이는 군사들을 쉼 없이 갈고 닦으라는 것이다. 훈련이 잘된 군사가 아니면 사기가 살아 뻗칠 수 없다. 살아서 뻗칠 수 있는 사기라야 용기를 만들어 낼 수 있다.

세상에 던져진 그대는 스스로가 정병이어야 하고, 무기여야 하고, 장수여야 한다. 오직 그대 자신에게 달려 있는 것이다. 그대 자신을 총포를 손질하듯 그렇게 손질해 주어야 한다는 말이다.

두드토가 말했다.

"겁쟁이는 위험을 피하지만, 위험은 용감한 사람을 피한다."

# 공정한 상벌은 군기 확립의 초석이다

---

卒未親附(졸미친부)하여 而罰之(이벌지)면 則不服(즉불복)이요 不服則難用也(불복즉난용야)니라.

卒已親附(졸이친부)하여 而罰不行(이벌불행)이면 則不可用也(즉불가용야)니라.

군사들이 아직 친하게 따르기도 전에 그들을 벌하면 복종하지 않을 것이며, 복종하지 않으면 통솔하기가 어렵다.
군사들이 이미 친하게 따르는데도 벌을 주지 않으면, 통솔할 수 없게 된다.

---

인비목석人非木石이란 말은 사람은 나무나 돌이 아니라는 뜻으로, 누구나 감정과 사리를 분별하는 힘을 가지고 있다는 말이다. 아무리 군대의 말단 졸병이라 하더라도 부당한 처벌이나 가혹한 체벌에는 쉽게 복종하지 않는다. 또 상관과 가깝다고 하여 분명한 이유가 있음에도 불구하고 벌을 주지 않는다면 그는 곧 상관을 가볍게 보게 된다. 정몽주는 그의 『포은집圃隱集』에 이렇게 썼다.

"상벌은 나라의 큰 법규로 한 사람을 상 주어 천만 인을 권장하고 한 사람을 벌주어 천만 인을 두려워하게 하는 것이어서, 지극히 공평하고 지극히 밝지 않으면 그 중도를 잃어 온 나라의 인심을 감복시키지 못하옵니다."

한 장수가 군대를 통솔하는 일도 그와 같다. 스스로 장수라 하여 그 권위에만 의지하여 안하무인으로 부하들을 다룬다면 누가 그 장수를 따르겠는가? 고추부서孤雛腐鼠라는 말이 있다. 사람을 외톨이 병아리나 썩은 쥐처럼 업신여긴다는 뜻이다. 또 그와는 반대로 계총납모啓寵納侮라는 말도 있다. 사람 사랑하기를 본분에 지나치면 오히려 업신여김을 받는다는 말이다. 장수가 된 사람이라면 위의 두 경우와 같은 일에서는 이만큼 물러나 있어야 할 것이다.

괴테가 말했다.

"인간의 최대 가치는 인간이 외부의 사정에 좌우되지 않고, 이것을 될 수 있는 대로 좌우한다는 데에 있다.

# 강한 장수 밑에 문란한 군사는 없다

영지이문 제지이무 시위필취
令之以文하고 齊之以武니 是謂必取니라.

그들에게 영을 내려 부릴 때에는 문덕(文德)으로써 행하고,
그들을 정제히 통솔할 때에는 무위(武威)로써 한다. 이것을 일컬어 반드시 승리할 수 있는 군대라고 한다.

오자吳子가 말했다.

"문무文武를 겸비하는 것이 장수이니 군사 능력만으로는 장수될 자격이 없다. 싸움에는 강유强柔를 아울러 써야 하는 것이다. 보통 용맹만을 가지고 장수를 평가하는 수가 있는데 용맹이란 장수가 갖추어야 할 자격의 일부분에 지나지 않는다. 용맹한 사람은 항상 경솔히 싸우는 버릇이 있다. 이해利害를 냉정하게 따질 줄 모르고 무턱대고 싸우는 것은 훌륭한 장수라고 할 수가 없다. 그러므로 장수에게는 다섯 가지 삼갈 것이 있다. 이理, 비備, 과果, 계戒, 약約이 그것이다. 다수의 군대를 조직으로 묶어 소수를 움직이듯 통제하는 일이 이理다. 문을 나서기만 하면 언제나 적이 눈앞에 있는 것처럼 마음을 놓지 않는 것이 비備이고, 적과 맞설 때는 죽음을 각오하여 비겁한 짓을 하지 않는 것이 과果이다. 또 싸움에 이겨도 처음 싸우는 것처럼 조심하는 것이 계戒이고, 법령을 간단명료하게 하는 것이 약約이다. 출전 명령을 받으면 집에 들러 이별하지 않고 떠나며, 적을 완전

히 격파하고 난 뒤에야 돌아갈 일을 말하는 것이 장수된 자의 예의이다. 그러므로 출전함에 있어서 장수가 생각하는 것은 명예로운 전사일 뿐, 욕되게 사는 일이 아니다."

잘 훈련된 군대는 무엇보다도 질서가 정연하다. 상명하달上命下達의 위계질서가 분명하고 군사로서의 정신 무장이 완벽하게 이루어져 있다. 그러나 그렇지 못한 군대는 모든 질서가 무너져 있을 뿐만 아니라 군의 사기는 해이해지기 마련이다. 아놀드 조셉 토인비는 장 콕토와의 인터뷰에서 이렇게 말했다.

"전시 상황이라면 군인들은 훔칠 권리까지 있습니다. 그들을 시가지에 풀어 놓으면 모든 것을 파괴할 겁니다. 전시의 군인들은 범죄를 저지를 권리까지 부여받은 인간들입니다."

그러나 훌륭한 장수의 통제 아래 있는 군사들은 결코 그렇지 않다. 엄한 군율이 그들을 감시하고 있을 뿐만, 아니라 부드러운 장수의 문덕이 그들을 감싸고 있기 때문이다. 강한 장수 밑에 문란한 군사는 없는 법이다.

# 통치란 백성과 더불어 뜻이 맞아야 한다

영소행 이교기민 즉민복
令素行하여 以教其民이면 則民服하고,

영불소행 이교기민 즉민불복
令不素行하여 以教其民이면 則民不服이니라.

영소행자 여중상득야
令素行者는 與衆相得也니라.

명령이 평소부터 행해지고 그리하여 백성들을 가르쳐 왔다면 백성들은 복종할 것이다.
명령이 평소부터 행해지지 않고 그런 상태에서 백성들을 가르쳐 왔다면 백성들은 복종하지 않을 것이다.
명령이 평소부터 행해졌다는 것은 백성들과 더불어 뜻이 맞았기 때문이다.

전쟁은 나라의 중대사이다. 온 국민의 생사가 달려 있고 나라의 흥망이 달려 있기 때문이다. 그런 전쟁을 앞두고 정부와 군대와 백성은 결코 따로 있을 수 없다. 한마음 한뜻으로 뭉쳐야만 전쟁을 승리로 이끌 수 있다. 손자의 말처럼 나라의 모든 법령이 평소부터 행해지고, 그리하여 백성들을 가르쳐 왔다면 백성들은 당연히 복종하기 마련이다.

오자가 말했다.

"옛날 현명한 군왕들은 반드시 군신의 예를 엄격히 지키고, 상하의 의칙儀則을 정비하였으며, 관리와 백성을 편안케 하여 각기 능력을 발휘케 하고, 민간의 풍속과 습관에 거슬림이 없이 교육을 베풀고, 우수한 인재를 선발 모집하여 불의의 변에 대비하였습니다."

이 모든 것은 하나의 대비이다. 그리하여 명령이 평소부터 행하여졌다는 것은 백성들과 더불어 뜻이 맞았기 때문이다. 나라의 다스림 자체가 백성을 사랑하고 아끼는 데 있으면 불의의 변이 생기더라도 별다른 문제가 없다. 그것이 바로 군주의 지혜이며 덕목이다. 마키아벨리는 『군주론』에서 이렇게 말하고 있다.

"군주는 여우와 사자를 겸해야 한다. 사자는 함정을 스스로 막을 수 없고, 여우는 이리를 막을 수 없다. 따라서 함정의 단서를 알기 위해서는 여우가 되고, 이리를 도망가게 하기 위해서는 사자가 되지 않으면 안 된다."

군주는 모든 것을 감당하고 책임져야 한다. 에머슨의 말처럼 옥좌에 앉았다고 해서 모두 군주는 아니다. 오로지 통치할 줄 알아야 군주라고 할 수 있다.

## 제10장

# 지형편
地形篇

# 알아야 할 것은 내게도 있지만 적에게도 있다

아군의 군사로 공격할 수 있다는 것은 알지만, 적의 상황이 공격해서는 안 된다는 것을 모른다면 반은 이기고 반은 질 것이다. 적을 공격할 때를 알지만, 아군이 공격할 상황이 아니라는 것을 모른다면 반은 이기고 반은 질 것이다. 적을 공격해도 괜찮은 때를 알고 아군의 상황이 공격해도 괜찮다는 것을 알면서도, 지형상 싸울 수 없다는 것을 모른다면 역시 반은 이기고 반은 질 것이다.

# 지형을 모르면 전쟁에 임할 수 없다

孫子曰 地形은 有通者요 有掛者요 有支者요
有隘者요 有險者요 有遠者니라.

손자가 말하기를 지형에는 통형이 있고, 괘형이 있고, 지형이 있고, 애형이 있고, 험형이 있고, 원형이 있다.

손자는 지형地形을 다음 여섯 가지로 크게 구분하고 있다.

첫째, 통형通形은 마치 평원 지대와 같다. 이것은 아군이나 적군이나 마음대로 통행할 수 있는 땅이기 때문에 보다 좋은 위치를 누가 먼저 차지하느냐에 성패가 달려 있다.

둘째, 괘형掛形은 나아가기는 쉽지만 되돌아오기는 힘든 곳이다.

셋째, 지형支形이란 적과 아군이 서로 노리고 있는 요충지를 말한다.

넷째, 애형隘形은 비좁고 앞이 꽉 막힌 곳이다. 높은 산이나 절벽으로 둘러싸인 곳을 말한다.

다섯째, 험형險形은 지극히 험난한 곳을 말한다.

여섯째, 원형遠形은 진지로부터 거리가 멀고 도로도 험한 곳을 말한다.

이 모든 지형들을 사람들은 통형이니 애형이니 하며 이름을 붙여 말하지만, 이것들은 오직 자연의 한 부분으로 태고의 모습을 그대로 지키며 오늘에 이르고 있다.

자연이야말로 얼마나 견고하며 얼마나 장엄한가? 그리고 사람 또한 자연의 한 부분으로 싸우며, 포효하며, 울부짖으며 그토록 견고하게 인생을 살고 있다. 맹자가 말했다.

"하늘이 준 때는 지형의 이점을 살리는 것만 못하고, 지형의 이점을 살리는 것은 또한 인화人和에 미치지 못한다."

# 보다 좋은 위치를 먼저 차지하라

아가이왕 피가이래 왈통
我可以往이요 彼可以來는 曰通이라.

통형자 선거고양 이량도이전 즉리
通形者는 先居高陽하고 利糧道以戰이면 則利니라.

아군도 갈 수 있고 적군도 올 수 있는 지형을 통형(通形이)라고 부른다.
통형에서는 먼저 높은 양지에 진지를 구축하고 군량미를 운반할 길을 확보한 다음 싸우는 것이 이롭다.

통형通形은 확 트인 평야를 연상하면 된다. 통형일수록 높은 곳을 선택해야 한다. 아무리 평야처럼 확 트인 곳이라 하더라도 모든 땅은 굴곡이 있기 마련이다. 야트막한 언덕일지라도 높은 곳이 유리하다. 그러면서도 양지바른 곳이어야 한다. 양지바른 쪽은 군사들의 건강에도 유리할 뿐만 아니라, 공격해 오는 적군의 시야에 혼란을 줄 수 있기 때문이다. 진지를 구축할 땅이 정해졌으면 그곳을 기준으로 보급로를 확보하는 것이 시급하다. 그것까지 마련되면 전투 준비는 완료된 것이나 다름없다.

우리의 인생도 마찬가지다. 높은 곳에서 아래를 내려다보며 사는 것이 유리하다. 경쟁자의 모든 행위를 한눈에 내려다보며 살아갈 수 있기 때문이다. 사회가 제공하는 모든 혜택을 누릴 수 있는 '양지바른 곳'과 그렇지 못한 '음지'가 있다면 그대는 어느 쪽을 선택할 것인가? 양지바른 곳을 선택하기 위해서 그대는 누구보다도 바쁘게 움직여야 한다. 끊임없이 나아가라. 쉴 틈이 없다.

# 나아갈 수는 있지만 되돌아오기는 어렵다

可以往이요 難以返은 曰掛라. 掛形者는 敵無備면 出而勝之요
敵若有備면 出而不勝이고 難以返하야 不利니라.

앞으로 나아갈 수는 있지만 되돌아오기는 어려운 지형을 괘형(掛形)이라고 부른다.
괘형에서는 적군의 방비가 없을 때면 싸워서 이길 수 있지만, 적군의 방비가 마련되어 있다면
이기기 힘들 뿐만 아니라 되돌아오기도 어려워 이롭지 않다.

쳐들어가기는 쉬워도 되돌아오기 어려운 지형을 괘형掛形이라고 한다. 족제비 잡는 덫을 연상해 보자. 들어가는 길목은 좁지만 그 안은 들어갈수록 넓어진다. 그것은 공중에 매달린 항아리 꼴과도 비슷하다. 아군은 산 위에 진을 치고 적군은 산 아래에 있다면, 그것이 바로 괘형이다.

가끔 괘형과 같은 삶의 협곡에 분별없이 제 몸을 던지는 사람들이 있다. 그곳에 위험이 도사리고 있다는 걸 알면서도 스스로 몸을 던지는가 하면, 판단 착오로 자신도 모르는 사이에 그런 지독한 삶의 협곡으로 빠져들기도 한다. 코끼리의 뒷발을 잡았다고 괘형의 지점까지 쫓을 필요는 없다. 코끼리의 뒷발을 잡았는데 코끼리가 그런 협곡으로 도망치려 든다면 재빨리 손을 놓는 게 상책이다. 그대가 살아 있어야 세상이 아름답지 않겠는가?

# 적이 보여 주는 이로움은 이로움이 아니다

아출이불리 피출이불리 왈지
我出而不利하고 彼出而不利를 曰支니라.

지형자 적수리아 아무출야
支形者는 敵雖利我나 我無出也니라.

인이거지 영적반출이격지 이
引而去之하여 令敵半出而擊之면 利니라.

아군이 나가도 불리하고 적군이 나와도 불리한 지형을 지형(支形)이라고 부른다.
지형에서는 적이 아군에게 허점을 보여도 나아가서는 안 된다.
군사들을 이끌고 나감으로써 적군을 반쯤 유인한 다음 공격해야 비로소 유리하다.

어느 쪽도 먼저 공격하여 나아갈 수 없는 지형이 지형支形이다. 계곡을 가운데로 하여 양쪽 능선에 진지를 구축하고 있는 경우라든가, 강물을 가운데로 하여 완강하게 대치하고 있는 경우가 그것이다. 이런 지형에서는 적군이 아무리 아군에게 허점을 보인다 하더라도 공격해서는 안 된다. 오히려 모든 수단 방법을 총동원하여 적이 먼저 나오도록 유인해야 한다. 그것도 안 될 때는 후퇴하는 척 위장 전술도 동원해야 한다.

세상을 살아가는 지혜도 그와 같다. 경쟁 관계에 있는 사람들도 대치 상태에서 호시탐탐 기회를 엿본다.

그대의 경쟁자는 정을 나누는 친구일 수도 있고, 같은 학교 안에 있을 수도 있으며, 회사에서 가까이 지내는 동료일 수도 있다. 자, 누가 먼저 지형支形에서 벗어날 것인가?

# 착실히 준비한 후에 적을 기다려라

애형자 아선거지 필영지이대적
隘形者는 我先居之하고 必盈之以待敵이니

약적선거지 영이물종 불영이종지
若敵先居之면 盈而勿從하고 不盈而從之니라.

애형(隘形)에서는 아군이 먼저 그곳을 차지하여 군비를 확실히 한 다음 적을 기다리면 된다.
만약 적군이 먼저 그곳을 차지하여 군비를 갖추고 기다리고 있다면 절대 그들을 쫓아 싸워서는 안 된다.
그러나 만약 군비가 허술하다면 쫓아가 싸워도 좋다.

앞뒤 생각 없이 무조건 앞으로 돌진하는 사람이 있다. 세상을 마음 내키는 대로 살아갈 수 있다면 어느 누가 쉽사리 물러서려 하겠는가? 살아가는 길은 가급적이면 평탄한 것이 좋다. 탄탄대로의 삶을 영위할 수만 있다면 그 이상의 기쁨은 없을 것이다.

애형隘形이란 극히 좁은 지형으로 들어가는 길목도 좁을 뿐 아니라, 양쪽이 산으로 덮여 있으면서 통로는 단 하나뿐인 곳이다. 자신을 애형적 삶의 위기로 돌진하는 일이 없도록 하라. 그대의 상대가 이미 입구에 도착하여 모든 준비를 마치고 있을지도 모른다. 지금 눈에 보이지 않더라도 조심성 있게 자신을 되돌아보라. 비트겐슈타인은 이렇게 말했다.

"인간에게 영원한 것, 중요한 것은 불투명한 베일에 싸여 있다. 베일의 저쪽에는 무엇이 있는지 알고 있지만 그 모습이 보이지는 않는다. 베일이 대낮의 불빛을 반사하고 있기 때문이다."

# 적이 먼저 차지하고 있으면 물러나라

험형자 아선거지 필거고양이대적
險形者는 我先居之면 必居高陽以待敵이요

약적선거지 인이거지 물종야
若敵先居之면 引而去之하고 勿從也니라.

험형(險形)에서는 아군이 먼저 그곳을 차지하여 반드시 높고 양지바른 곳에 진지를 구축하고 적군을 기다려야 한다. 만약 적군이 먼저 험형을 차지했다면 군사를 이끌고 후퇴해야 할 것이며, 결코 그들을 쫓아 싸워서는 안 된다.

험형險形이란 지형이 무척 험난한 곳을 말한다. 애형과 같이 천연적으로 험난하지는 않더라도, 도로가 극히 불편하거나 기타 입지적 조건이 군사행동을 하기에는 곤란할 정도로 험난한 지형이다. 험형에서는 수비하는 쪽은 유리하지만, 한발 늦어 공격하는 쪽은 크게 불리하다. 엄폐물 뒤에 숨어서 기다리고 있다가 다가오는 적을 공격하기는 쉽지만, 숨어 있는 적을 공격해 들어가기란 용이한 일이 아니기 때문이다. 이러한 곳일수록 높고 양지바른 쪽을 차지해야 한다. 그러나 만약 적군이 먼저 그곳을 차지했다면 서둘러 물러나야 할 것이다.

나비가 가시 위에 앉으면 날개를 찢길 위험이 있다. 그러나 가시 위에 앉지만 않는다면 날개를 찢길 위험은 없다. 위방불입危邦不入이라는 말이 있다. 위험한 곳에는 들어가지 않음으로써 화를 면할 수 있다는 뜻이다. 위험한 곳이 아니더라도 그대의 삶을 영위할 터전은 얼마든지 있다.

# 형세가 비슷하면 더욱 신중하라

원형자 세균난이도전 전이불리
遠形者는 勢均難以挑戰이니 戰而不利니라.

범차륙자 지지도야 장지지임 불가불찰야
凡此六者는 地之道也요 將之至任이니 不可不察也니라.

원형(遠形)일 때 적군과 형세가 비슷하다면 서로 도전하기 어렵다. 싸워도 서로에게 이로울 것이 없기 때문이다.
이상의 여섯 가지는 지형의 도(道)이며 장수된 자의 책임이므로 잘 살펴보아야 할 것이다.

원형遠形이란 적군이 먼 거리에 있는 것으로 적과 아군의 진지가 서로 멀리 떨어져 있는 경우이다. 멀리 있는 적에게 쳐들어가기 위해서는 모든 군비와 보급품을 이동시켜야 한다. 그러기 위해서는 많은 병력이 동원되어야 하고, 많은 시간이 소요되기 때문에 군수품 수송은 그리 간단한 것이 아니다. 적군과 형세가 비슷하면 도전하기 어렵다. 먼 거리를 가노라면 자연히 군사는 지치게 될 것이고 본대本隊와의 연락 또한 어려워지기 마련이다. 원정군이 실패하는 경우가 많은 것도 그런 이유다. 유럽의 십자군이 예루살렘 성지를 회복하기 위해 이백 년 동안 일곱 번에 걸친 원정군을 보냈지만, 모두 실패한 것은 그 좋은 예가 될 것이다.

사람들은 각자 나름대로의 목적과 목표를 정해 놓고 그것을 실현하기 위해 많은 노력을 아끼지 않는다. 목적한 지점에 도달하기 위해 온갖 인내와 희생을 감수하면서 살아간다. 그러나 그 목표가 턱없이 원대했거나 심오했던 경우에는 좌절이라는 구렁텅이로 추락하는 것을 보게 된다.

# 패배할 확률이 높은 군대의 여섯 가지 유형

병 유주자 유이자 유함자
兵은 有走者요, 有弛者요, 有陷者요,

유붕자 유란자 유배자
有崩者요, 有亂者요, 有北者니

범차륙자 비천지지재 장지과야
凡此六者는 非天地之災며 將之過也니라.

군에는 달아나는 군대가 있고, 느슨해진 군대가 있으며, 결함이 있는 군대가 있다.
또한 무너지는 군대가 있고, 혼란한 군대가 있으며, 패배할 군대가 있다.
이 여섯 가지는 하늘과 땅의 재앙이 아니라 장수의 잘못에서 비롯된 것이다.

손자는 패배할 확률이 높은 군대로 여섯 가지 모델을 이야기한다. 도망가는 군대를 비롯해서 군기가 해이해질 대로 해이해진 군대, 결함이 있고 방종하며 혼란스러운 군대, 그리고 반드시 패배할 군대 등으로 나누어 이야기한다.

패배할 확률이 높다는 것은 이미 패배한 것과 큰 차이가 없다. 패배라는 형태로 나타나지만 않았을 뿐, 안으로는 치유가 불가능할 만큼 곪아 있기 때문이다. 패배할 확률이 높은 군대의 양상을 자세히 살펴보자.

첫째, 달아나는 군대이다. 싸움 한 번 제대로 해 보지 못하고 달아나는 경우로 아군의 병력보다 열 배가 넘는 적군과 마주쳐 싸워야 한다면 누구라도 달아날 수밖에 없을 것이다.

둘째, 느슨해진 군대이다. 다시 말해서 군기가 해이해진 군대를 의미한다. 느슨해진 군대라면 그것은 이미 군대가 아니다. 지휘관의 통솔이 먹혀들지 않는 군대는 오합지졸에 불과하다.

셋째, 결함이 있는 군대이다. 지휘관과 군사들의 관계는 마치 톱니바퀴의 톱니처럼 맞아떨어져야 하는데 그렇지 못한 경우이다. 무리한 작전 명령을 내리는 지휘관이나 멍청한 군사들로는 아무리 애를 쓴다 해도 톱니바퀴를 제대로 돌릴 수 없다.

넷째, 무너지는 군대이다. 이 경우에는 산사태를 연상하면 좋을 것이다. 위계질서가 없고 제멋대로 놀아나는 군대로, 대개 지휘관의 아집과 편견 등에서 유발되는 경우가 많다.

다섯째, 혼란한 군대이다. 지휘관의 권위가 없는 탓에 훈련마저도 제대로 되어 있지 않으므로 군사들의 행동은 문란할 수밖에 없다.

여섯째, 패배하는 군대이다. 이런 군대는 한마디로 무모하게 싸움에 뛰어드는 군대이다. 지휘관의 만용이 그것을 부채질하기 때문이다.

롱펠로의 말처럼 승리와 패배는 우리들 마음속에 있다. 정신무장이 확고한 군대는 패배할 확률보다 승리할 확률이 높다는 것을 우리는 역사를 통해서 얼마든지 찾아볼 수 있다.

# 군기가 군을 나타낸다

부세균 이일격십 왈주
夫勢均이니 以一擊十을 曰走니라.

졸강리약 왈이
卒强吏弱을 曰弛니라.

이강졸약 왈함
吏强卒弱을 曰陷이니라.

군세는 같은데 한 사람의 군사로 열 명의 적을 감당해야 하는 군대를 '달아나는 군대'라고 일컫는다.
병사들은 강한 반면 장교가 약한 것을 '느슨한 군대'라 말하고,
장교들은 강한데 병사들이 약하면 '결함이 있는 군대'라고 부른다.

아군과 적군의 군세가 거의 비슷한데도 지휘관의 판단 착오로 아군 한 명이 적군 열 명을 감당해야 하는 경우가 있다. 아군 열 명으로 적군 한 명의 군사와 대적케 할 수는 있어도 반대의 경우는 곧 죽음을 담보한 것과 다름없다. 싸움 한 번 해보지 못하고 그대로 달아날 수밖에 없으니 '달아나는 군대'라고 이름을 붙인 것이다.

군기가 그 군軍을 보여 준다는 말이 있다. 부대의 군기 상태가 어떠한가에 따라 그 부대의 전투 능력을 판단할 수 있기 때문이다. 병사들이 상관의 명령에 복종하지 않거나 상관들을 무시하는 경우가 있는데 그런 경우는 부대의 군기가 극도로 해이해져 있기 때문이며, 그런 군대를 '느슨한 군대'라고 이름 지어 부른다. 상관이 부하를 제대로 통제하지 못한 결과이다.

반면 장교들은 강한데 병사들은 형편없이 약한 경우가 있다. 그런 군대

에서는 장교들의 작전 지휘를 병사들이 제대로 수용하지 못한다. 쉽게 말해서 한 명의 군인으로서 해야 할 일을 제대로 감당하지 못한다는 말이다. 그런 부대를 억지로 이끌고 가다 보면 부딪치는 싸움마다 패할 수밖에 없다. 이런 군대를 일컬어 '결함이 있는 군대'라고 한다.

장수의 역할은 그만큼 막중하다. 승리의 영광이 장수에게 돌아가는 것처럼 패배의 책임 또한 장수에게로 돌아가는 것은 너무나 당연한 일이다.

사회의 모든 이익집단도 군대와 다를 것이 없다. 총체적인 리더가 제대로 그 집단을 이끌지 못하면 '달아나고 느슨해지며 결함이 있는 집단'으로 낙인찍히고 만다. 영국의 속담 중에 '많은 사람이 한 사람을 위하여 일한다'라는 말이 있다. 한 사람의 장군이 빛나는 전과戰果를 세우기 위해서는 많은 군사들의 죽음이 있기 마련이라는 뜻이다. 무명의 희생자들을 위해서라도 장수된 자는 항상 스스로를 되돌아보아야 할 것이다.

# 작은 불만이라도 간과하지 마라

대리 노이불복 우적대이자전
大吏怒而不服하여 遇敵懟而自戰하고

장부지기능 왈붕
將不知其能이니 曰崩이니라.

장교들이 화를 내고 장수에게 복종하지 않으며, 적을 만나면 원망을 품고 제멋대로 싸운다.
장수가 장교들의 능력을 모르고 있으므로 '무너지는 군대'라고 말하는 것이다.

장수는 장교들의 능력을 제대로 파악하여 그들로 하여금 적재적소에서 부하들을 지휘 통솔하게 해야 한다. 인사人事 문제에서부터 지엽적인 문제에 이르기까지 모든 문제가 장수 한 사람의 독단과 편견으로 행해진다면 그 군대는 자연히 무너지고 말 것이다. 그럴 경우, 명령 하달이 제대로 이루어지지 않고 지휘 통제에 균열이 생긴다. 장교들이 장수의 명령을 듣지 않는 것은 물론이고, 단순한 적개심으로 제멋대로 전투에 임하려 들 것이다. 장수에 대한 불만을 그런 식으로 표출하는 것이다. 자신이 지닌 능력을 활용하고 싶은데 현실적으로 그렇지 못한 것에 대한 불만이다. 마찬가지로 장수 역시 훌륭한 인재들을 제대로 활용하지 못하기 때문에 스스로 무너져 버릴 수밖에 없다. 불평과 불만은 아주 작은 것에서 비롯되었다 하더라도 시간이 흐를수록 덩치가 부풀어 올라 마치 눈덩이처럼 사방으로 구르며 부피를 더해 간다. 러셀이 말했다.

"모든 악惡은 각기 연관성을 가지고 있어서 악은 또 하나의 새로운 악으로 발전한다. 조그마한 불만이 질투로 발전하고, 질투는 또한 남을 해하고 모함하는 것으로 발전한다. 남을 해치고자 마음먹으면 쉽게 거짓말을 하게 되고 아무것도 아닌 일에 흥분하여 결국 폭력으로 발전하게 된다. 그러므로 마음에 깃드는 하나의 불만을 잘라 없애는 것은 큰 악의 뿌리를 뽑는 것이 된다. 늘 조그마한 불만을 다스려야 한다."

버지니아 주 피츠버그의 로저 아킨슨 프리아는 장군에 임명되었지만 장군보다는 병사로 일하겠다면서 그 임명을 거절한 일화가 있다. 그는 1862년, 미국 독립전쟁 때 남부 연합군의 존스턴 장군으로부터 준장에 임명되었지만 '군에는 장군이 너무 많다. 군대가 필요로 하는 것은 한 사람의 병사'라는 편지를 띄우고, 끝내 장군직을 거부했다. 그리고 전쟁이 끝날 때까지 한 사람의 병사로 최전선에서 활약했다고 한다. 그의 장군 임명 거부는 우리에게 많은 것을 생각하게 해 준다. 전장에서는 많은 장군보다 한 사람의 유능한 병사가 필요한 일인지도 모른다.

# 위엄은 엄격함에서 관대함으로 나아가도록 하라

將弱不儼(장약불엄)하고 敎道不明(교도불명)하며 吏卒無常(이졸무상)하고 陣兵縱橫(진병종횡)을 曰亂(왈난)이니라.

장수가 약하여 엄하지 못하고, 가르침이 잘되지 않아 장교와 사병들이 당당하지 못하며,
진을 치는데도 일정하지 못한 것을 '혼란한 군대'라 한다.

장수란 위엄과 덕망이 함께 어우러져야 한다.

"위엄은 마땅히 엄격함으로부터 관대함으로 나아가라. 먼저 너그럽고 후에 엄하면 사람이 그 혹독함을 원망한다."

『채근담』에 나오는 글이다. 위엄은 엄격함으로부터 시작되어 관대함으로 흘러내려야 한다.

위나라의 장수 악양樂佯이 중산中山나라를 공격했다. 그러자 중산의 임금은 마침 그 나라에 있던 악양의 아들을 불에 삶아 그것으로 죽을 만들어 악양에게 보냈다. 그러자 악양은 가지고 온 죽을 단숨에 마셔 버렸다. 위나라 왕 문후는 그를 칭찬하며 말했다.

"악양은 나를 위하여 자기 자식의 고기까지도 먹었다!"

위엄이란 다른 사람이 만들어 주지 못한다. 그것은 스스로 만들어 나가야 하는 것이다.

# 패배는
# 장수의 지극한 책임이다

장불능요적 이소합중 이약격강
將不能料敵하여 以少合衆하고 以弱擊强하며

병무선봉 왈배
兵無選鋒을 曰北니라.

범차육자 패지도야 장지지임 불가불찰야
凡此六者는 敗之道也니 將之至任으로 不可不察也니라.

장수가 적군의 형세를 제대로 판단하지 못하고 소수의 병력으로 다수의 적과 싸우려 들며,
정예군도 없이 약한 군대로 강한 적을 공격하는 것을 '패배하는 군대'라고 한다.
이상의 여섯 가지는 패배하는 길이다.
모두가 장수의 지극한 책임이므로 잘 살펴야 할 것이다.

무모하게 공격하는 군대는 패하기 마련이다. 올바르게 적의 정세를 판단하지 못하고 소수의 병력으로 다수의 적과 싸우려 들면, 그것은 마치 패배하기 위하여 전투에 임하는 것과 다를 것이 없다. 또 전체적인 사기나 장비로 보아서도 형편없이 약세인 걸 알면서 강한 적과 싸우려 든다면 그 또한 마찬가지이다. 싸움에 진 군대가 취해야 할 것은 도망가거나 포로로 잡히는 일밖에 다른 방법이 없다. 그리하여 이런 군대를 손자는 '패배하는 군대'로 이름 붙인 것이다.

지금까지 손자가 말해 온 달아나는 군대와 느슨한 군대, 결함이 있는 군대와 무너지는 군대, 혼란한 군대와 패배하는 군대는 패배할 가능성이 큰 군대라고 말할 수 있다. 손자는 '이 여섯 가지는 하늘과 땅의 재앙이 아

니라 장수의 잘못에서 비롯된 것'이라고 못 박아 말한다. 전쟁을 하기 전에 먼저 나라와 군대를 앞서 다스리라는 뜻일 것이다.

옛날 마호메트 아리가 통치하고 있을 무렵, 이집트에서는 군사들 중에서 도망병이 생기면 잡아들여서 한쪽 눈을 뽑아 버렸다. 그러다가 얼마 가지 않아 애꾸눈만 모아서 두 연대의 군사를 편성할 수 있었다는데 이 연대는 그럭저럭 오십 년 동안이나 그 전통을 이어 왔다고 한다. 결코 명예스러운 얘기는 아닌 것 같다.

오자吳子가 말했다.

"그러므로 나라를 강하게 하는 군주는 반드시 그 백성의 역량을 헤아릴 줄 알아야 합니다. 백성 중에서 대담하고 용맹한 자를 모아 한 소대를 편성합니다. 스스로 나아가 싸우고 그 충용忠勇을 나타내고자 하는 자를 모아 또 한 소대를 편성합니다. 높은 산을 넘어 먼 곳까지 급히 갈 수 있는 자를 모아 한 소대를, 임금의 신하로서 공을 세워 인정받고자 조바심하는 자들을 모아 한 소대를 편성하고, 끝으로 전장에서 도망친 불명예를 씻기 원하는 자들을 모아 한 소대를 편성합니다. 이 다섯 종류의 소대는 다른 군대의 훈련 잘된 정예부대와 조금도 다름이 없습니다. 이러한 병력 삼천 명만 있으면 포위를 돌파할 수도 있고 성을 함락시킬 수도 있습니다."

# 지형을 잘 판단하는 장수는 이길 것이고 그렇지 않으면 반드시 패배한다

부 지 형 자　병 지 조 야　요 적 제 승
夫地形者는 兵之助也니 料敵制勝하여

계 험 액 원 근　상 장 지 도 야
計險阨遠近은 上將之道也니라.

지 차 이 용 전 자　필 승　불 지 차 이 용 전 자　필 패
知此而用戰者는 必賸하고 不知此而用戰者는 必敗니라.

지형이 전쟁에 도움을 준다. 적을 확실하게 파악하여 이기게 하고,
험하고 막히고 멀고 가까운 지형을 잘 판단하는 것은 상장군의 도리이다.
이것을 깨달아 전쟁에 잘 응용하는 사람은 이길 것이고,
이것을 깨닫지 못하는 사람은 반드시 패배한다.

지형이 전쟁에 도움을 주는 것은, 적군의 형세를 확실하게 파악할 수 있기 때문이다. 험하고, 막히고, 또 멀기도 하고 가깝기도 한 지형의 이로움을 전쟁에서 잘 사용하는 것은 총지휘관의 도리이기도 하다. 전쟁에서 지형이란 모든 작전 계획의 기초가 되며, 지형을 어떻게 이용하느냐에 따라 승리와 패배가 갈린다.

사람들은 경우에 따라 유리한 지형에서 인생을 설계할 수도 있겠지만, 또 경우에 따라서는 가장 불리한 지형에서 자신의 인생을 설계할 수도 있다. 불리한 지형에 놓였을 때 보다 분발할 수 있는 지혜와 용기가 필요하다. 불리한 지형을 유리한 지형으로 바꿀 수 있는 것이 인간이라는 사실을 잊지 말자.

# 군주를 이롭게 하는 장수가 되라

---

戰道必勝이면 主曰無戰이라도 必戰可也요
戰道不勝이면 主曰必戰이라도 無戰이 可也라.
故로 進不求名이요 退不避罪며
惟民是保하야 而利於主면 國之寶也니라.

전쟁의 이치로 보아 이길 수 있다면 군주가 싸우지 말라고 하더라도 반드시 싸워야 한다.
전쟁의 이치로 보아 이길 수가 없다면 군주가 싸우라고 하더라도 절대 싸워서는 안 된다.
나아감에 있어서는 명성을 구하지 않고, 물러남에 있어서는 죄를 피하지 않으며,
오직 백성을 보호함으로써 군주를 이롭게 하는 장수가 나라의 보배인 것이다.

---

전장에서의 모든 권한은 최고 지휘관인 장수에게 부여된다. 장수의 판단 여하에 따라서 공격과 후퇴가 이루어지고, 그에 따른 후속 조치가 뒤따른다. 전투에 임하는 장수에게는 어느 누구도 간섭할 수 없다. 그것은 지휘권에 대한 명백한 도전이기 때문이다. 장수로서 이길 수 있는 싸움이라고 판단되면, 싸우지 말라는 군주의 명령이 있다 하더라도 싸우는 것이 장수된 자의 도리이다. 또 이길 수 없는 전쟁이라고 판단되면, 계속해서 싸우라는 군주의 명령이 있다 하더라도 싸우지 않는 것이 장수된 자의 도리인 것이다. 그것은 군주의 명령보다도 장수가 맡고 있는 전쟁에 대한 책임과 의무가 앞서기 때문이다. 장수는 먼저 적군의 정세를 확실하게 판

단하여 대적하는 것이 상식이다. 그리고 그 전쟁이 나라와 백성을 위해서 옳은 것인지 아니면 옳지 못한 것인지의 여부에 따라 행동해야 할 것이다. 군주의 명령을 어기더라도 싸우는 것이 나라와 백성을 위하는 길이라면 결단코 싸워야 한다. 그것이 명분이다. 따라서 싸우는 것만이 참으로 군주를 위하는 일이라면 싸우는 것이 책임과 의무를 다하는 길이다. 생택쥐페리의 『인간의 대지』를 보면 이런 구절이 있다.

"별빛 아래서 겸손한 양 몇 마리를 지키는 사람이 만일 그의 의무를 의식한다면, 자신이 하인 이상이라는 것을 발견하게 된다. 그는 보초인 것이다. 그리고 보초 하나하나는 나라 전체에 대하여 책임이 있다."

이것은 한 사람의 장수와 또 다른 한 사람 말단 보초의 책임을 대비시켜 본 것뿐이다. 책임과 의무는 언제나 함께한다. 어느 누구도 거기에서 벗어날 수 없다. 맡은 일에 최선을 다하는 것, 오직 그것이 인생을 사는 도리이다.

# 부하를 아끼는 장수가 전쟁에서 이긴다

---

시졸여영아　고　가여지부심계
視卒如嬰兒하라. 故로 可與之赴深溪니라.

시졸여애자　고　가여지구사
視卒如愛子면 故로 可與之俱死니라.

애이불능령　후이불능사
愛而不能令하고 厚而不能使하고

란이불능치　비여교자　불가용야
亂而不能治면 譬如驕子이니 不可用也니라.

군사들 보기를 어린아이처럼 하기에 그들은 장수와 함께 깊은 계곡에도 들어갈 수 있다.
군사들 보기를 사랑하는 자식처럼 하기에 그들은 장수와 함께 죽음을 같이할 수 있다.
사랑하기 때문에 명령하지 못하고, 위하기 때문에 부리지 못하여 혼란을 다스리지 못한다면
비유하건대 마치 버릇없는 자식과 같아 쓸모없게 된다.

---

지혜로운 장수는 군사들을 마치 어린아이 대하듯 보살피며 사랑한다. 그들의 아픔을 같이 느끼며 그들의 괴로움도 함께한다. 지혜로운 장수는 군사들 대하기를 사랑하는 자식 대하듯 한다. 잘못을 보면 꾸짖고 매질하며 그들을 바르게 인도하기 위해 온갖 정성을 다한다. 그렇기 때문에 그들은 장수와 함께 깊은 계곡에도 두려움 없이 뛰어들며 목숨까지도 과감하게 내던질 수 있는 것이다. 그러나 연민의 정 때문에 명령하지 못하고 부리지 못한다면 그런 군사야말로 아무 데도 쓸모없게 된다.

초나라 장수 오기吳起는 무척이나 부하를 사랑했다. 한번은 그가 전장에서 어느 병사의 종기를 입으로 빨아내어 그의 병을 고쳐 준 일이 있었

다. 이 말을 전해 들은 그 병사의 어머니가 갑자기 대성통곡을 하자 옆에 서 있던 사람이 깜짝 놀라 그 이유를 물었다.

"장군께서 댁의 아드님을 종기의 고름을 빨아낼 정도로 사랑하시는데 무엇 때문에 그토록 서러워하십니까?"

그러자 그 병사의 어머니가 대답했다.

"슬퍼서 웁니다. 그 애의 아버지도 오 장군을 따라 전쟁에 나갔는데 그때도 오 장군이 종기의 고름을 빨아주는 바람에 목숨을 내던지고 싸우다가 죽었답니다. 그런데 다시 아들의 종기까지 빨아주셨으니 그 애도 머지않아 죽을 것 아닙니까? 나는 남편과 아들 모두를 오 장군 때문에 잃게 되었습니다."

장수와 병사가 주고받은 깊은 신뢰야말로 더할 수 없는 군의 사기이기도 하다. 윌리엄 오슬러가 말했다.

"인생에서 신뢰보다 더 신비로운 것은 없다. 그것은 하나의 커다란 유동력으로써 저울에 달아볼 수도 없고, 도가니에 시험해 볼 수도 없다."

# 알아야 할 것은 내게도 있지만 적에게도 있다

---

지 오 졸 지 가 이 격 이 부 지 적 지 불 가 격 승 지 반 야
知吾卒之可以擊하고 而不知敵之不可擊하면 勝之半也라.

지 적 지 가 격 이 부 지 오 졸 지 불 가 이 격 승 지 반 야
知敵之可擊하고 而不知吾卒之不可以擊하면 勝之伴也라.

지 적 지 가 격 지 오 졸 지 가 이 격
知敵之可擊하고 知吾卒之可以擊하되

이 부 지 지 형 지 불 가 이 전 승 지 반 야
而不知地形之不可以戰이면 勝之半也라.

아군의 군사로 공격할 수 있다는 것은 알지만,
적의 상황이 공격해서는 안 된다는 것을 모른다면 반은 이기고 반은 질 것이다.
적을 공격할 때를 알지만, 아군이 공격할 상황이 아니라는 것을 모른다면 반은 이기고 반은 질 것이다.
적을 공격해도 괜찮은 때를 알고 아군의 상황이 공격해도 괜찮다는 것을 알면서도,
지형상 싸울 수 없다는 것을 모른다면 역시 반은 이기고 반은 질 것이다.

---

프로페르티우스가 말했다.

"힘에 겨운 짐을 머리에 이다가 무릎이 굽어지는 바람에 바로 짐을 내려놓는 것은 수치스러운 일이다."

자기의 능력 이상으로 행동하다가는 웃음거리가 된다는 말이다. 사람의 능력이란 한계가 있다. 할 수 있을 것 같은 일도 막상 해 보면 한계에 부딪치기가 일쑤다. 그러나 어떤 일이든지 하나의 일을 성취하기 위하여 사전에 준비를 게을리하지 않았다면, 아무리 어려운 일이라 할지라도 이루어낼 수 있는 것이 인간의 능력이기도 하다.

전쟁을 하기 위해서는 사전에 모든 것을 준비해야 한다. 군비를 충실히 하며 병사들의 훈련도 게을리하지 않는 한편, 적군의 태세 또한 철저하게 파악해야 한다. '적을 알고 나를 알면 백 번 싸워도 위태롭지 않다'는 손자의 말은 참으로 백 번을 듣고 거듭 들어도 손뼉을 칠 수밖에 없다. 적을 알고 나를 알고, 지형까지도 손바닥 들여다보듯 훤하게 알고 있다면 이미 승리를 담보하고 나서 싸우는 전쟁이다.

대분망천戴盆望天이란 말이 있다. 동이를 머리에 이면 하늘을 바라볼 수 없고, 하늘을 바라보려면 동이를 일 수 없다는 뜻으로, 한 사람의 능력을 가지고 두 가지 일을 동시에 할 수 없음을 비유하고 있다. 그러나 전쟁은 단순한 놀이가 아니다. 나라의 흥망성쇠가 걸려 있는 국가의 중차대한 일이기 때문에 경우에 따라서는 한 사람의 능력만으로 열 가지의 일을 동시에 해낼 수 있어야 한다. 우리 속담에도 '수제비 잘하는 사람이 국수도 잘한다'라는 말이 있다. 버나드 쇼가 말했다.

"인간이 현명해지는 것은 경험에 의해서가 아니라, 경험에 대처하는 능력에 따라서이다."

# 하늘을 알고 땅을 알면 승리는 완전하다

知兵者는 動而不迷하고 擧而不窮이라.

故로 曰知彼知己면 勝乃不殆요 知天知地면 勝乃可全이니라.

전쟁을 잘 아는 사람은 행동에 미혹됨이 없고 군사를 일으켜도 궁지에 몰리는 일이 없다.
때문에 '적을 알고 나를 알면 곧 승리가 위태롭지 않을 것이요,
하늘을 알고 땅을 알면 승리는 곧 완전할 수 있다'고 말하는 것이다.

나폴레옹은 자기 자신을 되돌아보며 이렇게 고백했다.

"나의 실패와 몰락에 대해서 책망할 사람은 나 자신 이외에는 아무도 없다. 내가 나 자신의 최대의 적이었으며, 나 자신의 운명을 비참하게 만드는 원인이었다."

나폴레옹은 자신의 실패와 몰락이 자기 자신을 너무나 몰랐던 데서 비롯되었음을 뒤늦게야 깨달은 것이다. 나폴레옹 자신에게 확실한 준비가 되어 있고, 또 적을 보다 정확하게 파악했더라면 그는 완전한 승리를 거두었을지도 모른다.

목단어자견目短於自見이란 말은 그래서 재미있다. 눈은 밖의 사물은 잘 보지만 자신의 눈 속은 보지 못한다는 말로, 다른 사람은 잘 알아도 자기 자신은 모른다는 것을 비유한 말이다. 그래서 손자는 나를 알고 적을 알고, 하늘이 주는 때와 땅이 주는 지형까지도 파악하게 되면 승리는 완전

할 수 있다고 더욱 힘주어 강조한다.

데이비드 로렌스는 '자신이 가진 능력과 재질을 힘껏 발휘함으로써 자신에 대한 보호를 자기 자신에게 의탁해야 한다'고 말했다. 변화무쌍한 이 세계에서 가장 튼튼한 디딤돌은 오로지 자기 스스로에 대한 믿음뿐임을 깨달아야 한다.

전쟁을 '잘 아는 사람'이 전쟁에 필요하듯이 모든 분야에서 자기의 일을 '잘 아는 사람'이 필요하다. 세상은 스스로를 일컬어 '잘 아는 사람'들이 너무나 많지만, 세상이 인정하는 참으로 '잘 아는 사람'을 사회는 필요로 한다. 로렌스 굴드는 이렇게 말했다.

"마이너스를 플러스로 전환시키는 것에 인생의 묘미가 있다. 소경은 보지 못하는 대신 청각이 예민하고 발달해 있다. 왼손이 오른손에 비하여 부자유한 것은 오른손만 쓰고 왼손을 사용하지 않았기 때문이다. 왼손도 자주 사용하면 오른손과 같이 자유롭게 쓸 수 있다. 스스로 불가능하다고 판단하지 말고 약점이나 결점을 보충할 수 있는 다른 능력을 개척하라."

## 제11장

# 구지편
九地篇

# 죽음에 맞서면 죽음보다 더한 용기가 살아난다

아군의 군사들이 여분의 재물을 모으려 들지 않는 것은 재물이 싫어서가 아니다. 목숨에 여유를 두지 않는 것도 오래 살기 싫어서가 아니다. 출진 명령이 떨어지면 앉아 있던 군사는 눈물을 옷자락으로 훔치고, 누워 있던 군사는 눈물이 턱을 적신다. 그러나 물러설 곳이 없음을 깨달으면 조귀와 같은 용기가 되살아난다.

# 지형이 지니고 있는 특성을 최대한으로 활용하라

孫子曰 用兵地法은 有散地요, 有輕地요,
有爭地요, 有交地요, 有衢地요, 有重地요,
有圮地요, 有圍地요, 有死地니라.

손자가 말했다. 군사를 다스리는 방법에는 산지(散地)가 있고, 경지(輕地)가 있고, 쟁지(爭地)가 있고, 교지(交地)가 있으며, 구지(衢地)가 있고, 중지(重地)가 있고, 비지(圮地)가 있고, 위지(圍地)가 있고, 사지(死地)가 있다.

손자는 전장이 될 수 있는 지역의 특수성을 성격에 따라서 나누었다. 이것은 전술적인 측면에서의 분석일 뿐만 아니라, 세상을 살아가는 일에도 중요하게 활용될 수 있는 것들이다.

첫째, 산지散地는 자기 나라 땅에서 싸우는 경우이다. 병사들의 고향이 가깝기 때문에 집으로 돌아가고 싶은 마음이 일기 쉽다. 마음이 산만해지기 때문에 전쟁에 대한 집중력이 떨어지게 된다.

둘째, 경지輕地는 적국이긴 하지만 깊숙이 들어가지는 않은 경우이다. 병사들의 고향이 그다지 멀지 않은 탓으로, 전쟁에 대한 두려움으로 쉽게 도망칠 우려가 있다.

셋째, 쟁지爭地는 먼저 점령할수록 유리하기 때문에 서로가 먼저 점령하기 위해 다투는 요충지이다. 그래서 쟁지라고 부른다.

넷째, 교지交地는 사통팔달의 지형이다. 교통이 아주 편리하여 아군과 적군 서로에게 공격하기가 편리한 곳이다.

다섯째, 구지衢地는 외교적으로 해결해야 할 지형이다. 교통이 빈번할 뿐만 아니라 다른 나라와도 인접해 있기 때문에 먼저 차지할수록 유리한 곳이다.

여섯째, 중지重地는 적국 깊숙이 들어간 경우이다. 적국의 성과 고을을 점령한 상태로 모든 물자를 현지 조달할 수 있는 것이 이점이다.

일곱째, 비지圮地는 험난한 산악과 진펄이 있는 땅이다. 기후가 나쁘고 모든 환경이 불편하다.

여덟째, 위지圍地는 높은 산에 둘러싸여 있는 경우다. 계략을 쓰지 않고서는 벗어나기가 힘든 지역이다.

아홉째, 사지死地는 앞에는 강한 적이 있고 뒤로는 후퇴할 길조차 없는 경우이다. 오직 싸워서 이기는 길뿐 다른 방법이 없다.

모든 지형은 그 나름대로의 특성이 있다. 그만큼 지형이 지니고 있는 특성을 최대한으로 활용해야 한다. 우리 속담에 '길을 무서워하면 범을 만난다'는 말이 있다. 겁쟁이는 무서운 일을 당하기 쉽다는 말이다. 아무리 위험하고 험난한 지형이라도 반드시 탈출구는 있다. 험난하고 어려운 지형일수록 더욱 가까이하라. 그 속에 승리할 수 있는 새로운 길이 있다.

# 산지, 경지, 쟁지의 경우

諸侯 自戰其地者는 爲散地요,
入人之地而不深者는 爲輕地요,
我得則利하고 彼得亦利者는 爲爭地니라.

제후가 스스로 자기 나라 땅에서 싸우는 것은 산지(散地)이고,
적국의 영토에 들어가도 깊이 들어가지 않은 것은 경지(輕地)이며,
아군이 차지하면 아군에게 이롭고 적군이 차지하면 적군에게 이로운 것이 쟁지(爭地)이다.

외국의 침략을 받았을 때 군주가 몸소 전쟁에 뛰어들고, 임금을 비롯한 모든 백성이 한마음 한뜻이 되어 외국의 침략에 대처해야 함은 당연한 일이다. 그러나 전쟁에 투입된 모든 장병들이 각자 자기의 가족과 재산에 더 신경을 쓴다면, 전의를 하나로 뭉치기 어렵다. 이는 전체 군대의 사기에 막대한 영향을 끼친다. 그렇기 때문에 산지에서의 전쟁은 가급적 피하는 것이 좋다. 모든 백성이 침략군에게 극도의 증오심을 갖고 있다 하더라도 이미 만반의 준비를 갖춘 이들을 상대하기는 쉽지 않다. 에렌부르크는 이렇게 말했다.

"러시아의 모스크바와 우크라이나의 벚나무는 가지마다 속삭인다. 우리는 푸르고 싶지 않다. 침략자를 위해서라면!"

벚나무의 가지마저도 침략군에 대한 적개심으로 끓어오르는 것은 나라 전체가 분노하고 있다는 말이다. 그러나 전쟁은 적개심만으로는 이길

수 없다는 데에 그 원천적인 비극이 있다. 그것이 산지散地의 경우이다.

적국의 영토로 쳐들어가긴 했지만, 아직 깊이 들어가지 않았기 때문에 병사들에게 마음의 동요가 있을 수 있다. 국경이 가깝기 때문에 아직은 도망가기가 용이하다는 생각에서 벗어나지 못하기 때문이다. 그것이 경지輕地의 경우다. 일단 국경을 넘어서면 깊숙이 들어가서 병사들이 흔들리지 않도록 차단하는 것이 좋다.

다음이 쟁지爭地이다. 아군이나 적군이나 먼저 점령하는 쪽이 유리한 경우로, 공격하기는 어려워도 방어하기에는 한결 유리하다. 만약 적군이 눈 깜짝할 사이에 그곳을 먼저 차지해 버렸다면 공격을 포기하는 것이 좋다. 완강한 적의 방어를 당해 내기란 쉽지 않다.

인생을 살아가는 데에도 직접 뛰어들어야 할 산지散地의 경우는 얼마든지 있다. 또한 경지輕地의 경우도 마찬가지다. 남에게 당하지 않으려면 그대 스스로가 자신을 관리하는 데 게을러서는 안 된다. 또한 어떤 일을 시작해 놓고 머뭇거리기만 한다면 그것은 경지의 경우다. 결단하는 것은 언제나 시간보다 앞서 달리는 것이 유리하다.

그대가 필요로 하고 그대에게 극히 유리한 것이라면 남들보다 앞서 차지하는 것이 쟁지의 경우이다. 게으름은 언제나 앞설 줄을 모른다. 게으름을 뛰어넘어라. 그러면 전략상 중대한 요충지인 '쟁지'는 그대가 먼저 차지할 수 있다.

# 교지, 구지, 중지의 경우

我可以往하고 彼可以來者는 爲交地요,

諸侯之地로 三屬하여 先至면 而得天下之衆者는 爲衢地요,

入人之地深하여 背城邑多者는 爲重地니라.

아군도 갈 수 있고 적군도 올 수 있는 곳이 교지이다.
제후의 땅이 세 군데나 접해 있어 먼저 가서 차지하기만 하면 많은 백성을 얻을 수 있는 곳이 구지이다.
적국의 영토 깊숙이 들어가서 많은 성과 고을을 등지고 있는 것이 중지이다.

아군에게도 적군에게도 공격하기 쉬운 곳이 교지交地이다. 다시 말해 아군도 쉽게 공격해서 진입할 수 있고 적군도 마찬가지인 경우이다. 이런 지역은 방어하기가 지극히 곤란한 지역이기도 하다.

공격하기가 쉽다는 것은 확 트인 평지이기 때문이며, 방어하기가 어렵다는 것은 평지라 방어에 도움이 될 엄폐물 같은 것이 없기 때문이다. 그렇기 때문에 적으로부터 습격받을 수 있는 위험이 사방에 도사리고 있고, 특히 기습에 의한 보급로의 단절 등이 우려되는 곳이기도 하다.

구지衢地는 교통이 아주 빈번한 곳이다. 자기 나라를 비롯해서 적국과 또 다른 제삼국의 국경이 마주치는 곳이기 때문에 먼저 차지하는 쪽이 유리하다. 먼저 차지하는 쪽이 적국과 제삼국과의 외교 관계를 단절시키는 데 유리한 고지를 점령할 수 있기 때문이다. 그것은 곧 적국을 고립시키기가 그만큼 용이해진다는 말이 된다.

다음으로 중지重地의 경우를 보자. 이것은 이미 적국을 침략해서 적국의 성과 고을을 점령한 경우에 해당된다. 적국의 성과 고을을 점령해서 그 입구를 가로막고 선 침략군의 모습이 그것이다. 그런 곳에서는 모든 물자를 적국 내에서 현지 조달해야 한다. 본국으로부터의 보급로가 차단될 위험이 있기 때문이다. 그뿐만 아니라 점령군인 만큼 점령지의 치안까지도 확보해야 한다. 그만큼 위험 부담이 있기 때문에 중지라고 부른다.

인간의 삶에서 단절되는 경우가 있다면 그것은 인생의 위기를 뜻한다. 위기는 도처에 도사리고 있는데 그것은 때로 교지의 형태로 다가올 수도 있고, 중지의 형태로 머물 수도 있다. 위기에 당면했을 때 슬기롭게 헤쳐나가는 지혜가 필요하다. 큰 위기가 있으면 큰 용기가 만들어진다. 그때 스스로가 위축해 버리면 어느 누구도 위기에서 그대를 구출할 수 없다. 라 로슈푸코가 말했다.

"위기에 맞서 보지 못한 자는 자신의 용기를 장담할 수 없다."

# 비지, 위지, 사지의 경우

행 산 림 험 조 저 택 범 난 행 지 도 자 위 비 지
行山林險阻沮澤하여 凡難行之道者는 爲圮地요,

소 유 입 자 애 소 종 귀 자 우
所由入者隘하고 所從歸者迂하여

피 과 가 이 격 오 지 중 자 위 위 지
彼寡可以擊吾之衆者는 爲圍地요,

질 전 즉 존 부 질 전 즉 망 자 위 사 지
疾戰則存하고 不疾戰則亡者는 爲死地니라.

높은 산악이나 험난한 땅, 소택지처럼 가기 어려운 길을 비지라 한다.
들어가는 곳은 좁고 돌아가야 하는 길은 멀기 때문에
적은 병력의 적군이 아군의 많은 병력을 공격할 수 있는 곳이 위지이다.
오직 열심히 싸우면 살아남지만 열심히 싸우지 않으면 멸망할 곳이 사지이다.

험준한 산악이거나 빽빽이 들어찬 나무와 숲과 질퍽질퍽한 진펄 지대, 그리고 늪이 있는 곳들은 비지圮地라고 부른다. 워낙 위험한 지형이어서 군사행동에 많은 제약을 받을 수밖에 없다. 고르지 못한 기후와 험난한 환경 탓으로 군사들은 자연히 질병에 시달리게 될 뿐만 아니라 언제 어디서 적의 기습이 일어날지 모른다. 비지圮地는 그냥 스쳐 지나가야지 결코 머물러서는 안 되는 지역이다. 비圮의 글자 자체의 의미는 '무너지다' 혹은 '깨지다'로 이곳에 오래 머물렀다간 어쩔 수 없이 무너지거나 깨지고 만다는 뜻이다.

위지圍地 또한 빨리 벗어나야 할 지형이다. 들어가는 곳은 비좁기 짝이 없고 다시 나가려면 멀리 돌아가야 한다. 그렇기 때문에 소수의 병력을

가진 적군이 많은 병력을 가진 아군을 공격할 수 있다. 말하자면 낭떠러지 아래에 있는 계곡과 같은 곳으로 머뭇거리다가는 금세 포위당하기 쉽다. 그래서 위지라고 부른다. 이곳을 벗어나기 위해서는 온갖 계략을 동원해야 한다. 정상적인 행군으로는 도저히 벗어날 수가 없기 때문이다.

마지막으로 사지死地가 있다. 글자 그대로 죽음의 땅으로 가장 위험한 곳이며 살아남기가 어려운 지역이다. 오직 싸워서 이기는 길밖에 없다.

오자吳子가 말했다.

"싸움터는 시체를 남기는 곳이다. 죽을 각오로 싸우면 살고, 살기를 원하면 목숨을 잃는다. 그럴 때 훌륭한 장수는, 마치 물이 새어 드는 배 안에 앉아 있거나 불난 집 안에 엎드려 있는 듯한 마음을 가져야 한다. 군대가 지혜 있는 계략이나 군사의 용맹도 미치지 못할 절박한 상황에 처하게 되면 어떤 적군의 도전이라도 물리칠 수 있다. 그러기에 옛말에도 '용병에서 가장 큰 해독은 우유부단이며 삼군三軍의 불행은 결단력이 없는 데서 생긴다'고 말하는 것이다"

사지死地에 처하게 된다면 오자의 말처럼 죽을 각오로 싸워야 한다. 오로지 그 길밖에 없기 때문이다.

사람은 누구나 한두 번쯤 곤란하거나 어려운 환경에 말려들게 되고 고난에서 벗어나기 위해 발버둥 친다. 고통은 삶의 무게를 더해 주지만 그 고통과 역경 속에서 삶의 진수를 깨닫게 되는 것 또한 인생이다.

# 자연은 끊임없이 회전하고 인간은 끊임없이 나아간다

---

散地則無戰(산지즉무전)하고 輕地則無止(경지즉무지)하며
爭地則無攻(쟁지즉무공)하고 交地則無絶(교지즉무절)하며
衢地則合交(구지즉합교)하고 重地則掠(중지즉략)하며 圮地則行(비지즉행)하고
圍地則謀(위지즉모)하며 死地則戰(사지즉전)이니라.

산지에서는 싸우지 말 것이며 경지에서는 오래 머물면 안 된다.
쟁지에서는 공격하지 말 것이며 교지에서는 단절이 없어야 한다.
구지에서는 제삼국과 외교를 맺어야 하며 중지에서는 약탈을 감행해야 한다.
비지는 속히 지나쳐 버릴 것이며 위지에서는 계략을 써서 벗어나고 사지에서는 열심히 싸워야 한다.

---

공자가 여량呂梁에 간 적이 있었다. 마침 그곳에는 폭포가 있었는데, 높이는 삼십 길이나 되어 보였고 물방울을 튕기는 물줄기는 사십 리까지 뻗쳐 있었다. 큰 자라나 악어도 헤엄칠 수 없을 정도로 물살이 거셌다. 그런데 그 사나운 물살 사이로 한 사내가 헤엄치는 모습이 보였다. 공자는 그 사내가 필시 무슨 곡절이 있어 자살이라도 하려는 줄 알고 제자들을 시켜 그를 구출토록 했다. 그러나 제자들이 그에게 다다르기도 전에 그 사내는 저만큼 먼 하류까지 내려가서는 물에서 나와 콧노래를 부르며 언덕 밑에서 놀고 있는 게 아닌가. 공자는 일부러 거기까지 찾아가 그에게 물었다.

"처음에 나는 그대가 귀신인 줄만 알았네. 그러나 여기 와서 자세히 보

니 사람이로군. 어쩌면 그렇게도 헤엄을 잘 치는가? 무슨 비결이라도 있는가?"

그 사내가 대답했다.

"비결이란 없습니다. 그저 오래전부터 시작하여 천성이 되었고, 이제 운명이 된 것 뿐입니다. 저는 소용돌이를 따라 물에 들어갔다가 솟아오르는 물결과 함께 떠오르며 물결을 좇아 헤엄칠 뿐, 저 자신의 사사로운 힘을 쓰는 일은 없습니다. 이것이 제가 물에서 자유롭게 헤엄칠 수 있는 방법입니다."

공자가 말했다.

"그대는 조금 전에 오래전부터 시작하여 천성이 되고 운명이 되었다고 했는데 그 말은 무슨 뜻인가?"

"저는 이 산골에서 태어났기 때문에 이곳에 익숙합니다. 이것이 오래전부터 시작했다는 말입니다. 또 이 물가에서 자라 물에 익숙해져 있습니다. 이것이 천성이 되었다고 말씀드린 것입니다. 그리고 자유롭게 헤엄칠 수 있는 것, 이것이 운명이 되어 버린 것이라고 말씀드린 뜻입니다."

삶이란 축적된 경험이 다시 경험을 쌓고, 다시 쌓는 과정에서 이루어지는 것이다. 모든 경험이 천성이 되고 운명이 될 정도로 스스로를 연마한다면, 손자가 말한 아홉 가지 지형의 어려운 경우도 얼마든지 돌파해 나갈 수 있다. 자연은 끊임없이 회전하고 인간은 끊임없이 나아간다.

# 기회를 내 것으로 만들어라

소위고지선용병자 능사적인 전후불상급
所謂古之善用兵者는 能使敵人으로 前後不相及하고

중과불상시 귀천불상구 상하불상수
衆寡不相恃하며 貴賤不相救하고 上下不相收하며

졸리이부집 병합이부제
卒離而不集하며 兵合而不齊라.

합어리이동 불합어리이지
合於利而動이요 不合於利而止니라.

옛날에 전쟁을 잘하는 사람들은 적군의 전후방이 서로 연락이 닿지 못하게 했으며,
큰 부대와 작은 부대가 서로 의지하지 못하게 했으며, 장교와 병사들이 서로 구해 줄 수 없도록 만들었다.
또 상급 부대와 하급 부대가 서로 도와줄 수 없도록 했으며,
병사들은 흩어진 채로 한곳에 모이지 못하도록 했으며,
병사들이 모였다 하더라도 부대를 편성할 여유를 주지 않았다.
아군에게 이로움이 있으면 움직이고, 이로움이 없으면 멈추었다.

토붕와해土崩瓦解라는 말이 있다. 흙이 무너지고 기와가 깨지는 것처럼 일이나 물건이 근본적으로 무너져서 수습할 수 없는 혼란에 빠지는 것을 이르는 말이다. 이러한 적군의 혼란 상태는 곧 아군에게 승리의 기회를 제공해 주는 빌미가 된다. 반대로 적군의 입장에서 본다면 그러한 혼란을 빨리 수습하고 정상의 질서를 회복하는 것이 새로운 기회를 활용할 수 있는 계기가 될 것이다. 그래서 적군의 전후방이 서로 연락이 닿지 않도록 하고, 큰 부대와 작은 부대가 서로 의지할 수 없도록 하며, 또 장교와 병사들이 서로 구해 줄 수 없도록 만들라는 것이다. 철저한 토붕와해를 노리는 것이다. 가급적이면 고립되게 하고 모든 군사들이 단절되도록 의도하

는 것이다. 그렇게 함으로써 아군에게 돌아올 반사 이익을 기대한다. 이것은 결국 적군의 기회를 차단함으로써 아군의 기회를 만들어 내는 전술이다. 적군이 불리해지면 불리해질수록 아군에게는 유리해질 수밖에 없다.

상급 부대와 하급 부대가 서로 도울 수 없게 되고 흩어진 병사들이 한 곳에 모이지 못하도록 하며, 설사 모일 수 있다 하더라도 다시 부대를 편성할 수 있는 시간을 주지 않겠다는 뜻이다. 그것이 기회이다. 기회란 처해 있는 현실을 이용하는 것이다. 현실 속에서 찾아내거나 만들어 내는 것이지 제 발로 찾아들도록 기다리고 있을 수만은 없다. 피터 드러커는 이렇게 말했다.

"기업의 성과는 '문제'를 해결함으로써가 아니라 '기회'를 개발함으로써 얻어진다."

언제나 문제는 있기 마련이다. 하나의 문제를 해결했다고 해서 또 다른 문제가 생기지 않는다는 보장은 없다. 그러나 기회는 자주, 그리고 쉽게 오지 않는다. 그것은 스스로 개발하기에 달려 있다. 기회의 열매를 따라. 문제의 열매는 신선하지 못하나 기회의 열매는 신선하면서도 맛이 있다. 완전히 새로운 것이기 때문이다.

# 먼저 그들이 아끼는 것을 빼앗으라

---

감문 적중정이장래 대지약하 왈 선탈기소애 즉청의

敢問하되 敵衆整而將來면 待之若何오 曰 先奪基所愛번 則聽矣니라.

"감히 묻겠습니다. 적군이 대오를 정비하고 쳐들어오려 한다면 그들을 어떻게 대처해야 되겠습니까?"

"먼저 그들이 아끼는 것을 빼앗으면 곧 뜻대로 될 것이다."

---

만약 적군에게 없어선 안 될 것을 손꼽아 본다면 어떤 것이 있을까? 그것은 먼저 요충지일 것이고 다음은 식량과 병기고 보급로가 될 것이다. 그렇다면 손자의 자문자답처럼 적군이 대오를 정비하고 쳐들어오려 할 때, 그들이 중요하게 여기는 것을 우선적으로 차지한다면 아군의 뜻대로 전쟁의 결과가 귀결될 수 있을 것이다.

옛날에는 임금의 가족이나 장수를 인질로 잡아 상대국의 전의를 상실하게 만드는 경우도 많았다. 우리나라도 그런 경우가 있었다. 인조가 남한산성에서 항복을 거부하며 버티고 있을 때, 청나라군이 강화도에 피신해 있던 왕자와 비빈들을 인질로 잡아갔던 것이다. 인조는 가족들의 안위를 걱정한 나머지 결국 청나라에 항복할 수밖에 없었다.

'아끼는 것'들은 귀중한 만큼 돌이킬 수 없는 약점이 되기도 한다. 그것이 인간이다. 인간이기 때문에 귀중한 것과 아끼는 것이 있고, 인간이기 때문에 애착이 가는 모든 것들이 약점이 될 수 있다. 삶의 취약점도 바로 그 속에 숨겨져 있다.

# 머뭇거리다가는 기회를 놓친다

병지정 주속 승인지불급
兵之情은 主速이라. 乘人之不及하고

유불우지도 공기소불계야
由不虞之道하야 攻基所不戒也니라.

군대의 정세는 신속해야 한다. 적군이 미치지 못함을 이용해서,
적군이 미처 생각지 못한 길로 그들의 경계가 있기 전에 쳐들어가는 것이다.

---

당나라 무덕武德 8년, 이정은 기주冀州에서 군사를 일으켜 강릉에서부터 저항하는 소선蘇銑의 군사를 깨끗이 토벌했다. 그리고 그해 가을, 소선은 강물이 계속해서 불어나고 삼협三峽의 길마저 물에 잠겼기 때문에 이정의 군사가 도저히 진격할 수 없을 것으로 판단하고 모든 군사들을 쉬게 했다. 그러나 이정은 군사들을 거느리고 계속 전진하여 마침내 협곡에 다다르게 되었다. 이정이 협곡 아래로 내려가려 하자 휘하의 모든 장수들이 진격을 반대하고 나섰다.

"군사들을 쉬게 하여 물이 빠질 때까지 기다리는 게 좋겠습니다."

이정이 대답했다.

"아니다. 싸움은 신속해야 한다. 머뭇거리다간 기회를 놓친다. 지금 우리가 진격하고 있는 것을 소선은 생각도 못하고 있을 것이다. 그러니 홍수의 기세를 빌어 쳐들어가면 우리는 반드시 승리할 것이다."

그리하여 전함 이천여 척으로 동쪽으로 내려가 곧장 형문과 의도 두 개

의 성을 함락시키고 이릉夷陵에 이르렀다. 그 무렵 소선의 장수 문사홍이 이끄는 군대가 마침 청강淸江에 주둔하고 있었다. 효공孝恭이 이를 공격하려 들자 이정은 만류하며 말했다.

"문사홍의 군사들은 원군으로 아직 아무런 계책도 없다. 그들의 기세는 오래 갈 수가 없다. 잠시 동태를 살펴보는 것이 좋을 것 같다. 하루쯤 지나면 그들은 반드시 군사를 반반으로 나누어, 반으로는 우리를 대비하고 또 반으로는 돌아가서 수비에 임할 것이다. 군사가 분산되면 그 기세는 꺾이게 마련이다. 그때를 노리면 이기지 못할 이유가 없다. 지금 갑자기 쳐들어가면 그들은 죽기로 작정하고 대항할 것이다."

그러나 효공은 이정의 말을 듣지 않고 공격했다가 터무니없는 패배를 당하고 말았다. 문사홍이 이끄는 소선의 군사들은 도망가는 효공의 군대에서 많은 물자를 약탈하기에 여념이 없었다. 그때를 놓치지 않은 이정은 공격을 감행하여 마침내 강릉으로 입성할 수 있었다.

신속한 공격은 적군의 허를 찾아 재빨리 공격하는 데 있다. 행동이 민첩하지 못한 군대는 승리하지 못한다. 기회란 순간적으로 찾아오고 순간적으로 사라진다. 의외의 방향에서 공격한다는 것은 바로 적의 허를 명중시키는 것이다.

# 군사들을 싸움에만 전념하게 하라

범위객지도 심입즉전 주인불극
凡爲客之道는 深入則傳이니 主人不克이니라.

약어요야 삼군족식 근양이물로 병기적력
掠於饒野면 三軍足食이니 謹養而勿勞면 倂氣積力이니

운병계모 위불가측 투지무소왕 사차불배
運兵計謨하여 爲不可測하며 投之無所往이면 死且不北니라.

사언부득사인전력 병사 심함즉불구
死焉不得士人盡力이리오. 兵士는 甚陷則不懼하고

무소왕즉고 입심즉구 부득이즉투
無所往則固하며 入深則拘하고 不得已則鬪이니라.

침략자가 되는 길은 다음과 같다.
적지 깊숙이 들어가면 군사들은 싸움에만 전념하게 되어 적군은 도저히 이길 수가 없다.
풍성한 들판을 약탈하면 전군의 식량이 풍부해진다.
또 군사들을 보양시키면서 지치게 하지 않으면 사기가 높아지고 힘은 넘친다.
군사를 움직이는 전략은 적군이 추측할 수 없게 한다.
군사들을 달리 갈 곳이 없게 몰아넣으면 죽는 한이 있더라도 도망치지 않는다.
죽을 지경이 되면 어찌 군사들이 힘을 다하지 않겠는가?
병사들은 극심한 위험에 빠지면 두려워하지 않고, 달리 갈 곳이 없어지면
투지가 굳어지며, 적지에 깊이 들어가면 서로 단결하게 되고, 어쩔 수 없게 되면 싸운다.

로마 공화정 말기, 시저가 파르나케스 2세와 싸워 이겼을 때, 그 격전과 신속한 승리를 알리는 승전보에 이렇게 적었다.

"왔노라, 보았노라, 이겼노라!"

시저는 이 짧지만 확신에 찬 문장처럼 신속하고도 민첩하게 적지를 정복했다. 이는 그의 군사들이 적지 깊숙이 들어가서 싸움에만 전념한 덕분

이었다. 게다가 시저는 풍성한 들판을 약탈하여 식량에 부족함이 없게 했고, 신속하게 진격한 만큼 조금도 군사들을 지치게 하지 않았다.

머나먼 적지 깊숙이 들어가게 되면 모든 군사는 자연스럽게 하나로 단결된다. 고향으로부터 멀리 떨어져 있다는 고립감이 서로를 하나로 이어주는 연결 고리가 되기 때문이다. 단결된 군사는 군대라는 조직 안에서 자연스럽게 전쟁에 몰두하게 된다. 개개인의 힘은, 일단 결집이 되면 개인으로 있을 때보다 더욱 크게 나타나기 마련이다. 그것이 사기이고, 용기인 것이다. 소로가 말했다.

"용감한 사람이 있는 곳에 가장 치열한 전투가 있고, 명예를 지킨 자리가 있다."

# 용기는 공포의 밑바닥에서부터 생겨난다

기 병 불 수 이 계 불 구 이 득
基兵이 不修而戒며 不求而得이며

불 약 이 친 불 령 이 신
不約而親이며 不令而信이라.

금 상 거 의 지 사 무 소 지
禁祥去疑면 至死無所之니라.

군대는 훈련하지 않아도 경계하며, 요구하지 않아도 뜻대로 움직이며,
단속하지 않아도 서로 친하며, 명령하지 않아도 믿게 된다. 그리하여 좋지 않은 일들을 없게 하고
의구심을 갖지 않게 하면 죽음에 이르게 되더라도 이탈하는 자가 없다.

소포클레스가 말했다.

"가끔 죽음에 대하여 생각하라. 그리고 얼마 있지 않아 죽을 것이라고 생각하라. 아무리 번민에 괴로워도 이제 곧 죽을지 모른다는 생각을 하면 번민은 해결될 것이다."

전쟁에 임하는 군사들은 최소한 몇 번쯤 죽음에 대하여 깊이 생각했을 것이고, 이미 죽음을 각오했거나 죽음을 넘어선 군대는 그렇지 않은 군대와 확실히 다를 수밖에 없다. 죽음이 가져다주는 공포와 허망과 그 사실에 대하여 그들은 치를 떨었을 것이다. 그럴 때 죽음에 대한 공포감은 완전한 용기로 탈바꿈한다. 용기는 공포의 밑바닥에서부터 새로운 질서로 자리 잡는다. 원대한 용기, 그것은 마치 생애의 마지막 용기인 것처럼 치솟기 마련이다.

그때부터 그들은 달라진다. 훈련하지 않아도 경계하고, 요구하지 않아도 움직이며, 단속하지 않아도 친하며 명령이 없어도 믿는다. 마침내 그들이 죽음 앞에 서게 되더라도 이탈하지 않는다.

한漢나라 유방이 천하를 통일했을 때의 이야기다. 제나라 왕 전횡田横은 한나라의 사신을 끓는 물에 넣어 죽인 일이 있었다. 그 때문에 보복이 두려워진 전횡은 유방의 추적을 피해 오백 명의 부하와 함께 바다 멀리 섬으로 도망쳤다. 그러나 한나라의 고조인 유방은 전횡의 죄를 용서하기로 하고 서울로 돌아오도록 명령했다. 낙양 교외까지 온 전횡은 유방의 신하가 될 수는 없는 일이라며 스스로 목을 베어 죽음을 택했다. 그러자 그를 따르던 자는 물론이고, 섬에 남아 있던 오백 명의 군사들도 모두 전횡을 따라 목숨을 바쳤다. 그들은 죽음을 넘어선 용기로 전횡과 함께한 것이다.

삶은 언제나 죽음의 바깥에 있는 것 같지만 때로 죽음의 안쪽 깊은 곳에 자리 잡고 있기도 하다. 삶은 언제나 죽음과 함께 성장하고, 죽음과 함께 영광을 맛보기도 하는 것이다.

# 죽음에 맞서면
# 죽음보다 더한 용기가 살아난다

---

오 사 무 여 재　　비 악 화 야　　무 여 명　　비 악 수 야
吾士無餘財는 非惡貨也라. 無餘命은 非惡壽也라.

영 발 지 일　　사 졸　　좌 자　　체 점 금　　　언 와 자　　체 교 이
令發之日에 士卒이 坐者는 涕霑襟이요 偃臥者는 涕交頤라.

투 지 무 소 왕 자　　조 귀 지 용 야
投之無所往者면 曹劌之勇也니라.

아군의 군사들이 여분의 재물을 모으려 들지 않는 것은 재물이 싫어서가 아니다.
목숨에 여유를 두지 않는 것도 오래 살기 싫어서가 아니다.
출진 명령이 떨어지면 앉아 있던 군사는 눈물을 옷자락으로 훔치고, 누워 있던 군사는 눈물이 턱을 적신다.
그러나 물러설 곳이 없음을 깨달으면 조귀와 같은 용기가 되살아난다.

---

출진 명령을 받은 군사들은 죽음의 벼랑에 선 것이나 다름없다. 도소지양屠所之羊이란 말이 있다. 도살장에 끌려가는 양이라는 뜻으로, 죽음이 목전에 다다른 자를 일컫는다. 꼭 그와 같은 형상이다. 그래서 앉아 있던 군사들은 눈물을 옷자락으로 훔치고, 누워 있던 군사는 눈물이 턱을 적시게 되는 것이다. 그러나 물러설 곳이 없다는 것을 깨달은 다음부터는 엄청난 용기로 눈앞에 다가온 죽음과 과감히 맞선다.

조귀曹劌라는 사람이 있었다. 조말曹沫이라고도 불렸는데 힘이 장사였다. 그는 노나라의 장공莊公을 임금으로 섬겨 노나라의 장수가 되었다. 그 후 조귀는 제나라와의 전쟁에 세 번이나 임했지만, 혼자의 힘만으로는 전투를 승리로 이끌 수 없어 세 번 모두 다 참패했다. 그러자 노나라는 제나

라에게 땅을 떼어 주고 화해하기로 했는데, 강화회의 석상에서 조귀가 제나라의 임금인 환공에게 칼을 빼어 들고 협박하여, 빼앗겼던 노나라의 땅을 다시 회복한 일화가 있다. 웰링턴이 말했다.

"무서움을 알고도 그것을 무서워하지 않는 자만이 진정으로 용기 있는 자이다."

# 삶이 곧 죽음이고,<br>죽음이 곧 삶이 되게 하라

선용병자 비여솔연 솔연자 상산지사야
善用兵者는 譬如率然이니 率然者는 常山之蛇也라.

격기수즉미지 격기중즉수미구지
擊其尾則首至요 擊其中則首尾俱至니라.

감문 병가사여솔연호 왈 가
敢問 兵可使如率然乎아. 曰 可하다.

부오인 여월인 상오야 당기동주이제 우풍
夫吳人이 與越人이 相惡也나 當其同舟而濟하여 遇風이면

기상구야 여좌우수
其相救也가 如左右手니라.

용병을 잘하는 사람은, 비유하자면 솔연과 같다.
솔연이란 상산의 뱀으로 머리를 치면 곧 꼬리가 달려들고, 꼬리를 치면 머리가 달려들며,
가운데를 치면 곧 머리와 꼬리가 한꺼번에 달려든다.
감히 묻건대, 군대를 솔연처럼 부릴 수 있는가? 그럴 수 있다.
오나라 사람들과 월나라 사람들은 서로 미워하지만 그들이 함께 배를 타고 물을 건너다 풍랑을 만나면,
서로 돕기를 왼손과 오른손처럼 할 것이다.

상산常山은 지금의 중국 하북성 곡양현 서북쪽에 있는 산으로 오악五嶽의 하나로서 항산恒山이라고도 불린다. 상산의 뱀은 전설 속의 뱀으로 엄청나게 크고 빠르며 난폭하다. 사람들은 이 뱀을 솔연率然이라고 불렀고 몹시 두려워했던 것으로 전해진다. 손자는 전설 속의 뱀 솔연을 용병을 잘하는 사람과 비유하고 있다. 솔연이라는 뱀은 성질이 사나우면서도 용맹하여 사람이 꼬리를 치면 머리가 일어나서 달라붙고, 머리를 치면 꼬리가 일어나서 달라붙었다. 또 가운데를 치면 머리와 꼬리가 동시에 일어나

달라붙었다고 한다. 위기에 처하자 몸 전체가 재빠르게 서로를 응원한 것이다. 이처럼 신속 기민하고 재치 있는 뱀처럼 군대도 상하좌우에서 서로 도와가며 전쟁에 임해야 한다.

동악상조同惡相助라는 말도 있지 않는가. 악인도 악을 이루기 위해서는 서로 돕는다는데 하물며 군사행동에 있어서 서로 도움은 너무나 당연한 이치이다. '상산의 뱀'과 같은 군대가 되기 위해서는 모든 군사의 단결과 그 단결된 힘을 이끌고 갈 장수의 지혜가 필요하다. 그뿐만이 아니다. 오로지 전쟁 하나만을 위하여 생각하고 노력하고 분투해야 한다.

오나라와 월나라 사람들처럼 질긴 원수 사이라 하더라도 같은 배에서 폭풍우를 만나면 살기 위하여 서로 도울 수밖에 없다. 그처럼 군사들을 적지 깊숙이 전진 배치하면 모든 군사들은 오직 싸우는 것만이 살길임을 뼈저리게 느끼게 될 것이다. 장자가 말했다.

"죽음을 삶과 같이 보는 자는 열사烈士의 용기다. 궁지에 처해도 목숨이 있음을 알고, 통하는 때가 있음을 알고, 큰 재난에 처해도 두려워하지 않는 것은 성인의 용기다."

막다른 길에서 발휘되는 힘은 초자연적인 것이다. 초자연적인 힘은 삶과 죽음을 따로 구별하지 않는다. 삶이 곧 죽음이고, 죽음이 곧 삶이 된다.

# 그렇게 움직이지 않으면 안 되도록 만들라

方馬埋輪(방마매륜)이라도 未足恃也(미족시야)라.

齊勇若一(제용약일)은 政之道也(정지도야)요

剛柔皆得(강유개득)은 地之理也(지지리야)니라.

故(고)로 善用兵者(선용병자)는 携手若使一人(휴수약사일인)이니 不得已也(부득이야)니라.

말을 나란히 세워 놓고 재갈을 물리거나 수레바퀴를 묻어서 후퇴할 수 없게 만들더라도 믿을 것이 못 된다.
모든 군사들을 하나같이 용감하게 만드는 것이 군정의 길이고,
강하게 버티거나 유연하게 물러나는 것들이 모두 지형의 이치와 맞아떨어진다.
그러므로 용병을 잘하는 사람들은 마치 손으로 이끌어 한 사람을 부리듯 군대를 지휘하는데,
그것은 그렇게 움직이지 않으면 안 되도록 만들기 때문이다.

모든 군사들을 하나같이 용감하게 만드는 것이 군을 다스리는 사람의 길임에는 틀림이 없지만 말처럼 쉽게 되는 일은 아니다. 그래서 손자는 모든 군사가 하나같이 용감하게 싸울 수 있는 방법으로 '그렇게 움직이지 않으면 안 되도록 만들' 것을 제시한다.

삼국시대 때 조조는 남양에 자리 잡은 장수張繡를 토벌하기 위해 양성에서 그를 포위하기에 이르렀다. 그러자 장수는 가까운 형주에 있는 유표劉表에게 원군을 청해 바로 앞뒤에서 조조의 군사를 협공하는 작전으로 전세를 역전시켰다. 고전을 거듭하던 조조는 승리할 수 없음을 깨닫고 하

는 수 없이 철수하기로 마음을 굳혔지만, 앞으로는 유표의 군사들이 길을 가로막고 있고 뒤로는 장수의 군대가 추격해 왔기에 행동에 제약을 받을 수밖에 없었다. 그러나 조조는 조금도 동요하는 기미 없이 도읍에서 집을 지키고 있는 하인에게 다음과 같은 친서를 보내 집안사람들을 안심시키기까지 했다.

"적군의 추격으로 위험에 빠져 있는 것은 사실이나 근심할 것 없다. 반드시 이길 것이다."

조조는 어려운 상황을 어떻게 헤쳐 나갔을까? 그는 아군들을 산속의 좁은 길로 빠져나가도록 하면서 곳곳에 복병을 매복시켜 적군을 유인했다. 그러자 장수는 작은 이로움에 끌려 전군을 동원하여 공격하는 어리석음을 범하고 말았다. 조조는 충분한 거리까지 적을 유인한 다음 기다리고 있던 군사들로 하여금 총공격에 나서게 했다. 그리고 한편으로는 곳곳에 숨어 있던 복병들로 하여금 혼란에 빠진 적군을 기습하도록 명령을 내렸다. 그 결과 적군들은 혼란에서 헤어나지 못하고, 그대로 패주하고 말았다. 도읍으로 돌아온 조조에게 하인이 말했다.

"그 위험한 곳을 용케도 빠져나오셨습니다."

조조가 대답했다.

"적군이 우리가 돌아오는 길을 막아 우리는 사지死地에서 싸우게 되었네. 그래서 나는 반드시 이길 것을 이미 알고 있었지."

사지에 투입되면 누구나 살기 위해서 용감해진다. 용감해지는 만큼 사력을 다한다. '그렇게 움직이지 않으면 안 되도록 만드는' 손자의 병법이 승리를 거둔 것이다.

# 장수가 하는 일을 군사가 모르게 하라

---

將軍之事(장군지사)는 靜以幽(정이유)하고 正以治(정이치)니라.
能愚士卒之耳目(능우사졸지이목)하여 使之無知(사지무지)하고 易其事(역기사)하고 革其謀(혁기모)하되
使人無識(사인무식)하며 易其居(역기거)하고 迂其途(우기도)하되 使人不得慮(사인부득려)니라.

장수의 일은 침착하면서도 깊고 올바르게 다스리는 데 있다.
군사들의 귀와 눈을 어리석게 만들어 그들로 하여금 아는 것이 없도록 해야 한다.
그가 하는 일이 바뀌고 그가 세운 전략이 바뀌어도 다른 사람들은 알 수 없도록 해야 한다.
머물던 곳을 옮기고 가는 길을 우회하더라도 그것을 미처 깨닫지 못하게 해야 한다.

---

노자가 말했다.

"세상일은 풀무와 같다. 풀무는 가만히 있어도 사람들이 그것을 움직인다. 풀무가 빨리 돌리라든가 천천히 돌리라고 요구하는 게 아니라 그저 사람들이 움직이는 대로 따르기만 할 뿐이다."

용병을 잘하는 장수 앞에서 모든 군사는 다만 풀무처럼 따르기만 하면 된다는 것이 손자의 지론이다. 그러기 위해서는 군사들이 군사 기밀에 관한 것을 알게 해서는 안 된다. 기밀 누설 때문이 아니라 군사들의 마음에 이는 동요를 사전에 차단하기 위한 방편이다. 그래서 사람들은 옛날부터 훌륭하게 치러낸 전쟁을 '귀신같이 해치웠다'라든가, '귀신도 모르게 해치웠다'는 말로 승리의 비법은 쉽사리 알리지 않고 승리를 예찬한 것이

다. 풀무를 통하여 내는 바람의 강약은 오로지 장수 한 사람의 의향에 달린 것이고, 모든 군사는 그 바람이 주는 방향과 강약에 따라 움직이기만 하면 된다. 아울러 모든 군사는 왜 갑자기 강했던 바람이 약한 바람으로 바뀌었는지, 아니면 약했던 바람이 갑자기 강한 바람으로 바뀌었는지 그 이유까지 의식할 필요가 없다. 오로지 장수의 지휘와 통솔에 따르기만 하면 전쟁에서 이길 수 있다는 의지와 신념이 중요한 것이다. 러셀은 이렇게 말한다.

"죽음의 참상 속에서 참을 수 없는 고통을 참을 때, 또 사라진 과거를 돌이킬 수 없을 때 거기에 하나의 신성이 있고, 압도하는 외경이 있고, 광대무변한 감정이 있고, 깊이가 있고, 존재의 무한한 신비가 있다."

전장에서의 장수는 병사들에게 하나의 신과도 같다. 그가 모든 병사들의 생사를 책임지기 때문이다. 그의 움직임 하나로 죽음의 계곡으로 뛰어들기도 하고, 삶의 벌판으로 달음질칠 수도 있기 때문이다. 그러나 그가 취하는 행동의 속내를 군사들은 알 턱이 없다. 차라리 모르고 있는 그 속에 승리의 비법이 숨어 있는지도 모른다.

# 위험은 용기를 만들어 내는 모태다

수 여 지 기 여 등 고 이 거 기 제
帥與之期에는 如登高而去其梯니라.

수 여 지 심 입 제 후 지 지 이 발 기 기 분 주 파 부
帥與之深入 諸侯之地하면 而發其機하고 焚舟破釜하니

약 구 군 양 구 이 왕 구 이 래 막 지 소 지
若驅群羊하여 驅而往하고 驅而來하되 莫知所之니라.

취 삼 군 지 중 투 지 어 험 차 위 장 군 지 사 야
聚三軍之衆하여 投之於險이니 此謂將軍之事也니라.

구 지 지 변 굴 신 지 리 인 정 지 리 불 가 불 찰 야
九地之變과 屈伸之理와 人情之利를 不可不察也니라.

장수가 부하들을 이끌고 어떤 목표를 향하여 움직일 때는, 마치 사람을 높은 곳에 올려놓고 사다리를 치우는 것과 같아야 한다. 장수가 부하들을 이끌고 제후들의 땅 깊이 들어갔을 때는, 쇠뇌의 화살을 쏘듯 재빨리 움직이며 진격해야 한다. 부하들을 양 떼를 몰듯 몰고 가기도 하고, 몰고 오기도 하지만 어디로 가는지 알 수 없도록 해야 한다. 삼군의 군사들을 모아 험한 곳으로 몰아넣는 것, 이것이 바로 장수의 일이다. 장수는 여러 가지 지형의 변화와 굽히고 물러서며, 뻗치고 진격하는 이점과 사람들의 감정의 이치를 잘 살펴야 할 것이다.

장자가 말했다.

"천금의 구슬은 반드시 구중九重 못 속의, 그것도 흑룡黑龍의 아래턱에 있다."

전쟁에서 승리처럼 귀중한 것은 반드시 커다란 위험 속에 있으며, 그것을 얻기 위해서는 커다란 위험을 감내해야 한다는 말이다. 위험은 분명 존재하지만 그 위험의 정체는 결코 함부로 모습을 드러내지 않는다. 하물며 전쟁이라는 엄청난 현실 앞에서는 더더욱 그 모습을 드러내지 않는다.

그러나 승리를 차지해야 하는 것이 전쟁이기 때문에 장수는 사용 가능한 방법이라면 어떤 것이라도 동원하기 마련이다.

사람을 높은 곳에 올려놓고 사다리를 치우는 것처럼 군사를 위험한 궁지에 몰아넣는 이유도 거기에 있다. 사활을 걸게 하기 위해서다. 사자에게 영도되는 수사슴 떼는 수사슴에 영도되는 사자 떼보다도 무섭다는 말이 있다. 그만큼 장수의 통솔력이 중요하다는 말이다. 강한 장수 밑에 약한 병사가 있을 수 없고 약한 장수 밑에 강한 병사가 있을 수 없다는 말과 같은 의미이다. 장수는 양 떼를 몰듯 군사들을 이끌면서도 결코 그들의 방향을 적에게 노출시키지 않는다. 그것은 어디까지나 장수가 지닌 장수만의 전략이어야 한다. 장수가 군사들을 위험 지역에 몰아넣는 것도 어디까지나 최후의 승리를 위한 하나의 전술적 포석이기 때문이다.

에프만은 '모든 위험이야말로 모든 위대한 마음의 박차'라고 강조했다. 커다란 위험 앞에 서야 비로소 커다란 용기가 솟아날 수 있기 때문이리라.

# 끊임없는 훈련만이 정예군을 만든다

범 위 객 지 도 심 즉 전 천 즉 산
凡爲客之道는 深則專하고 淺則散이니라.
거 국 월 경 이 사 자 절 지 야 사 달 자 구 지 야
去國越境而師者는 絶地也요, 四達者는 衢地也요,
입 심 자 중 지 야 입 천 자 경 지 야
入深者는 重地也요, 入淺者는 輕地也요,
배 고 전 애 자 위 지 야 무 소 왕 자 사 지 야
背固前隘者는 圍地也요, 無所往者는 死地也니라.

적지에 쳐들어가는 방법으로, 깊숙이 들어가면 군사들의 마음이 한곳에 전념할 수 있지만 얕게 들어가면 군사들의 마음은 분산되기 마련이다. 조국은 떠나 국경을 넘어서 싸우는 곳은 절지이고, 사방으로 통하는 곳은 구지이며, 적지 깊숙이 들어간 것은 중지이다. 적지를 얕게 들어갔으면 경지이고, 견고한 곳을 등지고 좁은 곳을 앞에 두었으면 위지이며, 갈 곳이 따로 없는 것은 사지이다.

이미 '구지편'에서 충분히 이야기한 것들을 손자는 재삼 강조하고 있다. 지형이 전쟁에 미치는 영향이 그만큼 큰 것으로 여겼기 때문이다. 보다 용감한 군대를 만들기 위해서는 끊임없는 훈련이 필요하다. 실전을 방불케 하는 훈련은 모든 군비와 지형을 익히는 것은 물론, 보다 강한 정예군으로 키워 나가는 한 방법이다. 이는 누구에게나 마찬가지다. 자기가 맡은 일을 훌륭하게 해내기 위해서는 자기 자신을 연마하는 데 많은 노력을 해야 한다.

기성자紀省子가 왕을 위해 싸움닭을 키웠다. 열흘이 지나 왕이 물었다.

"닭은 쓸 만하게 되었느냐?"

"아직 안 됐습니다. 제 기운을 믿고 공연히 뽐내기만 합니다."

다시 열흘이 지나 왕이 또 묻자 그가 대답했다.

"아직 안 됐습니다. 아직은 상대를 보면 산울림이 소리에 응하고 형태에 그림자가 따르듯이 덤벼들려 합니다."

다시 열흘이 지나자 왕이 다시 또 물었다.

"아직 멀었습니다. 아직도 상대를 보기만 하면 노려보고 혈기에 끌리는 점이 있습니다."

다시 열흘이 지나 왕이 물었더니 기성자가 대답했다.

"이제는 됐습니다. 다른 닭이 울어도 움직이는 빛이 안 보이고, 먼 데서 바라보면 마치 나무로 조각된 닭과 같습니다. 자연의 덕을 완전히 갖춘 것이 확실합니다. 어떤 닭도 감히 덤비지 못할 것이며, 바라보기만 해도 도망치고 말 것입니다."

이는 『장자』에 나오는 이야기다. 잘 훈련된 군사는 함부로 덤비지 않는다. 잘 훈련된 군사에게는 기성자의 싸움닭처럼 누구도 감히 덤비지 못하고 바라보기만 해도 도망칠 기운이 뻗쳐 있다. 볼렌은 이런 말로 우리를 격려한다.

"내가 하루를 연습하지 않으면 나 자신이 차이를 알고, 이틀을 연습하지 않으면 내 가족들이 알고, 사흘을 연습하지 않으면 친구들이 알고, 일주일을 연습하지 않으면 모든 사람이 알게 된다."

# 단결된 마음으로 이루지 못할 것이 없다

---

散地는 吾將一其志요, 經地는 吾將使之屬이요,

爭地는 吾將趨其後요, 交地는 吾將謹其守요,

衢地는 吾將固其結이요, 重地는 吾將繼其食이요,

圮地는 吾將進其道요, 圍地는 吾將塞其闕이요,

死地는 吾將示之以不活이니라.

故로 兵之情은 圍則禦하고 不得已則鬪하고 過則從이니라.

산지에서는 군사들의 뜻을 통일시켜야 한다.
경지에서는 부대 간의 연락을 긴밀히 해야 하고, 쟁지에서는 우리 부대로 하여금 적의 후방을 공격케 해야 한다.
교지에서는 우리의 수비를 보다 튼튼히 해야 하고, 구지에서는 제삼국과의 관계를 더욱 친밀하게 해야 한다.
중지에서는 현지 조달로 군사들에게 식량 보급이 되도록 하고,
비지에서는 군사들로 하여금 가던 길을 속히 행군하도록 한다. 위지에서는 적들의 빈틈을 막도록 하고,
사지에서는 군사들에게 잘못하면 살 수 없다는 것을 보여주어야 한다. 군사들의 마음은 포위당하게 되면
방어에 전력을 다하며, 어쩔 수가 없으면 용감하게 싸우고 위험이 지나치면 명령을 따르게 된다.

---

손자는 '아홉 가지 지형'에서 적과 대적하는 방법을 한 번 강조함으로써 잊을 수 없게 하고, 한 번 더 강조함으로써 깨우치게 한다. 산지散地에서는 무엇보다도 군사들의 마음이 하나로 통일되어야 하는 것이 급선무다. 물론 이것은 어떤 지형에서도 필수 불가결한 요소이다. 군사들의 마음이 하나로 뭉쳐 있지 않으면, 어떤 경우에도 승리는 장담할 수 없다. 기억해

두어야 할 이야기가 있다.

도응 선사의 절간에 낯선 사람이 찾아왔다. 그는 스님들에게 마치 수수께끼 같은 질문을 했다.

"스님 우리 집에 큰 솥이 하나 있습니다. 그런데 떡을 찌면 세 명이 먹기에는 턱없이 부족하지만 천 명이 먹으려면 먹고도 남습니다. 이것이 도대체 무슨 영문입니까?"

스님들은 서로의 얼굴만 멀거니 바라볼 뿐 아무도 대답을 하지 못했다. 그러자 도응 선사가 말했다.

"그야 세 명이 다투면 부족하고 천 명이 사양하면 남을 수밖에."

다투면 세 명도 먹을 수 없이 부족하지만, 다투지 않으면 천 명이 먹어도 남는다. 합쳐진 마음으로 이루지 못할 것은 없다. 반대로 흩어진 마음으로는 아무것도 이룰 수 없다. 그것이 쟁지爭地든 구지衢地든, 아니면 사지死地든 단결된 마음이 아니면 어떤 위험도 헤쳐 나갈 수 없다. 니체는 이렇게 말했다.

"삶의 최대의 환희를 수확하는 비결, 그것은 바로 위험 속에 사는 것이다."

# 지형을 모르면 행군할 수 없다

---

不知諸侯之謀者는 不能預交라.
不知山林險阻沮澤之形者는 不能行軍이라.
不用鄕導者는 不能得地利라.
四五者에 不知一이면 非霸王之兵也니라.

여러 제후들의 계책을 알지 못하는 사람은 미리 적절한 외교를 맺을 수 없다.
산과 숲과 험난한 곳, 그리고 늪과 못의 지형을 모르는 사람은 제대로 행군할 수 없다.
길을 잘 아는 길잡이를 쓰지 않는 사람은 지형의 이점을 응용할 수 없다.
이 아홉 가지 지형 중에서 한 가지라도 모르는 게 있으면 패왕(霸王)의 군대가 될 수 없다.

---

손자는 지형의 중요성을 또다시 강조한다. 산림지대나 험난한 곳, 늪과 못 등의 위험한 지형을 모르고서는 군대를 행군시킬 수 없고, 길잡이를 쓰지 않고는 지형의 이점을 알 수 없기 때문이다.

'바닷가 개는 호랑이 무서운 줄 모른다'는 속담이 있다. 바닷가 개는 호랑이를 모르기 때문에 무서워하지 않는다는 것으로, 아무리 무서운 것이라도 그에 대해 아는 것이 없으면 무서운 줄도 모른다는 뜻이다. 무엇이든 직접 겪어 보아야 알 수 있으며, 사람도 잘 알기 위해서는 실제로 사귀어 보아야 한다. 그래서 체험은 귀중하다. 체험은 자기 자신을 믿게 하고 체험한 만큼 자기 자신을 당당하게 한다.

# 누가 패자霸者가 될 것인가

---

부패왕지병 벌대국 즉기중 부득취
夫霸王之兵은 伐大國하면 則其衆이 不得聚요,

위가어적 즉기교부득합 시고 부쟁천하지교
威加於敵이면 則其交不得合이니라. 是故로 不爭天下之交하고

부양천하지권 신기지사 위가어적
不養天下之權하며 信己之私하여 威加於敵이니라.

고 기성가발 기국 가타야
故로 其城可拔이요 其國 可墮也니라.

패왕의 군대라 함은 자기보다 큰 나라를 침으로써 곧 그 나라 군사들이 모여들지 못하고, 적에게 위압을 가함으로써 그들과 외교 관계를 맺을 수 없도록 한다. 그러므로 천하의 외교를 맺기 위해 다투지 않고, 천하의 권력을 빼앗으려 하지 않는다. 자기의 개인적인 능력으로 적에게 위압을 가하는 것이다. 그러므로 그들이 공격하는 성은 함락될 것이며 그들이 공격하는 나라는 정복당할 것이다.

---

'패왕霸王'이란 곧 정복자를 일컫는다. 무력으로 세상을 제패한 왕을 지칭한다. '왕도王道'란 덕을 바탕으로 해서 온 세상을 평화롭게 만드는 이상 정치를 뜻하는 것이고, '패도霸道'란 무력으로 세상을 제압하고 다스림을 말한다. 패왕의 군대란 용맹스럽고 무장이 잘된 군대이다. 그들은 자기보다 큰 나라를 공격하여 제패함으로써 적국에 병력을 집결할 수 있는 여유를 주지 않는다. 침공해야 할 나라의 모든 정세를 미리 파악하고 지형을 살펴 모든 준비를 완료한 후에 침공하기 때문이다. 또 위력을 크게 발휘함으로써 적군의 나라와 외교적 관계를 맺고 있던 나라들도 그 나라를 도울 수 없게 만든다. 누가 그토록 위세 넘치는 패왕의 군대에게 등을 돌리면서까지 이미 무너져 가는 나라를 돕겠는가. 패왕의 전투력을 가진 사람

은 가만히 있어도 이웃 나라들이 스스로 도움을 준다. 외교 관계를 갖기 위해 애쓸 필요가 없다.

손자도 '싸우지 않고 적의 군대를 굴복시키는 것이 가장 훌륭한 용병' 이라고 말했지만 패왕의 군대는 그 위력만으로도 능히 그럴 수 있다. 가까운 예로 제1차 세계대전 때, 이탈리아는 원래 독일, 오스트리아와 함께 삼국동맹을 맺고 있었다. 그러나 전쟁이 발발하자 미국과 영국, 프랑스 연합군의 위력에 눌려 동맹국을 돕기는커녕 오히려 연합군 측에 가담해 버렸다.

세상을 살다 보면 그런 경우를 너무나도 많이 마주친다. 가까웠던 친구 사이에서도 그런 일이 있는가 하면 정치, 경제, 사회 모든 면에서 수시로 일어나고 있다. 세상은 누가 패자霸者가 되느냐에 관심이 쏠려 있다. 그리하여 새로운 패자와 가까이하기 위해 모든 방법을 동원한다. 그것이 사람이 살아가는 세상의 참모습이다. 나폴레옹은 이런 말을 했다.

"나의 권력은 나의 명예에서 비롯되고, 명예는 내가 가져온 전쟁의 승리에서 비롯된다. 정복이 우리들의 현재를 만들고, 정복만이 우리들을 유지시켜 준다."

# 군사를 상으로써 움직이게 하라

施無法之賞하고 懸無政之令이면
犯三軍之衆을 若使一人이니라.
犯之以事하고 勿告以言하며 犯之以利하고 勿告以害니라.

법에도 없는 상을 내리고 군정에도 없는 명령을 내걸며, 삼군의 군사들을 마치 한 사람 부리듯 한다.
군사들을 말이 아닌 일로써 움직이게 할 것이며,
이로움으로써 움직이게 해야지 해로움으로 하지 말아야 한다.

전장에서는 장수가 곧 법이다. 그는 모든 병력을 지휘 통솔할 뿐만 아니라 전쟁의 최후 목적인 승리가 장수의 전략 전술에 달려 있기 때문이다. 군사들의 사기를 앙양하기 위해서 장수는 필요에 따라 얼마든지 상賞을 만들 수 있다. 장수가 군사들에게 평소에는 있을 수 없는 명령을 내릴 때는, 군사들에게 막중한 책임을 지게 함으로써 자신의 위치를 깨닫게 하기 위해서이다. 그리하여 군사들에게 소속감을 안겨 주고, 일사불란한 복종을 이끌어 낼 수 있다. 병사들은 장수의 마음에 들기 위해 최선의 노력을 쏟는다. 장수의 관심을 끌기 위해서다. 어느 날 무심결에 잡아 준 장수의 손길이 한 병사에게는 평생토록 잊을 수 없는 영광으로 남을 수도 있다.

전국시대 조나라의 황족으로, 재상을 지냈던 평원군平原君은 수천 명이 넘는 식객을 거느렸다. 강국이었던 진나라가 조나라를 치고 들어오자, 평원군은 사신으로 뽑혀 초나라로 구원을 청하러 가게 되었다. 그는 식객 중에 글과 무술이 뛰어난 사람 이십 명을 뽑아 데리고 가기로 했다. 열아홉 명은 무리 없이 정해졌는데 나머지 한 사람을 고르지 못해 고민하자 모수毛遂라는 사내가 스스로 따라가겠노라고 나섰다. 평원군이 물었다.

"쓸 만한 인물이란, 마치 송곳이 자루 속에 들어 있는 것과 같아서 곧 그 끝이 나타나는 법이다. 자네는 우리 집에 삼 년이나 있었는데 여태까지 아무런 평에도 오르지 못하지 않았나?"

"그것은 저를 자루 속에 넣어 주시지 않았기 때문입니다. 저를 넣어만 주신다면 끝이 나오는 것은 물론 통째로 튀어나올 것입니다."

모수의 패기가 마음에 들었던 평원군은 그와 함께 떠났고 실제로 모수는 외교상 큰 업적을 세웠다.

튀는 자는 이끌어 주어야 한다. 법에도 없는 상을 만들어 주거나, 있을 수도 없는 명령을 내리거나, 무슨 방법을 써서라도 튀는 그 마음을 채워 주어야 한다. 그것이 군사를 이로움으로써 움직이게 하는 것이다.

# 사지에 빠진 후에야 비로소 힘껏 싸운다

투지망지연후 존 함지사지연후 생
投之亡地然後에 存하고 陷之死地然後에 生이라.

부중함어해연후 능위승패
夫衆陷於害然後에 能爲勝敗니라.

고 위병지사 재어순상적지의
故로 爲兵之事는 在於順詳敵之意하여

병적일향 천리살장 차위교능성사자야
幷敵一向이면 千里殺將이니 此謂巧能成事者也니라.

군사들은 멸망할 처지에 몰려서야 용감하게 싸우고,
사지에 빠진 후에야 힘껏 싸워서 살아나며, 불리한 위험에 빠진 후에야 승패를 걸고 싸운다.
그러므로 전쟁의 일이란 적의 뜻을 좇으면서 자세히 파악하는 데에 있다.
적을 한 방향으로 몰아넣으면 천 리 밖의 장수도 죽일 수 있다. 이것을 일컬어 일을 교묘히 이루는 것이라고 말한다.

---

한신韓信이 한나라 고조의 명을 받들어 조나라를 침공했을 때, 그가 이끌고 간 군대는 일만에 가까운 대군이었다. 그러나 적군은 견고한 성의 안팎으로 물샐틈없는 방비 태세를 갖추고 있었으며, 요충지마다 정예군으로 수비케 하며 기다리고 있었다. 한신은 총공세를 취하기 바로 전날 밤 몸이 빠른 기병 이천을 따로 선발하여 한나라의 깃발인 붉은색 기를 하나씩 나누어 주면서 말했다.

"내일 싸움에서는 위장으로 패주하는 작전을 쓰겠다. 우리가 도망치는 모습을 보이면 그들은 추격해 올 것이다. 그때를 틈타 너희들은 새처럼 성을 점령하고 이 깃발을 꽂도록 하라."

그날 밤 기병대는 적진의 성 부근까지 가서 매복했고 나머지 팔천의 군사들도 이동하여 성 앞에 흐르는 강을 등지고 배수진을 쳤다. 날이 밝자 조나라 군사들은 강을 등지고 배수진을 친 한나라 군사를 보며 어이없다는 듯 기세를 올렸다. 이윽고 한신은 일부 군사만을 이끌고 적진을 향해 공격해 들어갔다. 그리고 얼마의 시간이 지나자 군사들을 이끌고 본진을 향하여 도망치기 시작했다. 그러자 조나라 군사들은 기다리고 있었던 것처럼 추격을 시작하여 마침내 성을 모두 비운 채 추격에 나섰다. 이때 강을 등지고 있던 한신의 군사들은 후퇴를 하고 싶어도 후퇴할 수 없었기 때문에 사력을 다해 적군과 맞섰다. 더 이상 앞으로 나갈 수 없게 된 조나라 군사들은 성으로 돌아가기 위해 말머리를 돌렸으나, 성은 이미 한나라의 기병에 의해 점령당한 후였다. 성루에는 낯선 붉은 깃발만이 불길처럼 펄럭이고 있었다. 그리고 한신의 군대가 밀물처럼 밀어닥치면서 순식간에 조나라의 대군을 격파시켰다. 싸움이 끝나자 참모 한 사람이 한신에게 물었다.

"배수진을 치고 싸우는 것은 도대체 어떤 전술입니까?"

"병법에도 병사들이 사지死地에 빠진 후에야 비로소 힘껏 싸운다는 말이 있지 않은가. 이것이 바로 배수진일세. 어차피 우리 군사들은 약세였기 때문에 사지가 아니었다면 벌써 흩어졌을 것이 분명하네. 그래서 사지로 몰아넣었던 것뿐일세."

죽음이라는 공포 앞에서 살기를 바라지 않는 사람은 없다. 살기 위하여, 살아남기 위하여 쏟아붓는 힘은 이미 인간의 능력을 초월한다. 그것은 어쩌면 영혼의 몸짓인지도 모른다. 손자는 '이것을 일컬어 일을 교묘히 이루는 것'이라고 말하고 있다.

# 적의 정세에 따라 움직여라

政擧之日에 夷關折符하고 無通其使하며

勵於廊廟之上하여 以誅其事라.

敵人開闔이면 必亟入之하여 先其所愛하고

微與之期하고 踐墨隨敵하여 以決戰事니라.

전쟁을 일으키기로 작정한 날은 국경의 관문을 모두 폐쇄하고 모든 통행증을 파기하며 적국의 사신들을 통과시키지 말아야 한다. 묘당에서는 조정회의를 열고 대신들이 맡아 할 일을 분담시킨다. 적국에서 관문을 열면 재빨리 사람들을 들여보낸다. 그리고 먼저 그들이 아끼는 것들을 빼앗고는 그들에게 빈틈을 보여 주며 적의 정세에 따라 전투할 일을 결정지어야 한다.

어떤 나라라도 전쟁을 일으키기 전에 먼저 선전포고를 한다. 그것은 전쟁의 예의이다. 선전포고를 한 직후부터는 첩자 등을 사전에 봉쇄하기 위해 모든 국경의 출입을 막는 것이 하나의 통례처럼 되어 있다. 반대로 적국으로는 가능한 많은 첩자를 들여보내야 한다. 그러면서 적에게는 아군의 허점을 슬쩍 흘리는데 이것은 적국을 교란시키는 데에 목적이 있지만, 허점을 보이지 않으면 적국이 공격보다 수비 태세를 더욱 확고히 하기 때문이다. 적의 강한 수비는 그만큼 아군의 공격을 힘들게 한다. 그래서 첩자의 역할이 중요하다. 첩자들이 가져온 정보에 따라서, 적군의 진퇴 상황에 따라서 승패를 결정지을 수 있는 결전의 날을 택하는 것이다.

# 적을 가볍게 여기는 것보다 더 큰 화는 없다

시여처녀 적인개호 후여탈토 적불금거

始如處女하야 敵人開戶에 後如脫兎하야 敵不及拒니라.

처음에는 처녀처럼 얌전하다가 적군이 문을 연 다음에는 덫에서 풀린 토끼처럼
적군이 미처 항거할 겨를마저 없게 해야 한다.

---

서기 284년, 제나라는 연나라 장수 악의樂毅의 공격으로 겨우 거筥와 즉묵卽墨 두 성만을 간신히 지키고 있었다. 이때 전단은 첩자를 이용하여 유언비어로 연나라 내부를 이간시키면서, 한편으로는 백성들의 증오심을 활용하여 연나라군을 패주시킨 일이 있었다. 사마천은 전단의 용병술을 칭찬하여 이렇게 말했다.

"전쟁이란 정공법으로 적과 상대하고, 기책奇策으로 승리를 거두는 것이다. 따라서 전쟁을 잘하는 장수는 기묘한 전략으로, 정공법과 기공법을 엮어서 싸운다. 처음에는 수줍은 처녀와 같이 행동하여 적의 방심을 유인하고, 나중에는 덫에서 벗어난 토끼와 같이 습격하여 적으로 하여금 수비할 여유를 주지 않았다. 전단이야말로 바로 이러한 장수였다."

적에게 허를 만들어 주고 바로 그 허를 치고 들어간 것이다. 노자는 이렇게 말했다.

"적을 가볍게 여기는 것보다 더 큰 화는 없다."

## 제12장

# 화공편
火攻篇

# 불로 공격하기 위해서는 바람을 타야 한다

화공火攻, 즉 불로 공격하는 데는 반드시 이유가 있어야 하며 불을 붙이는 재료는 반드시 미리 준비해야 한다. 불을 일으키는 데는 적당한 때와 날아 있다. 적당한 때란 건조한 날씨를 말하고, 적절한 날이란 달이 기성, 벽성, 익성, 진성의 사수 안에 있는 날이다. 이 사수들은 바람이 일어날 날을 가리킨다.

# 불은 모든 전쟁에 없어서는 안 될 무기다

---

손 자 왈 범 화 공 유 오 일 왈 화 인
孫子曰 凡火攻有五하니 一曰火人이요,

이 왈 화 적 삼 왈 화 치 사 왈 화 고 오 왈 화 대
二曰火積이요, 三曰火輜요, 四曰火庫요, 五曰火隊니라.

손자가 말했다. 불에 의한 공격에는 다섯 가지가 있다.
첫째로 적의 병사를 불태우는 것이고, 둘째로 적이 적재해 놓은 양곡과 말먹이를 불태우는 것이며,
셋째로 적의 수송 물자를 불태우는 것이다. 또 넷째로 적의 창고를 불 지르는 것이고,
다섯째로 적의 대열을 불로 공격하는 것이다.

---

불은 전쟁에 없어서는 안 될 무기다. 불은 인류의 평화와 번영에도 꼭 필요한 것이지만 전쟁에서도 역시 마찬가지이다. 현대전은 오히려 더더욱 불에 의존하고 있다. 총탄을 비롯한 모든 폭발물은 결과적으로 불을 일으키는 촉매제로 쓰이기 때문이다. 불세례를 받은 전쟁터는 비참하기 그지없다. 한마디로 말해서 아비규환의 참상이다. 박경리는 『시장과 전장』에서 이렇게 표현하고 있다.

"불기둥을 올리며 트럭이 불타고 있었다. 전투기가 날아 내리고 날아 올라간다. 트럭뿐만 아니고 온 숲이 불바다로 변한다. 다리 없고, 팔 없고, 얼굴 없는 부상병들이 춤을 춘다. 벌렁벌렁 춤을 춘다. 팽이처럼 팽팽 돌아간다. 주홍의 불길과 초록빛 군복이 어우러져서 한꺼번에 돈다. 금가루가 하늘 가득히 뿌려진다. 마구 뿌려지고 나무가 쓰러진다. 술 취한 것처

럼 자꾸만 쓰러진다."

삼국시대 때, 오나라 손권의 장수인 주유周瑜가 적벽 근처에서 위나라 조조의 대군을 불로 공격한 이야기는 너무나 유명하다.

조조의 군사들은 수십 척의 군함에 나누어 타고, 의기양양한 모습으로 장강을 내려오고 있었다. 이때 주유는 적벽의 남쪽 기슭에 진을 치고 있다가 수십 척의 전함에 기름 먹인 나뭇잎을 가득 실어 장막으로 가려 놓고 항복을 위장하며 조조의 군함 가까이 다가갔다. 조조는 전쟁의 승리에 도취해 휘하의 장수들과 함께 술잔을 기울이며 시를 읊고 있었기에, 위험의 낌새를 전혀 눈치 채지 못했다. 조조의 군함 가까이로 다가간 오나라 군사들은 방심하고 있는 적에게 갑자기 불길을 내뿜으며 총공격을 시작했다. 때마침 불어오는 거센 바람을 타고 불을 뿜는 수십 척의 배들은 조조의 군함들을 덮어씌울 것처럼 몰려들었다. 조조의 군사들은 꼼짝할 틈도 없이 불길에 휩싸였고, 조조는 겨우 몸만 빼돌려 패잔병 무리들과 함께 도망쳐 돌아갔다.

아우구스티누스는 이렇게 말했다.

"작은 모래알이라도 쌓으면 배를 가라앉힌다."

방심은 언제나 자기 속에 있다. 스스로 다스리지 않으면 자기 자신마저도 삼켜 버린다.

# 불로 공격하기 위해서는 바람을 타야 한다

行火는 必有因이요 煙火는 必素具니라.
發火有時요 起火有日이니 時者는 天之燥也요,
日者는 月在箕壁翼軫也라. 凡此四宿者는 風起之日也니라.

불로 공격하는 데는 반드시 이유가 있어야 하며, 불을 붙이는 재료는 반드시 미리 준비해야 한다.
불을 일으키는 데는 적당한 때가 있고, 불을 지르는 데에도 적절한 날이 있다.
적당한 때란 건조한 날씨를 말하고, 적절한 날이란 달이 기성, 벽성, 익성, 진성의 사수 안에 있는 날이다.
이 사수들은 바람이 일어날 날을 가리킨다.

화공火攻, 즉 불에 의한 공격을 할 때는 여러 가지 요건이 맞아떨어져야 한다. 우선 아군에게 유리한 지형이어야 하고 바람이 아군에게 유리한 방향으로 불어야 한다. 그것이 화공의 승패를 좌우한다. 뿐만 아니라 화공에 쓰일 갖가지 재료들은 평상시부터 미리 준비되어 있어야 한다. 건조한 날씨를 택해야 하는 것은 기본적인 상식이다. 또한 바람의 방향을 잘 이용해야 하는데, 아군이 있는 쪽에서부터 바람이 불 때를 놓쳐서는 안 된다. 옛날에는 달이 기箕, 벽壁, 익翼, 진軫의 네 별자리 방향에 있을 때 바람이 일어나는 것으로 알았다. 그래서 그날을 화공하기에 가장 적절한 날로 꼽는다.

전국시대 때 제나라는 연나라의 침략으로 거와 즉묵, 두 성만을 간신히 남긴 채 버티고 있었다. 나라의 운명이 풍전등화와도 같은 상황이었다. 이때 즉묵성을 지키던 장수 전단田單이 그야말로 기발한 화공법을 개발하여 연나라에 빼앗겼던 칠십 개의 성을 되찾은 일화가 있다. 그는 성 안에 있던 소 천여 마리를 모두 모은 다음 소의 두 뿔에 날카로운 칼을 부착시켰다. 그리고 소의 꼬리에는 기름에 적신 갈대를 매달고, 거기에 불을 붙여 어두운 밤을 이용해 성 밖으로 소들을 몰아냈다. 그런 다음에는 힘센 장사 오천여 명이 그 뒤를 쫓으면서 소 떼를 몰게 했다. 칼로 무장한 소 떼들은 꼬리에는 불을 붙인 채 미친 듯이 연나라 군중 속으로 뛰어들었다. 소 떼들은 닥치는 대로 사람들을 들이받았을 뿐만 아니라 곳곳이 불길로 뒤덮여 버렸다. 결국 연나라 군사들은 제대로 싸워보지도 못한 채 많은 사상자를 내며 패주할 수밖에 없었다.

옛 속담에 '불은 좋은 종과 동시에 나쁜 주인'이란 말이 있다. 불은 인간에게 꼭 필요한 것이지만, 불이 주인이 되면 많은 사람을 불행에 빠뜨린다는 말이다. 전쟁이 평화를 위해서 필요한 것처럼 불 또한 평화를 위한 전쟁이라면 어쩔 수 없이 사용해야 한다. 그러나 역시 불은 인간의 이기利器로만 사용될 때 아름답다.

# 불의 변화에 따라 대응하라

---

凡火攻은 必因五火之變하여 而應之니라.

火發於內하면 則早應之於外하고 火發兵靜者면 待而 勿攻하고

極其火力하여 可從而從止하고 不可從而止하니라.

火可發於外면 無待於內하고 以時 發之하며

火發上風이면 無功下風하고 晝風久면 夜風止니라.

凡軍은 必知五火之變하여 以數守 之니라.

불로 공격하는 데는 반드시 다음 다섯 가지 불의 변화에 따라 대응해야 한다.
불이 적진 안에서 일어나면 밖에서도 재빨리 호응하여 공격하며,
불이 붙었는데도 적군이 조용하면 공격하지 말고 기다려야 한다.
그 불길이 맹렬하게 타들어 가면 공격할 수 있을 때 공격하고, 공격할 수 없을 때는 멈추어야 한다.
불을 밖으로부터 붙일 수 있다면 성 안에서 불이 일어나기를 기다릴 것 없이
제때에 불을 질러야 하며, 그 변화에 따라 호응해야 한다.
불을 바람 부는 쪽에서 일으켰다면 바람을 받는 아래쪽에서는 공격해선 안 된다.
낮에 바람이 오래 불었다면 밤에는 멎는다. 군사들은 반드시 이상 다섯 가지 불에 따른 변화를
숙지한 후 여러 가지 계략으로 수비해야 한다.

---

불에 의한 공격은 불길이 보여 주는 위험성 때문에 적의 반응을 즉각적으로 관찰할 수 있는 특징을 가지고 있다. 시각을 다투는 긴박함이 그 불길과 함께 커질 뿐만 아니라, 불길에 놀란 군사들의 행동은 걷잡을 수 없을 만큼 산만해지기 때문이다. 그래서 손자는 불에 의한 공격일수록 적의 반응을 보다 세밀하게 관찰하라고 권한다.

첫째, 적의 진지 내부에서 불을 일으켰다면 외부에 있는 아군들이 재빨리 이에 호응해서 공격해 들어가야 한다. 그러면 안으로부터의 불길에 놀란 적군들은 외부의 공격에 또 한 번 놀라게 되어 극도의 혼란 상태에 빠진다.

둘째, 만약 적의 진영에 불길이 타오르는데도 동요 없이 잠잠하다면, 아군 역시 침착하게 적의 동향을 관찰해야 한다. 불길 속에서도 동요하지 않는다면 틀림없이 어떤 계략이 숨어 있기 때문이다.

셋째, 불길이 걷잡을 수 없을 정도로 맹렬하다면 빨리 결단을 내려야 한다. 불길이 가장 맹렬할 때가 화공법적인 측면에서 볼 때 효과가 가장 높기 때문이다. 그러나 아무리 불길이 맹렬하더라도 공격하기에는 불리하다는 판단이 서면 즉각 공격을 멈추어야 한다.

넷째, 바깥에서 불을 일으킬 수 있다면 굳이 적의 진지 안에서 불을 일으킬 때까지 기다릴 필요가 없다. 적당한 때에 불을 지른 다음 적군의 동향에 따라 적절히 대응해야 한다.

다섯째, 불을 일으킨 다음에는 바람이 부는 반대편에서 공격하지 않는다. 그런 경우 불길과 연기는 바로 아군을 덮칠 위험이 크다. 바람의 방향은 수시로 바뀐다. 언제나 같은 방향으로 불지 않는다. 그렇기 때문에 지극히 지혜롭게 바람의 방향을 잡아야 한다.

화공법에서 바람은 마치 원군을 얻은 것과도 같다. 그 맹렬한 기세를 사람으로서는 도저히 따라잡을 수 없다. 적절한 때에 불을 일으켜 놓기만 하면 바람은 스스로 그 불길을 몰고 전쟁을 수행해 주기 때문이다.

# 물은 두절시킬 수는 있어도 탈취할 수는 없다

---

이화좌공자 명 이수좌공자 강
以火佐攻者는 明하고 以水佐攻者는 强이니라.

수가이절 불가이탈
水可以絶이나 不可以奪이니라.

불로 공격을 돕는 사람은 명석해야 하고, 물로 공격을 돕는 사람은 강인해야 한다.
물은 두절시킬 수는 있어도 탈취할 수는 없다.

---

불로 공격하는 화공법이 있는가 하면 물로 공격하는 수공법도 있다. 이 두 가지는 마치 형제처럼 전쟁을 수행하는 데 있어 나름대로의 이점을 가지고 있다. 화공에는 필수적으로 지형상의 이점을 따져야 하며 바람의 방향을 살펴야 하고, 건조한 날씨를 선택해야 한다. 뿐만 아니라 여러 가지 도구도 반드시 구비되어 있어야 한다. 그렇기 때문에 손자는 '불로 공격을 돕는 사람은 명석해야 한다'고 말하는 것이다. 그 번거로운 조건들을 톱니바퀴 돌아가듯 알맞게 이용할 줄 알아야 하기 때문이다. 그런 반면에 '물로 공격을 돕는 사람은 강인해야 한다'고 말한다. 그것은 물길을 막기도 하고 트기도 하는가 하면, 또 막은 물을 적군의 진영에까지 흘러들 수 있게도 해야 하는데 그러려면 강한 힘과 참을성 있는 인내가 필요하기 때문이다. 손자는 '물은 두절시킬 수는 있어도 탈취할 수는 없다'고 말한다. 물에 의한 공격은 적의 보급로나 연락망을 두절시킬 정도이지 적의 재물

이나 군사들의 생명을 빼앗기는 어렵다는 것이다.

'불난 끝은 있어도 물난 끝은 없다'는 속담이 있다. 집에 불이 나면 무언가 하나쯤은 꺼낼 수 있고, 하다못해 타다 남은 자리에 나무토막이라도 남지만 수재를 당하면 아무것도 남지 않는다는 말이다.

화공과 수공은 난형난제難兄難弟와도 같다. 사람에게 물과 불이 똑같이 필요한 것처럼 전쟁에서도 빼놓을 수 없는 무기이다. 불을 쓸 것인가, 물을 쓸 것인가의 문제는 오직 장수의 몫이다. 장수만이 물과 불을 선택할 권리가 있다. 폴리비오스가 말했다.

"승리할 수 있는 방법을 아는 사람들은 승리를 적절하게 사용할 줄 아는 사람들보다 훨씬 더 많다"

# 전쟁에서 이겼으면 그 공을 나누어 주라

부전승공취 이불수기공자 흉 명왈비류
夫戰勝攻取라도 而不修其功者는 凶하니 命曰費留니라.

고 왈 명주 여지 양장 수지
故로 曰 明主는 慮之하고 良將은 修之니라.

전쟁에서 이기고 공격에 성공하고도 그 공을 닦지 않는 자에게는 좋지 않은 결과가 올 것이다.
그것을 '비류'라 한다. 그러므로 현명한 군주는 그것을 잘 생각하고 훌륭한 장수는 그것을 잘 닦는다.

비류費留란 국가의 경비를 낭비하고 군사들의 시체를 전쟁터에 그대로 남겨두는 자를 뜻한다. 다시 말해서 전쟁에서 승리하는 것만을 귀하게 여기고 전쟁에서 고생한 부하들의 생각은 조금도 하지 않는 비정한 장수나 군주를 지칭해서 하는 말이다.

전쟁에서 이겼다면 반드시 적의 성을 점령하거나 적의 재물을 탈취했을 것이다. 그럼에도 전쟁에서 수고한 군사들에게 한 점의 논공행상論功行賞도 없다면 누가 다시 전쟁터에 나가 용감하게 싸우려 들겠는가?

조조는 비류를 '물의 흐름이 되돌아오지 않는 것과 같다'라고 풀이한다. 한 번 흘러간 물이 영원히 되돌아오지 않는 것처럼 비류한 장수나 군주를 한 번 겪어 본 군사는 두 번 다시 그 장수나 군주를 위하여 전쟁터에 나가지 않을 것이란 뜻이다.

『이솝우화』에 이런 이야기가 있다.

사자, 나귀, 여우가 한패가 되어 사냥을 나섰다. 사냥이 끝나고 엄청난 양의 사냥감이 쌓이자 사자는 나귀에게 그것을 삼등분으로 갈라놓으라고 일렀다. 나귀는 사냥감을 똑같이 세 몫으로 나누고 사자에게 하나를 고르라고 말했다. 그러자 화가 난 사자는 나귀에게 덤벼들어 단숨에 잡아먹고 말았다. 그러고 나서 이번에는 여우에게 가르라고 일렀다. 여우는 전부를 한데 모아 쌓아 놓고 변변치 않은 서너 점을 제 몫으로 남긴 채 사자에게 고르라고 말했다. 그러자 사자는 이렇게 나누어 갖는 법을 누가 가르쳐 주었냐고 물었다. 여우가 대답했다.

"나귀에게 일어난 일에서 배웠지요."

두 번 다시 여우는 사자와 함께 사냥을 나서지 않을 것이다. 사자를 믿을 수 없기 때문이다. 오자吳子는 이렇게 말했다.

"싸움에서 이기기는 쉽지만 승리를 지키기는 어렵다."

부하들의 신뢰를 잃은 장수나 군주는 외톨이가 된다. 군사들은 그들대로 전쟁에 대한 의욕을 잃어버린다. 이런 군대는 한두 번의 승리는 있을 수 있어도 결국은 패하고 만다. 한 번 흘러간 물이 되돌아올 수 없는 것처럼 승리도 영원히 흘러가 버리고 마는 것이다.

# 이익이 없으면 움직이지 않는다

비리부동 비득불용 비위부전
非利不動하고 非得不用하며 非危不戰이니라.

이익이 없으면 움직이지 않고, 소득이 없으면 용병하지 않으며, 위태롭지 않으면 싸우려 들지 않는다.

아우렐리우스는 그의 『명상록』에 이렇게 썼다.

"목적 없이 행동하지 마라. 처세의 훌륭하고 놀라운 원칙이 명령하는 것 이외의 행위는 하지 마라."

모든 사람은 인생을 살아가는 나름대로의 목적이 있다. 그러나 그 목적이 높고 뚜렷한 사람이 있는가 하면 그렇지 않은 사람도 있다. 목적하는 바의 높낮이가 다르더라도 대개의 사람들은 이익이 없으면 움직이지 않는다. 한 나라의 경우도 마찬가지다. 나라에 경제적으로나 정치적으로 확실한 이익이 보장되지 않는다면 군대를 동원시킬 이유가 없다. 전쟁에 아무런 소득도 없다면 용병할 필요가 없고, 나라가 위태롭지 않다면 구태여 싸울 필요가 없다.

맹자의 제자 팽경彭更이 물었다.

"목수나 수레 만드는 사람이 일하는 목적은 먹거리를 벌어들이는 데에 있습니다. 그런데 군자가 도덕을 닦고 인도仁道를 실천하는 것의 목적 역시 먹거리를 얻는 데에 있습니까?"

맹자가 대답했다.

"너는 어째서 목적을 따지느냐? 그들이 너를 위해 일했을 때 그 대가로 먹거리를 줄 만하면 주는 것뿐이다. 너는 그 사람의 목적을 보고 먹을 것을 주느냐, 아니면 일의 대가로 먹을 것을 주느냐?"

팽경이 대답했다.

"목적을 보고 먹을 것을 줍니다."

다시 맹자가 말했다.

"그렇다면 여기에 한 일꾼이 있다. 지붕을 잇게 하면 기와를 깨고, 벽을 바르게 하면 흠을 만들어 놓는다. 그자도 먹거리를 구하려고 일하는 것이라면 너는 먹을 것을 주겠느냐?"

"줄 수 없습니다."

"그것은 목적을 보고 먹을 것을 주는 것이 아니라 일의 대가로서 주는 것이 아니냐?"

이것은 전쟁을 하는 군사들에게도, 기업에서 일하는 직장인들에게도 마찬가지이다. 취적비취어取適非取魚라는 말이 있다. 낚시는 즐거움을 취하려는 것이 목적이지, 고기를 얻기 위한 것이 아니라는 뜻이다. 그러면서도 사람들은 고기를 잊지 않고 챙긴다. 그대는 어느 쪽인가?

# 분노 때문에 전쟁을 일으키지 마라

주불가이노이흥사 장불가이온이치전
主不可以怒而興師하고 將不可以慍而致戰하니

합어리이동 불합어리이지
合於利而動하고 不合於利而止니라.

노가이부희 온가이부열
怒可以復喜하고 慍可以復悅이나

망국 불가이부존 사자 불가이부생
亡國은 不可以復存하고 死者는 不可以復生이니라.

고 명주 신지 양장 경지 차 안국전군지도야
故로 明主는 愼之하고 良將은 警之하나니 此는 安國全軍之道也니라.

무릇 군주는 분노 때문에 전쟁을 일으켜서는 안 되며, 장수는 홧김에 전쟁을 해서는 안 된다.
이익에 맞으면 움직이고 이익에 맞지 않으면 그만두어야 한다.
노여움은 기쁨으로 바뀔 수 있고 화났던 일도 즐거움으로 바뀔 수 있지만,
망한 나라는 다시 존속할 수 없으며 죽은 사람을 되살릴 수 없다.
그러므로 현명한 군주는 전쟁을 삼가고 훌륭한 장수는 전쟁을 항상 경계해야 한다.
이것이 나라를 안정시키고 군대를 온전케 하는 도리이다.

애자艾子가 연나라에 사신으로 갔을 때 연나라 왕이 그에게 하소연했다.

"우리나라는 약소국이오. 그런데 저토록 강한 진나라는 하루가 멀다 하고 침략하여 재물을 빼앗아 가고 있습니다. 죽을힘을 다하여 싸워도 막을 수가 없으니 이를 어쩌면 좋겠습니까?"

애자가 대답했다.

"옛적에 용왕이 있었는데 그 용왕이 어느 날 바닷가를 산책하다가 개구

리 한 마리를 만났더랍니다. 그때 개구리가 용왕에게 물었습니다. '용왕님의 거처는 어떤 모습입니까?' 그러자 용왕이 대답했습니다. '나는 구슬과 보배로 만들어진 궁궐에서 호화롭게 지낸다.' 이번에는 용왕이 물었습니다. '그대의 거처는 어떤 모습인가?' 개구리가 대답했습니다. '저는 푸른 이끼와 풀과 맑은 샘과 흰 돌 사이에서 살고 있습니다.' 다시 이번에는 개구리가 물었습니다. '용왕님께서는 즐거우시거나 화가 나시면 어떤 변화를 일으킵니까?' 용왕이 대답했습니다. '내가 기쁠 때에는 그 혜택이 천하에 미쳐 오곡이 풍성하고, 내가 노했을 때에는 폭풍과 재앙이 내려 천리의 땅에 작은 풀잎도 보기 드물게 된다.' 이어서 용왕이 개구리의 즐거움과 노여움에 대해 물었습니다. 개구리가 대답했습니다. '제가 기쁠 때엔 청풍명월을 즐기며 북을 두드리고, 노했을 때에는 성난 눈이 되어 배를 크게 일으킵니다. 그러나 그것이 지나쳤을 때에는 쉽니다.' 이 이야기를 어떻게 생각하시는지요?"

이에 연나라 왕은 몹시 부끄러워하며 얼굴빛을 바꾸었다.

『전국책戰國策』에 나오는 이야기다. 군주나 장수가 자기 개인의 감정에 휘말려 들어 전쟁을 일으킨다면 그것이야말로 무모한 전쟁이 되고 만다. 무모한 전쟁은 나라를 위태롭게 하고 백성들을 도탄에 빠지게 한다. 따라서 현명한 군주는 전쟁을 삼갈 줄 알아야 하고, 훌륭한 장수는 항상 전쟁을 경계해야 한다고 손자는 거듭 강조한다. 노여움은 언제든지 기쁨으로 바뀔 수 있다. 하지만 무모한 전쟁으로 망해 버린 나라는 다시 존속할 수 없다. 무모한 전쟁으로 죽은 사람들을 어떻게 다시 되살릴 수 있단 말인가? 손자는 결코 전쟁을 예찬하는 법이 없었다. 또한 전쟁을 바라보는 시각도 긍정적이지 않았다. 그는 이처럼 병법을 이야기하지만 그 병법의 쓰임새는 오로지 전쟁을 하지 않으면 안 될 때를 대비하여 이야기하는 것이다. 알랭은 이렇게 말한다.

"우리가 마음의 준비를 갖추어야 할 것은 큰 불행보다는 사소한 일에 있다. 사소하게 기분 나쁜 일들은 하루에도 몇 번씩 부딪치며, 그 사소한 일들이 도화선이 되어 큰 불행으로 발전하는 일이 적지 않기 때문이다. 감정이란 그릇이 기울면 엎질러지는 물과 같아서 늘 조심히 다루어야 한다. 일단 기울면 평화와 조화가 파괴되는 것을 염두에 두고 기울기 쉬운 순간에 억제해야 한다."

감정은 물과 같다. 쉽사리 그릇이 기운다는 것은 쉽게 흔들린다는 뜻이다. 흔들리기 쉬운 감정은 자신을 파괴시킬 재앙의 진원지이다. 언제나 사소한 감정을 경계하라.

## 제13장

### 용간편
用間篇

# 훌륭한 장수가 군대를 움직이면 반드시 이긴다

현명한 군주와 훌륭한 장수가 군대를 움직이면 반드시 이긴다. 그들이 다른 사람들보다 공이 뛰어난 것은 적의 실정을 먼저 파악하기 때문이다. 적의 실정을 먼저 파악할 수 있는 것은 귀신에게 물어볼 것도 아니며, 경험에서 얻어지는 것도 아니며, 법칙을 따라 헤아릴 수 있는 것도 아니며, 오직 사람을 통하여 듣는 것으로 할 수 있다.

# 경제성 있는 전쟁을 하라

---

손 자 왈 범 흥 사 십 만　　출 정 천 리
孫子曰 凡興師十萬하여 出征千里면
백 성 지 비　공 가 지 봉　일 비 천 금
百姓之費와 公家之奉이 日費千金하며
내 외 소 동　태 어 도 로　부 득 조 사 자　칠 십 만 가
內外騷動하여 怠於道路하여 不得操事者는 七十萬家니라.

손자가 말하기를 십만의 군사를 일으켜서 천 리 길을 원정하자면,
백성들이 부담하는 비용과 정부가 군사를 유지하는 데 드는 비용으로 하루에 천금을 소비하게 된다.
그러면서 나라 안팎이 소용돌이에 말려들고 거리를 배회하며
생업에 종사하지 못하는 자는 칠십만 가구에 이른다.

---

케인스는 이렇게 말했다.

"전쟁은 모든 사람들에게 소비가 가능하다는 것을 가르쳐 주었고 동시에 절제는 허영이라는 것을 밝혀 주었다."

전쟁이 얼마나 극심한 낭비이며 소모인가를 단적으로 표현하는 말이다. 또한 전쟁은 모든 것을 혼란스럽게 만든다. 거리에는 부랑자가 들끓고 고아가 늘어나며, 물가는 정신없이 뛰어오른다. 무엇 하나 정상적인 것이 없으며 혼란은 또 다른 혼란을 야기시킨다. 손자는 되도록 전쟁을 일으키지 말 것을 되풀이한다. 부득이 해야 할 전쟁이라면 나름대로 경제성 있는 전쟁을 치르라고 충고한다.

그것이 바로 '용간편'의 주제인 첩자의 활용이다. 첩자를 적절히 활용함으로써 낭비를 줄이고 효율성 있는 전쟁을 치를 수 있다는 것이다. 간

첩間諜이란 적국의 내정을 몰래 살피거나, 자기 나라의 비밀을 적국에 제공하는 사람을 통틀어서 지칭하는 말이다. '용간편'에서 손자는 간첩을 적극적으로 활용할 수 있는 길을 알려 준다.

간첩 행위는 결코 아름다운 것은 아니다. 그러나 전쟁은 그보다 더 부도덕한 행위라도 용납될 수 있다. 전쟁은 가장 추한 것을 가장 아름답게 할 수 있고, 가장 아름다운 것을 가장 추하게 만들 수도 있다. 그것이 전쟁이다. 전쟁에서 승리를 대신할 수 있는 것은 아무것도 없다.

# 벼슬과 봉록과 백금을 아끼지 마라

상 수 수 년 이 쟁 일 일 지 승 이 애 작 록 백 금
相守數年에 以爭一日之勝이니 而愛爵祿百金하여
부 지 적 지 정 자 불 인 지 지 야
不知敵之情者는 不仁之至也니
비 인 지 장 야 비 주 지 좌 야 비 승 지 주 야
非人之將也요 非主之佐也요 非勝之主也니라.

서로 버티기를 몇 년 간 계속하면서 단 하루의 승리를 다툰다.
그런데도 얼마 되지 않는 벼슬과 봉록과 백금을 아껴
적의 정세를 파악하지 못한다면 참으로 어질지 못한 짓이다.
그런 사람은 군사들의 장수가 아니며, 군주를 돕는 자도 아니며, 승리의 주역도 될 수 없는 인물이다.

금환탄작金丸彈雀이란 말이 있다. 황금으로 만든 탄환으로 참새를 쏜다는 뜻으로 소득은 적은데 쓸데없는 비용만 들이는 것을 비유한 말이다. 어쩌면 지구전持久戰으로 나가는 모든 전쟁이 '금환탄작'의 경우가 아닌가 싶다. 서로가 버티기를 몇 년 동안이나 하면서 단 하루의 승리를 다투기 때문이다. 버티는 몇 년의 세월 동안 전쟁에 투입되는 경비는 헤아리기 어려울 정도일 것이다. 전쟁 비용만이 문제가 아니다. 그 사이 전쟁을 치르는 나라의 사정은 얼마나 피폐해질 것이며, 사상자는 또 얼마나 많이 생겨날 것인가. 그래서 손자는 간첩을 이용하라고 권유한다. '얼마 되지 않는 벼슬과 봉록과 백금'을 아끼지 말고 간첩에게 투자하면 보다 많은 경비를 절감할 수 있다.

간첩을 이용해 적군의 정세를 파악하면 그만큼 전쟁을 앞당길 수도 있고, 숨겨진 적군의 허虛를 쉽게 찾아내어 급습할 수 있다. 또한 간첩은 적군의 내부를 얼마든지 교란시킬 수 있다. 그런 경우 많은 병력이 힘들게 싸워서 이기는 것보다 경제적인 효과를 얻을 수 있다.

"어디서 전쟁을 할까 생각하지 말고 어떻게 전쟁에 이길까를 생각하라. 전쟁이란 이기면 자연히 멀리 물러가며, 지면 계속해서 문전에 찾아오는 법이다."

『플루타르코스 영웅전』에 나오는 글귀이다. 전쟁에서 이길 수 있는 방법은 무력만이 아니다. 손자의 말처럼 싸우지 않고 이길 수 있는 방법도 얼마든지 있다. 삶은 지혜의 싸움이지 결코 폭력적인 싸움이 아니다. 폭력은 폭력으로 머물고 말지만, 지혜에 의한 승리는 날이 갈수록 그 빛을 더한다.

# 훌륭한 장수가 군대를 움직이면 반드시 이긴다

明君賢將은 所以動而勝人하여 成功出於衆者는 先知也니라.
先知者는 不可取於鬼神하고 不可象於事하고 不可驗於度하며
必取於人하여 知敵之情者也니라.

현명한 군주와 훌륭한 장수가 군대를 움직이면 반드시 이긴다.
그들이 다른 사람들보다 공이 뛰어난 것은 적의 실정을 먼저 파악하기 때문이다.
적의 실정을 먼저 파악할 수 있는 것은 귀신에게 물어볼 것도 아니며, 경험에서 얻어지는 것도 아니며,
법칙을 따라 헤아릴 수 있는 것도 아니며, 오직 사람을 통하여 듣는 것으로 할 수 있다.

유방이 항우를 무너뜨릴 수 있었던 것은 간첩을 적절하게 사용한 그의 지혜 때문이었다.

범증范增은 원래 진나라 말기, 진나라의 폭정에 항거하여 반란을 일으킨 수많은 영웅들 중 하나인 항량의 모사였으나, 항량이 전사한 후 항량의 유업을 조카인 항우가 물려받자 항우를 돕게 되었다. 항우는 용맹스러운 장수였지만 지략이 부족했다. 그래서 모든 계책을 범증에게 의존하여 그의 의견을 따르고, 자신은 범증의 계획을 용감하게 실천함으로써 마침내 제후의 자리까지 올랐다. 범증에 대한 항우의 신임은 무척 두터웠고, 범증 또한 전력을 다해 항우를 도왔다. 그러던 중 범증은 아직 항우에게는 미치지 못했지만, 유방의 세력이 나날이 커지고 있는 것에 불안을 느

꼈다. 그래서 천하를 제패하는 데 가장 큰 적수는 유방이라며 항우에게 유방이 세력을 더 확장하기 전에 없애야 한다고 주장했다. 그러나 자신을 과신하고 있었던 항우는 유방의 존재를 무시하면서도 범증의 간곡한 청에 못 이겨 유방을 처치하겠다고 대답했다.

홍문鴻門의 연회에 참석하겠다는 유방의 연락을 받은 범증은 유방을 살해하기 위해 만반의 준비를 갖췄다. 그러나 유방이 먼저 관중을 공략한 일로 한동안 분노해 있던 항우는 유방이 공손한 태도를 보이자 화가 풀렸다. 그래서 범증이 패옥을 들면 유방을 처치하기로 한 약속을 모른 척하여 유방을 살해할 수 있는 기회를 놓치고 말았다. 홍문의 연회에서 간신히 도망쳐 나온 유방은 범증이 항우를 보좌하고 있는 한 항우와 맞서기 힘들다는 사실을 깨달았다. 그래서 유방은 각지로 간첩을 풀어 범증에 대한 헛소문을 퍼뜨려 항우와 범증 사이를 이간시키는 일에 열중했다. 용맹만 뛰어날 뿐, 지략이 없는 항우는 마침내 유방의 계획에 말려들어 범증에 대한 온갖 소문을 믿고 그를 멀리하기 시작했다. 견디다 못한 범증이 항우의 곁을 떠난 지 오래지 않아 병들어 죽자, 유방은 곧바로 항우를 공격했다. 지칠 줄 모르고 이어지던 유방의 공격은 마침내 항우로 하여금 스스로 목숨을 끊게 만들었다.

# 간첩이란 바람처럼 스며들고 물기처럼 젖어 든다

用間에 有五하니 有鄕間하고 有內間하고
有反間하고 有死間하고 有生間이니라.
五間俱起하되 莫知其道하니 是謂神紀요 人君之寶也니라.

간첩을 활용하는 데는 다섯 가지 종류가 있다.
향간, 내간, 반간, 사간, 생간이다.
이 다섯 가지로 한꺼번에 활동한다 해도 남들은 그 방법을 알 수가 없다.
이것이야말로 신묘한 것이어서 군주에게는 보배와도 같다.

첩보 활동은 완전한 비밀 속에서 행해진다. 비밀이 보장되지 않는 한 어떠한 첩보 활동도 이루어지지 못한다. 손자가 구분한 이 다섯 가지 간첩 활동 역시 완전한 비밀이 보장되는 것을 전제로 한다. 출구입이出口入耳라는 말이 있다. 말하는 사람의 입에서 나와 듣는 사람의 귀로 들어갔을 뿐이라는 뜻으로 두 사람 외에 다른 사람은 아무것도 모른다는 말이다. 간첩은 그렇게 사용자와 사용당하는 자, 두 사람 외에는 아무도 모르게 이루어져야 한다. 간첩의 종류에 대해서는 다음 장에서 자세하게 거론되기 때문에 여기서는 간첩 활동의 실례를 들기로 한다.

위나라 장군으로 신릉군信陵君이라는 사람이 있었다. 그는 안휘왕의 이복동생으로, 다섯 개국의 연합군을 이끌고 진나라 군대와 맞서 진나라의 세력이 함곡관 서쪽에서부터는 더 나올 수 없도록 만들었다. 동쪽을 침략하기 위해 군사를 일으킨 진나라로서는 신릉군이야말로 눈엣가시 같은 존재였다. 진나라는 많은 돈을 들여 위나라 고급 관리들 중 신릉군의 반대파를 매수했다. 그런 다음 그들의 입을 통해 안휘왕에게 이렇게 전하도록 했다.

"지금 천하의 제후들은 위나라에 신릉군이 있다는 것은 알고 있지만 왕께서 계신다는 것은 잘 모르고 있을 정도로 신릉군의 세력이 크옵니다. 그리고 그 사실을 익히 알고 있는 신릉군이 왕위를 노리고 있다는 소문이 있습니다. 부디 명심하십시오."

그러는 한편 진나라에서는 신릉군에게도 간첩을 보내 혼란을 일으켰다.

"신릉군께서 이미 왕위에 오르신 줄로 알고 있습니다. 축하드리옵니다."

이러한 소문들이 곧장 안휘왕의 귀로 들어가자 신릉군을 의심한 왕은 그를 장수직에서 해임시켰다. 그 후 신릉군은 괴로움의 나날을 보내며 술로 세월을 보내다 결국은 죽고 말았다. 결국 진나라는 힘들이지 않고 신릉군을 몰아냈을 뿐만 아니라 곧이어 위나라의 항복을 받아낼 수 있었다.

간첩을 통한 적의 내부 교란으로 엄청난 효과를 올린 것이다. 먼저 위나라 내부에 허를 만들어 놓고 뒤따라 그 허를 치고 들어간 것이다. 눈에 보이지 않고 귀로 들리지 않는 공격은 그래서 더욱 위험하다. 그것은 바람처럼 스며들고 물기처럼 젖어 들기 때문이다. 손자는 이것이야말로 신묘한 것이어서 군주에게는 보배와도 같은 것이라고 말한다.

# 간첩을 쓰는 자는 그 간첩을 자세히 알아야 한다

---

鄕間者는 因其鄕人하여 而用之也하고

內間者는 因其官人하여 而用之也하고

反間者는 因其敵間하여 而用之也하고

死間者는 爲誑事於外하여 令吾間知之하여 而傳於敵也하고

生間者는 反報也니라.

향간이란 적의 고을 사람을 쓰는 것이고, 내간이란 적의 관리를 쓰는 것이다.
반간이란 적의 간첩을 되돌려 쓰는 것이고,
사간이란 밖으로 일을 속여 아군의 간첩을 적에게 알리는 것이며,
생간이란 간첩이 되돌아와 보고하게 하는 것이다.

---

향간鄕間이란 그 고을 출신을 간첩으로 사용하는 경우이다. 고정간첩도 이에 해당하는데, 그 고을에서 뿌리를 내리고 생업을 가진 자라면 아무도 의심하지 않는다.

내간內間이란 적국의 관리나 군사를 간첩으로 기용하는 경우이다. 이것도 향간과 비슷한 점이 많다. 적국에서 관리로 지내거나 군사로 쓰일 정도라면 이 역시 누구의 의심도 받지 않을 것이다. 게다가 적국의 정세를 누구보다 잘 알고 있으며, 고급 기밀의 유출이 가능한 것이 특히 장점이다.

반간反間이란 적의 간첩을 매수하여 아군의 간첩으로 이용하는 경우이다. 반간은 적의 정보를 빼내기도 하지만 적에게 거짓 정보를 흘려보내는 데도 이용할 수 있어 유리하다. 그러나 이중간첩인 만큼 위험도가 높다. 보다 예리한 관찰력과 지혜로움으로 다스리지 않으면 오히려 당할 수 있는 위험이 숨어 있다.

사간死間이란 적에게 간첩을 맡긴다는 것이다. 다시 말해서 고의로 적지에 파견하여 체포되기를 바라는 경우로 적을 교란시키기 위한 허위 정보를 누설시키는 데 그 목적이 있다.

생간生間이란 적진 깊숙이 들어가서 첩보 활동을 한 후 다시 되돌아와서 보고하도록 하는 경우이다. 그러나 적진으로 숨어들어야 하기 때문에 살아 돌아오기가 쉽지 않다.

내간을 사용했던 진나라의 실례를 살펴보자.

제나라에는 후승后勝이란 사람이 재상 자리에 올라 있었다. 진나라에서는 후승에게 엄청난 재물을 보내 그를 매수하고자 했고 후승은 진나라의 요청을 받아들여, 자기의 부하들을 진나라로 보냈다. 그들은 진나라에서 많은 돈을 받았을 뿐만 아니라 적당한 교육까지 받고 간첩이 되어 제나라로 돌아왔다. 고국으로 돌아온 그들은 제나라 임금에게 전쟁 준비의 불필요성을 진언했다. 뒷날 진나라 군대가 제나라 도읍인 임류臨淄를 공격했을 때, 제나라 백성들 중 한 사람도 대항해 싸우는 자가 없었다고 하니 제나라 내간들의 활동이 얼마나 집요했는지를 알 수 있다.

# 첩보 활동은 보이지도, 들리지도, 느껴지지도 않게 하라

三軍之事에 莫親於間하고 賞莫厚於間하고 事莫密於間이니라.
非聖智면 不能用間하고 非仁義면 不能使間하고
非微妙면 不能得間之實이니 微哉微哉라 無所不用間也니라.

삼군(三軍)의 일에 있어 간첩보다 더 친밀하고, 간첩보다 더 후한 상을 줄 수 있으며,
간첩보다 더 비밀스러운 일은 없다. 사람을 분별하는 뛰어난 지혜가 아니면 간첩을 쓸 수 없고,
어질고 의로운 사람이 아니면 간첩을 부릴 수가 없으며, 미묘한 통찰력이 아니면 간첩의 실적을 이용하지 못한다.
미묘하고도 미묘한 것이 첩보 활동이다. 간첩이 사용되지 않는 곳이란 있을 수가 없다.

전국시대 때, 하남성 양적의 부호였던 여불위呂不韋는 조나라에 인질로 와 있던 진나라의 공자 자초子楚를 진나라의 황태손皇太孫으로 만든 다음, 자기의 아이를 임신하고 있던 함단의 미녀와 결혼시켰다. 얼마 있지 않아 그녀는 진나라 황태손의 부인으로서, 나중에 진시황이 된 사내아이를 낳는다. 말할 것도 없이 이 아이는 자초와 결혼하기 전에 가진 여불위의 아들이었다. 결국 그녀는 여불위의 간첩이 되어 진나라 황실 깊숙이 들어간 셈이었다. 그녀는 진나라 임금의 부인임에는 틀림없지만 가슴속에는 오로지 여불위로만 가득 차 있었다. 나중에 자초가 진나라의 왕위를 계승하여 장양왕이 되었을 때, 여불위는 그녀의 도움을 받아 진나라의 승상 자리에 올랐을 뿐만 아니라 문산후文信侯로 봉해져서 하남 낙양에 십만 호의

식록食祿까지 얻게 되었다.

이런 경우는 간첩과 간첩을 쓰는 사람의 사이가 지극히 밀접한 경우이다. 간첩을 쓰는 사람은 누구보다도 간첩과 친밀해야 한다. 마음과 마음으로 통해야 하고 눈빛만으로도 대화가 통할 수 있어야 한다. 대우가 만족스러워야 하고 그 비밀스러움은 오직 두 사람만의 것으로 유지되어야 한다. 그래서 손자는 사람을 분별하는 뛰어난 지혜가 아니면 간첩을 쓸 수 없고, 어질고 의로운 사람이 아니면 간첩을 부릴 수가 없으며, 미묘한 통찰력이 아니면 간첩의 실적을 이용하지 못한다고 말했다.

눈에 보이면 이미 간첩이 아니다. 소리가 들리면 이미 간첩이 될 수 없다. 또한 피부로 느껴지면 그도 간첩일 수 없다. 그처럼 미묘하고도 미묘한 것이 간첩 행위이며 첩보 활동이다.

마음과 마음이 생명에 닿아 있고 이익과 이익이 또한 생명과 직결되어 있으며, 비밀과 비밀이 서로 맞닿아 있지 않으면 누구도 간첩을 사용할 수가 없다.

# 누설된 기밀은
# 이미 기밀이 아니다

간 사 미 발 이 선 문 자　　간 여 소 고 자　　개 사
間事未發而先聞者이면 間與所告者는 皆死니라.

첩보 활동의 기밀이 사전에 누설되면 그것을 들은 사람도 얘기한 사람도 모두 사형에 처한다.

기밀이 사전에 누설되는 것은 마치 냉동실 안에 있어야 할 생선이 밖으로 나와 있는 것과 마찬가지다. 실온에 노출된 생선은 썩을 수밖에 없다. 썩은 생선은 생선으로서의 값어치를 상실할 뿐만 아니라, 고약한 냄새로 주위 사람을 괴롭히기까지 한다. 마찬가지로 사전에 누설된 기밀은 많은 사람을 다치게 한다. 그 기밀을 들어서 알고 있는 사람은 물론, 그것을 발설한 사람도 마찬가지다. 썩은 생선을 먹은 사람은 결코 안전할 수 없다.

기밀이란 간첩이 생명을 걸고 얻어 오거나 아군 진영에서 생명을 걸고 지켜야 할 사항이다. 기밀의 누설은 곧바로 전략에 차질을 가지고 올 뿐만 아니라, 전쟁 중인 경우에는 패배의 원인이 될 수도 있다. 그래서 군사 또는 정치적 기밀을 외국이나 적군에게 팔아넘기는 것은 반역죄의 범주에 속한다.

볼테르는 '남의 비밀을 발설하는 것은 배반이고, 자신의 비밀을 입 밖에 내는 것은 어리석음이다'라고 말했다. 어떤 경우라도 배반의 의미가 담긴 것은 아름답지 못하며 결코 선의일 수 없다.

# 결정된 목표물은 보다 자세하게 파악하라

범군지소욕격 성지소욕공 인지소욕살
凡軍之所欲擊과 城之所欲攻과 人之所欲殺은

필선지기수장 좌우 알자 문자
必先知其守將과 左右와 謁者와 門者와

사인지성명 영오간필색지지
舍人之姓名하되 令吾間必索知之니라.

군대가 공격하려는 곳과 공략하려는 성, 그리고 죽이고자 하는 사람이 있다면
반드시 그곳을 지키는 장수와 참모, 당번, 문지기, 심부름꾼 등의 이름까지도 먼저 파악해야 한다.
그것은 아군의 간첩이 조사하여 알아 두어야 할 것이다.

적군 내부의 환경은 아군의 작전지도와 같다. 적 내부의 일이라면 작은 돌멩이 하나의 움직임까지도 알아 두는 것이 유리하다. 적의 장수나 참모의 이름, 그리고 당번과 문지기와 심부름꾼들의 동향은 정보 차원에서 가장 기초적인 것에 속한다.

유방은 항우를 치기 전에 항우의 작전 참모였던 범증을 항우로부터 떼어 내는 데 주력했다. 범증이 항우 곁에 있는 한 결코 항우를 칠 수 없다고 판단했기 때문이다. 그가 범증을 항우로부터 떼어 내는 데는 오랜 시간이 필요했지만 그는 줄기차게 때를 기다려 항우를 공격하지 않았던가. 적진을 보다 확실하게 살피는 것도 간첩을 이용하는 목표 중의 하나이지만, 이는 무모한 전쟁을 비켜 가려는 데에 더 큰 뜻이 담겨 있다. 그래서 손자는 적을 알고 나를 알면 백 번 싸워도 위태롭지 않다고 말한 것이다.

진나라 예주의 자사刺史 조적祖逖은 옹구雍邱를 진압할 때 누구보다도 그 고을 촌민들을 덕으로 대우했다. 또 선비들에게는 깍듯이 예의를 차렸으며, 별로 가깝지 않은 사람이나 비천한 사람일지라도 결코 차별하지 않고 어질게 대함으로써 그 고을의 민심을 한 몸에 차지할 수 있었다. 다만 하상보河上堡라는 고을만은 이민족 사이에서 살고 있는 전임자의 영향이 큰 탓으로 민심의 향방을 뚜렷이 알 수가 없었다. 그래서 조적은 위장한 군사를 보내 하상보 고을을 약탈하는 체했다. 과연 민심은 누구의 편을 들 것인지 확실하게 알고 싶어서였다. 촌장들은 이미 조적 편으로 기울고 있었지만 이민족 중에서는 그렇지 않은 사람도 있었다. 조적 편으로 기운 촌장들이 그러한 사실을 비밀리에 알리자, 조적은 더 이상 지체하지 않고 반역자들을 한꺼번에 체포했다. 그리고 뒤이어 옹구를 완전히 진압했다.

이것은 평범한 고을의 촌민들을 간첩으로 사용한 하나의 실례이다. 간첩으로 쓸 수 있는 사람이란 어느 한 유형으로 고정되어 있는 것은 아니며 때와 장소에 따라서 누구라도 활용할 수 있다.

# 꼭 알아야 할
# 다섯 가지 간첩에 관한 일

必索敵人之間으로 來間我者하여 因而利之하여 導而舍之니

故로 反間을 可得而用也니라.

因是而知之니 故로 鄕間과 內間을 可得而使也니라.

因是以知之니 故로 死間이 爲誑事하여 可使告敵이니라.

因是而知之니 故로 生間을 可使如期니라.

此五間之事는 主必知之니

知之는 必在於反間이니 故로 反間은 不可不厚也니라.

적의 간첩으로 우리나라에 와서 간첩 활동을 하는 자는 반드시 찾아내어 매수한 뒤,
아군의 간첩으로 만들어 되돌려 보내면 반간을 얻어 이용할 수 있다.
이러한 방법으로 적의 실정을 파악할 수 있으므로 향간과 내간도 구하여 이용할 수 있다.
또 이로 인하여 여러 가지 일을 알 수 있으므로 사간이 아군의 일을 속여서 적에게 알릴 수가 있다.
또 이로 인하여 여러 가지 일을 알게 되므로 생간을 기약했던 대로 이용할 수가 있다.
이 다섯 가지 간첩에 관한 일은 군주가 반드시 알고 있어야 한다.
이를 아는 것은 반드시 반간에게 달려 있다. 그러므로 반간에 대해서는 보다 후하게 대접해야 할 것이다.

반간反間이란 곧 이중간첩이다. 적국의 간첩으로 나라에 들어와 간첩 활동을 하고 있는 자를 찾아내어 다시 우리 편의 간첩으로 만들어 되돌려 보내는 것이다. 반간은 언제 다시 적의 편으로 돌아설지 모르기 때문에 항시 위험이 뒤따른다. 그러나 그만큼 이용 가치가 높기 때문에 손자도

반간에 대해서는 보다 후하게 대접해야 한다고 말한다.

또한 향간鄕間과 내간內間을 확보하기 위해서는 반간의 역할을 무시할 수 없다. 향간과 내간을 선택하고 지정된 위치에 고정시킬 수 있는 것도 반간이 할 수 있는 일이기 때문이다.

또 아군에서 내보내는 사간死間의 경우에서도 반간의 역할을 기대할 수 있다. 사간이 흘리는 아군의 허위 정보를 다시 반간을 통해 유포시킬 수 있기 때문이다. 사간 중에는 이미 아군 쪽에서도 가치를 높게 치지 않는 자들이 많다. 주로 그런 사람들을 사간으로 선발하기 때문에 사간들도 그 사실을 어느 정도는 알고 있기 마련이다.

사간을 파견했으면 이어서 생간生間을 파견해야 한다. 사간이 행한 업무 성과를 생간이 확실하게 파악하고 돌아와야 하기 때문이다. 이처럼 모든 간첩은 직간접으로 유기적인 연대를 가져야 한다. 그렇게 함으로써 간첩을 조종하는 사람은 보다 능률적으로 정보를 확보할 수 있고, 나아가 그 정보를 보다 유효하게 활용할 수 있게 된다.

양호유환養虎遺患이란 말이 있다. 호랑이를 길렀다가 후에 그 호랑이에게 해를 입는다는 말로, 은혜를 베풀어 준 자에게 오히려 해를 입게 된다는 뜻이다. 반간이 그런 경우로, 이는 적에게도 아군에게도 마찬가지이다. 반간을 이용하는 것은 참으로 미묘하기 때문에 뛰어난 지혜와 술수가 요구되며 보다 후한 대접이 필요하다.

# 현명한 군주라야 뛰어난 간첩을 쓸 수 있다

석은지흥야 이지재하 주지흥야 여야재은
昔般之興也에 伊摯在夏요 周之興也에 呂牙在般이라.

고 유명군현장 능이상지 위간자 필성대공
故로 唯明君賢將이 能以上智로 爲間者는 必成大功이니

차 병지요 삼군지소시이동야
此는 兵之要요 三軍之所恃而動也니라.

옛날 은나라가 일어날 때 이지는 원래 하나라에 있었고, 주나라가 일어날 때 여아는 은나라에 있었다.
그러므로 현명한 군주와 어진 장수는
지혜로운 자를 골라 간첩으로 삼을 수 있으며 그렇게 하여 큰 공을 이루었다.
이것이 용병의 중요한 일이며 삼군이 그 첩보를 믿고 움직이는 근거가 되는 것이다.

이지伊贄는 일반적으로 이윤伊尹이라 불리며 상나라 탕湯임금 때 재상을 지낸 인물이다. 한때는 들판에서 밭갈이나 하는 농부였으나, 탕임금이 그의 현명함을 알고 세 번씩이나 예를 갖추고 찾아가서 초빙한 끝에 탕임금을 위하여 일하게 되었다. 뒤에 탕임금은 하나라 걸桀임금이 나라의 정치를 어지럽히는 것을 보다 못해 여러 차례에 걸쳐 이윤을 그에게 추천했으나 말을 듣지 않았다. 그러다가 탕임금이 걸임금을 치자, 이윤은 탕임금을 도와 천하를 통일하는 데 많은 공을 세웠다. 또 여아呂牙는 본성은 강姜이지만 뒷날 여나라의 관리로 봉해졌기 때문에 여상呂尙이라고 불렸는데, 그의 자가 자아子牙여서 여아라고 불리기도 했다. 원래 그는 위수渭水가에서 낚시질로 소일하고 있었는데 주나라 문왕文王에게 발탁되어 재상이 되었다. 문왕이 그를 보고 '우리 태공太公께서 당신을 바라고 계신 지 오래되었다'고 말한 데서 유래되어 강태공姜太公, 또는 태공망太公望이라고도 불린다. 문왕의 아들 무왕武王은 그를 사상부師尙父라 하며 존경했고, 무왕이 은나라 주紂임금을 칠 때는 무왕을 도와 큰 공을 세우기도 했다.

손자가 이자와 여아의 고사를 들어가며 칭찬하는 것은 그들이야말로 지혜로운 간첩이기 때문이다. 또한 그처럼 지혜로운 사람을 간첩으로 발탁해 낸 군주의 현명함도 아울러 높이 평가하기 때문이다.

전쟁은 최소한의 희생으로 가장 빠른 시일 내에 승리를 얻는 것이 상책이다. 그러자면 이자와 여아 같은 훌륭한 간첩이 필요하다. 또한 뛰어난 간첩을 발탁할 수 있는 지혜로운 장수 또한 필요하다.

에세이로 읽는 손자병법

초판 1쇄 발행　2024년 6월 15일

지은이　손자
펴낸이　한승수
펴낸곳　문예춘추사

편　집　구본영
디자인　박소윤, 페이지엔
마케팅　박건원 김홍주

등록번호　제300-1994-16
등록일자　1994년 1월 24일

주　소　서울특별시 마포구 동교로 27길 53, 309호
전　화　02 338 0084
팩　스　02 338 0087
E-mail　moonchusa@naver.com

ISBN　978-89-7604-663-5 03810